Orlando Syrg Taschenbuch 62018

OR
SY
TA

AF236494

RAT ACBO

Reihe

Alte Tradition

Azurcelesteblueoscuro

herausgegeben

von

Joerg K. Sommermeyer & Orlando Syrg

Exemplarische Werke der Weltliteratur

herausgegeben von

Joerg K. Sommermeyer

Über dieses Buch

Ein *„Taugenichts"*, Müller, vom Vater hinausgeworfen, um arbeitsam zu werden, wandert frohgemut gen Italien, freut sich an und in der Natur, erobert Herzen, singend und klingend, macht sein Glück. *„Schlemihl"* verkauft seinen Schatten dem grauen Mann, Satan. Aufgrund seiner Absonderlichkeit meiden ihn die Menschen, und er versucht vergebens, den Handel rückgängig zu machen. *„Lenz"*, krank, verwirrt, ruhelos, streift erschöpft durchs winterliche Gebirge, wird immer einsamer, leidet „unnennbare Angst". „Der Alp des Wahnsinns setzt sich zu seinen Füßen". Er hört Felsen reden, sieht Wolken jagen und in der Sonne ein "blitzendes Schwert", das die Landschaft schneidet. (siehe auch das Nachwort von JS, unten S. 183 ff.)

Die Autoren

Joseph von Eichendorff

* 10. März 1788 auf Schloss Lubowitz bei Ratibor/Oberschlesien - † 26. November 1857 in Neisse/Oberschlesien; Lyriker (zirka 5000 Vertonungen) und Prosadichter der deutschen Romantik; detaillierter Lebenslauf siehe Nachwort des Herausgebers Joerg K. Sommermeyer, unten S. 183 ff.

Adelbert von Chamisso

* 30. Januar 1781 auf Schloss Boncourt bei Ante/Châlons-en-Champagne/Frankreich - † 21. August 1838, Berlin; deutscher Naturforscher und Dichter französischer Herkunft; detaillierter Lebenslauf siehe Nachwort des Herausgebers Joerg K. Sommermeyer, unten S. 185 ff.

Georg Büchner

* 17. Oktober 1813, Goddelau/Großherzogtum Hessen - † 19. Februar 1837, Zürich; bedeutender Literat des Vormärz; detaillierter Lebenslauf siehe Nachwort des Herausgebers Joerg K. Sommermeyer, unten S. 187 ff.

Der Herausgeber

Joerg K. Sommermeyer (JS), * 14.10.1947 in Brackenheim, Sohn des Physikers Prof. Dr. Kurt Hans Sommermeyer (* 23. März 1906, Schleusingen/Thüringen - † 13. Februar 1969, Freiburg i. Brsg./Bd.-Wrtt.). Kindheit in Freiburg. Studierte Jura, Philosophie, Germanistik, Geschichte und Musikwissenschaft. Klassische Gitarre bei Viktor v. Hasselmann und Anton Stingl. Unterrichtete in den späten Sechzigern Gitarre am Kindergärtnerinnen-/Jugendleiterinnenseminar und in den Achtzigern Rechtsanwaltsgehilfinnen in spe an der Max-Weber-Schule in Freiburg. 1976 bis 2004 Rechtsanwalt in Freiburg. Setzte sich für eine Verstärkung des Rechtsschutzes bei Grundrechtseingriffen ein (Unterbringungsrecht, Untersuchungshaft, Durchsuchungsrecht). Zahlreiche Veröffentlichungen in juristischen Fachzeitschriften sowie Artikel in Musikblättern. Gründer und Vorsitzender der Internationalen Gitarristischen Vereinigung, Organisator und Künstlerischer Leiter der Freiburger Gitarren- und Lautentage, Herausgeber und Redakteur der Zeitschrift *Nova Giulianiad: Saitenblätter für die Gitarre und Laute.* Juror beim Schlesischen Gitarrenherbst in Tychy und Internationalen Gitarrenkongress Freiburg/Basel/Straßburg. Songs, Liedtexte, Arrangements, Instrumentalmusik. 7 CDs, u. a.: *Total Overdrive, Those Rocks & Lieders, Nel Cuore Romanzo Rock, Ergo, 7 Celebrities.* Herausgabe des Lyrikbandes *Leben Will Ich* von Josefa Gerhäuser, 2002. *Anton Unbekannt, Pathoaphysischer Antiroman, Tragigroteskenfragment,* 2008/2009. Edition *Nikunthas, König der Miami* von Franz Treller in der Bearbeitung durch Georg J. Feurig-Sorgenfrei, 2009/2010. Edition *Balleinrubin: Ball, Einstein, Rubiner,* 2017. *Vernimm mein Schreien,* 2017. Edition *Lieblingsmärchen,* 2017/2018. Edition *Franz Kafkas Romane,* 2017. Edition *Franz Kafkas Erzählungen,* 2018. Edition *Heinrich von Kleists Erzählungen, Anekdoten und Essays,* 2018. Edition *Christian Morgensterns Galgenlieder und Palmström,* 2018. Edition *Robert Müllers Tropen. Der Mythos der Reise. Urkunden eines deutschen Ingenieurs,* 2018.

Orlando Syrg, Berlin, 19. April 2018

Joerg K. Sommermeyer (Hg.)

Taugenichts et cetera

Eichendorff, Chamisso, Büchner

Aus dem Leben eines Taugenichts

Peter Schlemihls wundersame Geschichte

Lenz

Durchgesehen, revidiert und mit einem Nachwort herausgegeben
von
Joerg K. Sommermeyer

Orlando Syrg

MMXVIII

1. Auflage 2018

Orlando Syrg, Berlin (vormals Freiburg i. Brsg.)

Orlando Syrg Taschenbuch

ORSYTA 62018

Reihe Alte Tradition Azurcelesteblueoscuro

RAT ACBO 5

Revision, Herausgabe und Nachwort:
Joerg K. Sommermeyer

Umschlaggestaltung (unter Verwendung des Gemäldes von Caspar David Friedrich, *"Der Wanderer über dem Nebelmeer"*, 1818, auf der Vorderseite): JS

Lektorat, Satz und Layout: Werner Willig, JS, Karin Nowgo, Ton Unbe, Kurt Marie, Martina Pfennig, Hans Ohnson, Lars Penath

Herstellung, Verlag BoD - Books on Demand, Norderstedt

Made in Germany

ISBN 9783752833744

Inhalt

-

Joseph von Eichendorff

Aus dem Leben eines Taugenichts

Erstdruck bei Simion, Berlin 1826

Erstes Kapitel

Das Rad an meines Vaters Mühle brauste und rauschte schon wieder recht lustig, der Schnee tröpfelte emsig vom Dach, die Sperlinge zwitscherten und tummelten sich dazwischen; ich saß auf der Türschwelle und wischte mir den Schlaf aus den Augen; mir war so recht wohl in dem warmen Sonnenschein. Da trat der Vater aus dem Haus; er hatte schon seit Tagesanbruch in der Mühle rumort und die Schlafmütze schief auf dem Kopf, der sagte zu mir: »Du Taugenichts! da sonnst du dich schon wieder und dehnst und reckst dir die Knochen müd, und lässt mich alle Arbeit allein tun. Ich kann dich hier nicht länger füttern. Der Frühling ist vor der Tür, geh auch einmal hinaus in die Welt und erwirb dir selber dein Brot.« – »Nun«, sagte ich, »wenn ich ein Taugenichts bin, so ist's gut, so will ich in die Welt gehen und mein Glück machen.« Und eigentlich war mir das recht lieb, denn es war mir kurz vorher selber eingefallen, auf Reisen zu gehn, da ich die Goldammer, welche im Herbst und Winter immer betrübt vor unserm Fenster sang: »Bauer, miet mich, Bauer miet mich!« nun in der schönen Frühlingszeit wieder ganz stolz und lustig vom Baume rufen hörte: »Bauer, behalt deinen Dienst!« – Ich ging also ins Haus hinein und holte meine Geige, die ich recht artig spielte, von der Wand, mein Vater gab mir noch einige Groschen Geld mit auf den Weg und so schlenderte ich durch das lange Dorf hinaus. Ich hatte recht meine heimliche Freude, als ich da alle meine alten Bekannten und Kameraden rechts und links, wie gestern und vorgestern und immerdar, zur Arbeit hinausziehen, graben und pflügen sah, während ich so in die freie Welt hinausstrich. Ich rief den armen Leuten nach allen Seiten recht stolz und zufrieden Adjes zu, aber es kümmerte sich eben keiner sehr darum. Mir war es wie ein ewiger Sonntag im Gemüt. Und als ich endlich ins freie Feld hinauskam, da nahm ich meine liebe Geige vor, und spielte und sang, auf der Landstraße fortgehend:

> »Wem Gott will rechte Gunst erweisen,
> Den schickt er in die weite Welt,
> Dem will er seine Wunder weisen
> In Berg und Wald und Strom und Feld.

Die Trägen, die zu Hause liegen,
Erquicket nicht das Morgenrot,
Sie wissen nur vom Kinderwiegen
Von Sorgen, Last und Not um Brot.

Die Bächlein von den Bergen springen,
Die Lerchen schwirren hoch vor Lust,
Was sollt ich nicht mit ihnen singen
Aus voller Kehl und frischer Brust?

Den lieben Gott lass ich nur walten;
Der Bächlein, Lerchen, Wald und Feld
Und Erd und Himmel will erhalten,
Hat auch mein' Sach' aufs best bestellt!«

Indem, wie ich mich so umsehe, kömmt ein köstlicher Reisewagen ganz nahe an mich heran, der mochte wohl schon einige Zeit hinter mir dreingefahren sein, ohne dass ich es merkte, weil mein Herz so voller Klang war, denn es ging ganz langsam, und zwei vornehme Damen steckten die Köpfe aus dem Wagen und hörten mir zu. Die eine war besonders schön und jünger als die andere, aber eigentlich gefielen sie mir alle beide. Als ich nun aufhörte zu singen, ließ die ältere stillhalten und redete mich holdselig an: »Ei, lustiger Gesell, Er weiß ja recht hübsche Lieder zu singen.« Ich nicht zu faul dagegen: »Ew. Gnaden aufzuwarten, wüsst ich noch viel schönere.« Darauf fragte sie mich wieder: »Wohin wandert Er denn schon so am frühen Morgen?« Da schämte ich mich, dass ich das selber nicht wusste, und sagte dreist: »Nach Wien«; nun sprachen beide miteinander in einer fremden Sprache, die ich nicht verstand. Die jüngere schüttelte einige Mal mit dem Kopf, die andere lachte aber in einem fort und rief mir endlich zu: »Spring Er nur hinten mit auf, wir fahren auch nach Wien.« Wer war froher als ich! Ich machte eine Reverenz und war mit einem Sprung hinter dem Wagen, der Kutscher knallte, und wir flogen über die glänzende Straße fort, dass mir der Wind am Hute pfiff.

Hinter mir gingen nun Dorf, Gärten und Kirchtürme unter, vor mir neue Dörfer, Schlösser und Berge auf; unter mir Saaten, Büsche und

Wiesen bunt vorüberfliegend, über mir unzählige Lerchen in der klaren blauen Luft – ich schämte mich, laut zu schreien, aber innerlichst jauchzte ich und strampelte und tanzte auf dem Wagentritt herum, dass ich bald meine Geige verloren hätte, die ich unterm Arme hielt. Wie aber denn die Sonne immer höher stieg, rings am Horizont schwere weiße Mittagswolken aufstiegen, und alles in der Luft und auf der weiten Fläche so leer und schwül und still wurde über den leise wogenden Kornfeldern, da fiel mir erst wieder mein Dorf ein und mein Vater und unsere Mühle, wie es da so heimlich kühl war an dem schattigen Weiher, und dass nun alles so weit, weit hinter mir lag. Mir war dabei so kurios zumute, als müsst ich wieder umkehren; ich steckte meine Geige zwischen Rock und Weste, setzte mich voller Gedanken auf den Wagentritt hin und schlief ein.

Als ich die Augen aufschlug, stand der Wagen still unter hohen Lindenbäumen, hinter denen eine breite Treppe zwischen Säulen in ein prächtiges Schloss führte. Seitwärts durch die Bäume sah ich die Türme von Wien. Die Damen waren, wie es schien, längst ausgestiegen, die Pferde abgespannt. Ich erschrak sehr, da ich auf einmal so allein saß, und sprang geschwind in das Schloss hinein, da hörte ich von oben aus dem Fenster lachen.

In diesem Schlosse ging es mir wunderlich. Zuerst, wie ich mich in der weiten kühlen Vorhalle umschaue, klopft mir jemand mit dem Stock auf die Schulter. Ich kehre mich schnell um, da steht ein großer Herr in Staatskleidern, ein breites Bandelier von Gold und Seide bis an die Hüften übergehängt, mit einem oben versilberten Stab in der Hand, und einer außerordentlich langen gebogenen kurfürstlichen Nase im Gesicht, breit und prächtig wie ein aufgeblasener Puter, der mich fragt, was ich hier will. Ich war ganz verblüfft und konnte vor Schreck und Erstaunen nichts hervorbringen. Darauf kamen mehrere Bedienten die Treppe herauf- und heruntergerannt, die sagten gar nichts, sondern sahen mich nur von oben bis unten an. Sodann kam eine Kammerjungfer (wie ich nachher hörte) gerade auf mich los und sagte: ich wäre ein scharmanter Junge, und die gnädige Herrschaft ließe mich fragen, ob ich hier als Gärtnerbursche dienen wollte? – Ich griff in die Weste; meine paar Groschen, weiß Gott, sie müssen beim Herumtanzen auf dem Wagen aus der Tasche gesprungen sein, waren weg, ich hatte nichts als mein Geigenspiel, für das mir überdies auch der Herr mit dem Stab, wie er mir im Vorbeigehn sagte, nicht einen Heller geben wollte. Ich sagte daher in meiner Herzensangst zu der Kammerjungfer: »Ja«; noch immer die Augen von der Seite auf die unheimliche Gestalt gerichtet, die immerfort wie der Perpendikel einer Turmuhr in der Halle auf und ab wandelte, und eben wieder majestätisch und schauerlich aus dem Hintergrund heraufgezogen kam. Zuletzt kam endlich der Gärtner, brummte was von Gesindel und Bauerlümmel unterm Bart, und führte mich zum Garten, während er mir unterwegs noch eine lange Predigt hielt: wie ich nur fein nüchtern und arbeitsam sein, nicht in der Welt herumvagieren, keine brotlosen Künste und unnützes Zeug treiben solle, dann könnt ich es mit der Zeit auch einmal zu was Rechtem bringen. – Es waren noch mehr sehr hübsche, gutgesetzte, nützliche Lehren, ich habe nur seitdem fast alles wieder vergessen. Überhaupt weiß ich eigentlich gar nicht recht, wie doch alles so gekommen war, ich sagte nur immerfort zu allem: »Ja« – denn mir war wie einem Vogel, dem die Flügel begossen worden sind. – So war ich denn, Gott sei Dank, im Brote. –

In dem Garten war schön leben, ich hatte täglich mein warmes Essen vollauf und mehr Geld, als ich zum Weine brauchte, nur hatte ich leider ziemlich viel zu tun. Auch die Tempel, Lauben und schönen grünen Gänge, das gefiel mir alles recht gut, wenn ich nur hätte ruhig drin herumspazieren können und vernünftig diskurrieren, wie die Herren und Damen, die alle Tage dahin kamen. Sooft der Gärtner fort und ich allein war, zog ich sogleich mein kurzes Tabakspfeifchen heraus, setzte mich hin, und sann auf schöne höfliche Redensarten, wie ich die eine junge schöne Dame, die mich in das Schloss mitbrachte, unterhalten wollte, wenn ich ein Kavalier wäre und mit ihr hier herumginge. Oder ich legte mich an schwülen Nachmittagen auf den Rücken hin, wenn alles so still war, dass man nur die Bienen sumsen hörte, und sah zu, wie über mir die Wolken nach meinem Dorfe zu flogen und die Gräser und Blumen sich hin und her bewegten, und dachte an die Dame, und da geschah es denn oft, dass die schöne Frau mit der Gitarre oder einem Buch in der Ferne wirklich durch den Garten zog, so still, groß und freundlich wie ein Engelsbild, sodass ich nicht recht wusste, ob ich träumte oder wachte.

So sang ich auch einmal, wie ich eben bei einem Lusthause zur Arbeit vorbeiging, für mich hin:

>»Wohin ich geh und schaue,
In Feld und Wald und Tal,
Vom Berg ins Himmelsblaue,
Vielschöne gnäd'ge Fraue,
Grüß ich dich tausendmal.«

Da seh ich aus dem dunkelkühlen Lusthause zwischen den halbgeöffneten Jalousien und Blumen, die dort standen, zwei schöne, junge, frische Augen hervorfunkeln. Ich war ganz erschrocken, ich sang das Lied nicht aus, sondern ging, ohne mich umzusehen, fort an die Arbeit.

Abends, es war gerade an einem Sonnabend, und ich stand eben in der Vorfreude kommenden Sonntags mit der Geige im Gartenhaus am Fenster und dachte noch an die funkelnden Augen, da kommt auf einmal die Kammerjungfer durch die Dämmerung dahergestrichen. »Da schickt Euch die vielschöne gnädige Frau was, das sollt Ihr auf ihre Gesundheit trinken. Eine gute Nacht auch!« Damit setzte sie mir fix eine Flasche Wein vors Fenster und war sogleich wieder zwischen den Blumen und Hecken verschwunden, wie eine Eidechse.

Ich aber stand noch lange vor der wundersamen Flasche und wusste nicht, wie mir geschehen war. – Und hatte ich vorher lustig die Geige gestrichen, so spielt und sang ich jetzt erst recht, und sang das Lied von der schönen Frau ganz aus und alle meine Lieder, die ich nur wusste, bis alle Nachtigallen draußen erwachten und Mond und Sterne schon lange über dem Garten standen. Ja, das war einmal eine gute schöne Nacht!

Es wird keinem an der Wiege gesungen, was künftig aus ihm wird, eine blinde Henne findet manchmal auch ein Korn, wer zuletzt lacht, lacht am besten, unverhofft kommt oft, der Mensch denkt und Gott lenkt, so meditier ich, als ich am folgenden Tage wieder mit meiner Pfeife im Garten saß und es mir dabei, da ich so aufmerksam an mir heruntersah, fast vorkommen wollte, als wäre ich doch eigentlich ein rechter Lump. – Ich stand nunmehr, ganz wider meine sonstige Gewohnheit, alle Tage sehr zeitig auf, eh sich noch der Gärtner und die andern Arbeiter rührten. Da war es so wunderschön draußen im Garten. Die Blumen, die Springbrunnen, die Rosenbüsche und der ganze Garten funkelten von der Morgensonne wie lauter Gold und Edelstein. Und in den hohen Buchenalleen, da war es noch so still, kühl und andächtig, wie in einer Kirche, nur die Vögel flatterten und pickten auf dem Sand. Gleich vor dem Schloss, gerade unter den Fenstern, wo die schöne Frau wohnte, war ein blühender Strauch. Dorthin ging ich dann immer am frühesten Morgen und duckte mich hinter die Äste, um so nach den Fenstern zu sehen, denn mich im Freien zu produzieren hatt ich keine Courage. Da sah ich nun allemal die allerschönste Dame noch heiß und halb verschlafen im schneeweißen Kleid an das offne Fenster treten. Bald flocht sie sich die dunkelbraunen Haare und ließ dabei die anmutig spielenden Augen über Busch und Garten ergehen, bald bog und band sie die Blumen, die vor ihrem Fenster standen, oder sie nahm auch die Gitarre in den weißen Arm und sang dazu so wundersam über den Garten hinaus, dass sich mir noch das Herz umwenden will vor Wehmut, wenn mir eins von den Liedern bisweilen einfällt – und ach, das alles ist schon lange her!

So dauerte das wohl über eine Woche. Aber das eine Mal, sie stand gerade wieder am Fenster, und alles war stille ringsumher, fliegt mir eine fatale Fliege in die Nase und ich gebe mich an ein erschreckliches Niesen, das gar nicht enden will. Sie legt sich weit zum Fenster hinaus und sieht mich Ärmsten hinter dem Strauche lauschen. – Nun schämte ich mich und kam viele Tage nicht hin.

Endlich wagte ich es wieder, aber das Fenster blieb diesmal zu, ich saß vier, fünf, sechs Morgen hinter dem Strauche, aber sie kam nicht wieder ans Fenster. Da wurde mir die Zeit lang, ich fasste ein Herz und ging nun alle Morgen frank und frei längs dem Schloss unter allen Fenstern hin. Aber die liebe schöne Frau blieb immer und immer aus. Eine Strecke weiter sah ich dann immer die andere Dame am Fenster stehn. Ich hatte sie sonst so genau noch niemals gesehen. Sie war wahrhaftig recht schön rot und dick und gar prächtig und hoffärtig anzusehn, wie eine Tulipane. Ich machte ihr immer ein tiefes Kompliment, und, ich kann nicht anders sagen, sie dankte mir jedes Mal und nickte und blinzelte mit den Augen dazu ganz außerordentlich höflich. – Nur ein einziges Mal glaub ich gesehn zu haben, dass auch die Schöne an ihrem Fenster hinter der Gardine stand und versteckt hervorguckte. –

Viele Tage gingen jedoch ins Land, ohne dass ich sie sah. Sie kam nicht mehr in den Garten, sie kam nicht mehr ans Fenster. Der Gärtner schalt mich einen faulen Bengel, ich war verdrießlich, meine eigne Nasenspitze war mir im Weg, wenn ich in Gottes freie Welt hinaussah.

So lag ich eines Sonntags Nachmittag im Garten und ärgerte mich, wie ich so in die blauen Wolken meiner Tabakspfeife hinaussah, dass ich mich nicht auf ein anderes Handwerk gelegt, und mich also Morgen nicht auch wenigstens auf einen blauen Montag zu freuen hätte. Die anderen Burschen waren indes alle wohlausstaffiert zu den Tanzböden in der nahen Vorstadt hinausgezogen. Da wallte und wogte alles im Sonntagsputze in der warmen Luft zwischen den lichten Häusern und wandernden Leierkasten schwärmend hin und zurück. Ich aber saß wie eine Rohrdommel im Schilf eines einsamen Weihers im Garten und schaukelte mich auf dem Kahn, der dort angebunden war, während die Vesperglocken aus der Stadt über den Garten herüberschallten und die Schwäne auf dem Wasser langsam neben mir hin und her zogen. Mir war zum Sterben bange. –

Währenddes hörte ich von weitem allerlei Stimmen, lustiges Durcheinandersprechen und Lachen, immer näher und näher, dann schimmerten rot' und weiße Tücher, Hüte und Federn durchs Grüne, auf einmal kommt ein heller lichter Haufen von jungen Herren und Damen vom Schlosse über die Wiese auf mich los, meine beiden Damen mitten unter ihnen. Ich stand auf und wollte weggehen, da erblickte mich die ältere von den schönen Damen. »Ei, das ist ja wie gerufen«, rief sie mir mit lachendem Munde zu, »fahr Er uns doch an das jenseitige Ufer über den Teich!« Die Damen stiegen nun eine nach der andern vorsichtig und furchtsam in den Kahn, die Herren halfen ihnen dabei und machten sich ein wenig groß mit ihrer Kühnheit auf dem Wasser. Als sich darauf die Frauen alle auf die Seitenbänke gelagert hatten, stieß ich vom Ufer ab. Einer von den jungen Herren, der ganz vorn stand, fing unmerklich an zu schaukeln. Da wandten sich die Damen furchtsam hin und her, einige schrien gar. Die schöne Frau, welche eine Lilie in der Hand hielt, saß dicht am

16

Bord des Schiffleins und sah so still lächelnd in die klaren Wellen hinunter, die sie mit der Lilie berührte, so dass ihr ganzes Bild zwischen den widerscheinenden Wolken und Bäumen im Wasser noch einmal zu sehen war, wie ein Engel, der leise durch den tiefen blauen Himmelsgrund zieht.

Wie ich noch so auf sie hinsehe, fällt's auf einmal der andern lustigen Dicken von meinen zwei Damen ein, ich sollte ihr während der Fahrt eins singen. Geschwind dreht sich ein sehr zierlicher junger Herr mit einer Brille auf der Nase, der neben ihr saß, zu ihr herum, küsst ihr sanft die Hand und sagt: »Ich danke Ihnen für den sinnigen Einfall, ein Volkslied, gesungen vom Volk in freiem Feld und Wald, ist ein Alpenröslein auf der Alpe selbst – ›Wunderhörner‹ sind nur Herbarien – ist die Seele der Nationalseele.« Ich aber sagte, ich wisse nichts zu singen, was für solche Herrschaften schön genug wäre. Da sagte die schnippische Kammerjungfer, die mit einem Korb voll Tassen und Flaschen hart neben mir stand und die ich bis jetzt noch gar nicht bemerkt hatte: »Weiß Er doch ein recht hübsches Liedchen von einer vielschönen Fraue.« – »Ja, ja, das sing Er nur recht dreist weg«, rief darauf sogleich die Dame wieder. Ich wurde über und über rot. – Indem blickte auch die schöne Frau auf einmal vom Wasser auf und sah mich an, dass es mir durch Leib und Seele ging. Da besann ich mich nicht lange, fasst ein Herz, und sang so recht aus voller Brust und Lust:

>»Wohin ich geh und schaue,
>In Feld und Wald und Tal
>Vom Berg hinab in die Aue:
>Vielschöne, hohe Fraue,
>Grüß ich dich tausendmal.
>
>In meinem Garten find ich
>Viel Blumen, schön und fein,
>Viel Kränze wohl draus wind ich,
>Und tausend Gedanken bind ich
>Und Grüße mit darein.
>
>Ihr darf ich keinen reichen,
>Sie ist zu hoch und schön,

Die müssen alle verbleichen,
Die Liebe nur ohnegleichen
Bleibt ewig im Herzen stehn.

Ich schein wohl froher Dinge
Und schaffe auf und ab,
Und ob das Herz zerspringe,
Ich grabe fort und singe
Und grab mir bald mein Grab.«

Wir stießen an Land, die Herrschaften stiegen alle aus, viele von den jungen Herren hatten mich, ich bemerkt es wohl, während ich sang, mit listigen Mienen und Flüstern verspottet vor den Damen. Der Herr mit der Brille fasste mich im Weggehen bei der Hand und sagte mir, ich weiß selbst nicht mehr was, die ältere von meinen Damen sah mich sehr freundlich an. Die schöne Frau hatte während meines ganzen Liedes die Augen niedergeschlagen und ging nun auch fort und sagte gar nichts. – Mir aber standen die Tränen in den Augen schon wie ich noch sang, das Herz wollte mir zerspringen von dem Liede vor Scham und vor Schmerz, es fiel mir jetzt auf einmal alles recht ein, wie sie so schön ist und ich so arm bin und verspottet und verlassen von der Welt – und als sie alle hinter den Büschen verschwunden waren, da konnt ich mich nicht länger halten, ich warf mich in das Gras hin und weinte bitterlich.

Zweites Kapitel

Dicht am herrschaftlichen Garten ging die Landstraße vorüber, nur durch eine hohe Mauer von derselben geschieden. Ein gar sauberes Zollhäuschen mit rotem Ziegeldache war da erbaut, und hinter demselben ein kleines, buntumzäuntes Blumengärtchen, das durch eine Lücke in der Mauer des Schlossgartens hindurch an den schattigsten und verborgensten Teil des letzteren stieß. Dort war eben der Zolleinnehmer gestorben, der das alles sonst bewohnte. Da kam eines Morgens frühzeitig, da ich noch im tiefsten Schlaf lag, der Schreiber vom Schloss zu mir und rief mich schleunigst zum Herrn Amtmann. Ich zog mich geschwind an und schlenderte hinter dem lustigen Schreiber her, der unterwegs bald da bald dort eine Blume abbrach und vorn an den Rock steckte, bald mit seinem Spazierstöckchen künstlich in der Luft herumfocht und allerlei zu mir in den Wind hineinparlierte, wovon ich aber nichts verstand, weil mir die Augen und Ohren noch voller Schlaf lagen. Als ich in die Kanzlei trat, wo es noch gar nicht recht Tag war, sah der Amtmann hinter einem ungeheuren Tintenfass und Stößen von Papier und Büchern und einer ansehnlichen Perücke, wie die Eule aus ihrem Nest, auf mich und hob an: »Wie heißt Er? Woher ist Er? Kann Er schreiben, lesen und rechnen?« Da ich das bejahte, versetzte er: »Na, die gnädige Herrschaft hat Ihm, in Betrachtung Seiner guten Aufführung und besondern Meriten, die offene Einnehmerstelle zugedacht.« – Ich überdachte geschwind für mich meine bisherige Aufführung und Manieren, und ich musste gestehen, ich fand am Ende selber, dass der Amtmann recht hatte. – Und so war ich denn wirklich Zolleinnehmer, ehe ich mich's versah.

Ich bezog nun sogleich meine neue Wohnung und war in kurzer Zeit eingerichtet. Ich hatte noch mehrere Gerätschaften gefunden, die der selige Einnehmer seinem Nachfolger hinterlassen, unter andern einen prächtigen roten Schlafrock mit gelben Punkten, grüne Pantoffeln, eine Schlafmütze und einige Pfeifen mit langen Röhren. Das alles hatte ich mir schon einmal gewünscht, als ich noch zu Hause war, wo ich immer unsern Pfarrer so bequem herumgehen sah. Den ganzen Tag (zu tun hatte ich weiter nichts) saß ich daher auf dem Bänkchen vor meinem Hause in Schlafrock und Schlafmütze, rauchte Tabak aus dem längsten Rohr, das ich von dem seligen Einnehmer vorgefunden hatte, und sah zu, wie die Leute auf der Landstraße hin und her gingen, fahren und ritten. Ich wünschte nur immer, dass auch einmal ein paar Leute aus meinem Dorf, die immer sagten, aus mir würde mein Lebtage nichts, hier vorüberkommen und mich so sehen möchten. – Der Schlafrock stand mir schön zu Gesicht, und überhaupt das alles behagte mir sehr gut. So saß ich denn da und dachte mir mancherlei hin und her, wie aller Anfang schwer ist, wie das vornehmere Leben doch eigentlich recht bequem sei, und fasste heimlich den Entschluss, nunmehr alles Reisen zu lassen, auch Geld zu sparen wie die andern, und es mit der Zeit gewiss zu etwas Großem in der Welt zu bringen. Inzwischen vergaß ich über meinen Entschlüssen, Sorgen und Geschäften die allerschönste Frau keineswegs. Die Kartoffeln und anderes Gemüse, das ich in meinem kleinen Gärtchen fand, warf ich hinaus und bebaute es ganz mit den auserlesensten Blumen, worüber mich der Portier vom Schlosse mit der großen kurfürstlichen Nase, der, seitdem ich hier wohnte, oft zu mir kam und mein intimer Freund geworden war, bedenklich von der Seite ansah, und mich für einen hielt, den sein plötzliches Glück verrückt gemacht hätte. Ich aber ließ mich das nicht anfechten. Denn nicht weit von mir im herrschaftlichen Garten hörte ich feine Stimmen sprechen, unter denen ich die meiner schönen Frau zu erkennen meinte, obgleich ich wegen des dichten Gebüsches niemand sehen konnte. Da band ich denn alle Tage einen Strauß von den schönsten Blumen, die ich hatte, stieg jeden Abend, wenn es dunkel wurde, über die Mauer, und legte ihn auf einen steinernen Tisch hin, der dort inmitten einer Laube stand; und jeden Abend, wenn ich den neuen Strauß brachte, war der alte von dem Tische fort.

Eines Abends war die Herrschaft auf die Jagd geritten; die Sonne ging eben unter und bedeckte das ganze Land mit Glanz und Schimmer, die Donau schlängelte sich prächtig wie von lauter Gold und Feuer in die weite Ferne, von allen Bergen bis tief ins Land hinein sangen und jauchzten die Winzer. Ich saß mit dem Portier auf dem Bänkchen vor meinem Haus und freute mich in der lauen Luft, wie der lustige Tag so langsam vor uns verdunkelte und verhallte. Da ließen sich auf einmal die Hörner der zurückkehrenden Jäger von ferne vernehmen, die von den Bergen gegenüber einander von Zeit zu Zeit lieblich Antwort gaben. Ich war recht im innersten Herzen vergnügt und sprang auf und rief wie bezaubert und verzückt vor Lust: »Nein, das ist mir doch ein Metier, die edle Jägerei!« Der Portier aber klopfte sich ruhig die Pfeife aus und sagte: »Das denkt Ihr Euch just so. Ich habe es auch mitgemacht, man verdient sich kaum die Sohlen, die man sich abläuft; und Husten und Schnupfen wird man erst gar nicht los, das kommt von den ewig nassen Füßen.« – Ich weiß nicht, mich packte da ein närrischer Zorn, dass ich ordentlich am ganzen Leib zitterte. Mir war auf einmal der ganze Kerl mit seinem langweiligen Mantel, die ewigen Füße, sein Tabaksschnupfen, die große Nase und alles abscheulich. – Ich fasste ihn, wie außer mir, bei der Brust und sagte: »Portier, jetzt schert Ihr Euch nach Hause, oder ich prügle Euch hier sogleich durch!« Den Portier überfiel bei diesen Worten seine alte Meinung, ich wäre verrückt geworden. Er sah mich bedenklich und mit heimlicher Furcht an, machte sich, ohne ein Wort zu sprechen, von mir los und ging, immer noch unheimlich nach mir zurückblickend, mit langen Schritten zum Schloss, wo er atemlos aussagte, ich sei nun wirklich rasend geworden.

Ich aber musste am Ende laut auflachen und war herzlich froh, den superklugen Gesellen los zu sein, denn es war gerade die Zeit, wo ich den Blumenstrauß immer in die Laube zu legen pflegte. Ich sprang auch heute schnell über die Mauer und ging eben auf das steinerne Tischchen los, als ich in einiger Entfernung Pferdetritte vernahm. Entspringen konnt ich nicht mehr, denn schon kam meine schöne gnädige Frau selber, in einem grünen Jagdhabit und mit nickenden Federn auf dem Hut, langsam und, wie es schien, in tiefen Gedanken die Allee herabgeritten. Es war mir nicht anders zumute, als da ich sonst in den alten Büchern bei meinem Vater von der schönen Magelone gelesen, wie sie so zwischen den immer näher schallenden Waldhornsklängen und wechselnden Abendlichtern unter den hohen Bäumen hervorkam – ich konnte nicht vom Fleck. Sie aber erschrak heftig, als sie mich auf einmal gewahr wurde, und hielt fast unwillkürlich still. Ich war wie betrunken vor Angst, Herzklopfen und großer Freude, und da ich bemerkte, dass sie wirklich meinen Blumenstrauß von gestern an der Brust hatte, konnte ich mich nicht länger halten, sondern sagte ganz verwirrt: »Schönste gnädige Frau, nehmt auch noch diesen Blumenstrauß von mir, und alle Blumen aus meinem Garten und alles, was ich habe. Ach, könnt ich nur für Euch ins Feuer springen!« – Sie hatte mich gleich anfangs so ernsthaft und fast böse angeblickt, dass es mir durch Mark und Bein ging, dann aber hielt sie, solange ich redete, die Augen tief niedergeschlagen. Soeben ließen sich einige Reiter und Stimmen im Gebüsch hören. Da ergriff sie schnell den Strauß aus meiner Hand und war bald, ohne ein Wort zu sagen, am andern Ende des Bogenganges verschwunden.

Seit diesem Abend hatte ich weder Ruh noch Rast mehr. Es war mir beständig zumute, wie sonst immer, wenn der Frühling anfangen sollte, so unruhig und fröhlich, ohne dass ich wusste, warum, als stünde mir ein großes Glück oder sonst etwas Außerordentliches bevor. Besonders das fatale Rechnen wollte mir nun erst gar nicht mehr von der Hand, und ich hatte, wenn der Sonnenschein durch den Kastanienbaum vor dem Fenster grüngolden auf die Ziffern fiel, und so fix vom Transport bis zum Latus und wieder hinauf und hinab addierte, gar seltsame Gedanken dabei, so dass ich manchmal ganz verwirrt wurde, und wahrhaftig nicht bis drei zählen konnte. Denn die Acht kam mir immer vor wie meine dicke enggeschnürte Dame mit dem breiten Kopfputz, die böse Sieben war gar wie ein ewig rückwärts zeigender Wegweiser oder Galgen. – Am meisten Spaß machte mir noch die Neun, die sich mir so oft, eh ich mich's versah, lustig als Sechs auf den Kopf stellte, während die Zwei wie ein Fragezeichen so pfiffig dreinsah, als wollte sie mich fragen: Wo soll das am Ende noch hinaus mit dir, du arme Null? Ohne sie, diese schlanke Eins und Alles, bleibst du doch ewig nichts!

Auch das Sitzen draußen vor der Tür wollte mir nicht mehr behagen. Ich nahm mir, um es bequemer zu haben, einen Schemel mit heraus und streckte die Füße darauf, ich flickte ein altes Parasol vom Einnehmer, und steckte es gegen die Sonne wie ein chinesisches Lusthaus über mich. Aber es half nichts. Es schien mir, wie ich so saß und rauchte und spekulierte, als würden mir allmählich die Beine immer länger vor Langeweile, und die Nase wüchse mir vom Nichtstun, wenn ich so stundenlang an ihr heruntersah. – Und wenn denn manchmal noch vor Tagesanbruch eine Extrapost vorbeikam, und ich trat halb verschlafen in die kühle Luft hinaus, und ein niedliches Gesichtchen, von dem man in der Dämmerung nur die funkelnden Augen sah, bog sich neugierig aus dem Wagen hervor und bot mir freundlich einen guten Morgen, in den Dörfern aber ringsumher krähten die Hähne so frisch über die leise wogenden Kornfelder herüber, und zwischen den Morgenstreifen hoch am Himmel schweiften schon einzelne zu früh erwachte Lerchen, und der Postillion nahm dann sein Posthorn und fuhr weiter und blies und blies – da stand ich lange und sah dem Wagen nach, und es war mir nicht anders, als müsst ich nur sogleich mit fort, weit, weit in die Welt. –

Meine Blumensträuße legte ich indes immer noch, sobald die Sonne unterging, auf den steinernen Tisch in der dunkeln Laube. Aber das war es eben: damit war es nun aus seit jenem Abend. – Kein Mensch kümmerte sich darum: sooft ich des Morgens frühzeitig nachsah, lagen die Blumen noch immer da wie gestern, und sahen mich mit ihren verwelkten niederhängenden Köpfchen und darauf stehenden Tautropfen ordentlich betrübt an, als ob sie weinten. – Das verdross mich sehr. Ich band gar keinen Strauß mehr. In meinem Garten mochte nun auch das Unkraut treiben, wie es wollte, und die Blumen ließ ich ruhig stehn und wachsen, bis der Wind die Blätter verwehte. War mir's doch ebenso wild und bunt und verstört im Herzen.

In diesen kritischen Zeitläuften geschah es denn, dass einmal, als ich eben zu Hause im Fenster liege und verdrießlich in die leere Luft hinaussehe, die Kammerjungfer vom Schlosse über die Straße dahergetrippelt kommt. Sie lenkte, da sie mich erblickte, schnell zu mir ein und blieb am Fenster stehen. – »Der gnädige Herr ist gestern von seiner Reise zurückgekommen«, sagte sie eilfertig. »So?« entgegnete ich verwundert – denn ich hatte mich schon seit einigen Wochen um nichts bekümmert, und wusste nicht einmal, dass der Herr auf Reisen war –, »da wird seine Tochter, die junge gnädige Frau, auch große Freude gehabt haben.« – Die Kammerjungfer sah mich kurios von oben bis unten an, so dass ich mich ordentlich selber besinnen musste, ob ich was Dummes gesagt hätte – »Er weiß aber auch gar nichts«, sagte sie endlich und rümpfte das kleine Näschen. »Nun«, fuhr sie fort, »es soll heute Abend dem Herrn zu Ehren Tanz im Schlosse sein und Maskerade. Meine gnädige Frau wird auch maskiert sein, als Gärtnerin – versteht Er auch recht – als Gärtnerin. Nun hat die gnädige Frau gesehen, dass Er besonders schöne Blumen hat in Seinem Garten.« – Das ist seltsam, dachte ich bei mir selbst, man sieht doch jetzt fast keine Blume mehr vor Unkraut. – Sie aber fuhr fort: »Da nun die gnädige Frau schöne Blumen zu ihrem Anzug braucht, aber ganz frische, die eben vom Beet kommen, so soll Er ihr welche bringen und damit heute Abend, wenn's dunkel geworden ist, unter dem großen Birnbaum im Schlossgarten warten, da wird sie dann kommen und die Blumen abholen.«

Ich war ganz verblüfft vor Freude über diese Nachricht, und lief in meiner Entzückung vom Fenster zu der Kammerjungfer hinaus. »Pfui, der garstige Schlafrock!« rief diese aus, da sie mich auf einmal so in meinem Aufzuge im Freien sah. Das ärgerte mich, ich wollte auch nicht dahinter bleiben in der Galanterie, und machte einige artige Kapriolen, um sie zu erhaschen und zu küssen. Aber unglücklicherweise verwickelte sich mir dabei der Schlafrock, der mir viel zu lang war, unter den Füßen, und ich fiel der Länge nach auf die Erde. Als ich mich wieder zusammenraffte, war die Kammerjungfer schon weit fort, und ich hörte sie noch von fern lachen, dass sie sich die Seiten halten musste.

Nun aber hatt ich was zu sinnen und mich zu freuen. Sie dachte ja noch immer an mich und meine Blumen! Ich ging in mein Gärtchen und riss hastig alles Unkraut von den Beeten, und warf es hoch über meinen Kopf weg in die schimmernde Luft, als zög ich alle Übel und Melancholie mit der Wurzel heraus. Die Rosen waren nun wieder wie ihr Mund, die himmelblauen Winden wie ihre Augen, die schneeweiße Lilie mit ihrem schwermütig gesenkten Köpfchen sah ganz aus wie sie. Ich legte alle sorgfältig in einem Körbchen zusammen. Es war ein stiller schöner Abend und kein Wölkchen am Himmel. Einzelne Sterne traten schon am Firmamente hervor, von weitem rauschte die Donau über die Felder herüber, in den hohen Bäumen im herrschaftlichen Garten neben mir sangen unzählige Vögel lustig durcheinander. Ach, ich war so glücklich!

Als endlich die Nacht hereinbrach, nahm ich mein Körbchen an den Arm und machte mich auf den Weg nach dem großen Garten. In dem Körbchen lag alles so bunt und anmutig durcheinander, weiß, rot, blau und duftig, dass mir ordentlich das Herz lachte, wenn ich hineinsah.

Ich ging voller fröhlicher Gedanken bei dem schönen Mondschein durch die stillen, reinlich mit Sand bestreuten Gänge über die kleinen weißen Brücken, unter denen die Schwäne eingeschlafen auf dem Wasser saßen, an den zierlichen Lauben und Lusthäusern vorüber. Den großen Birnbaum hatte ich gar bald aufgefunden, denn es war derselbe, unter dem ich sonst, als ich noch Gärtnerbursche war, an schwülen Nachmittagen gelegen.

Hier war es so einsam dunkel. Nur eine hohe Espe zitterte und flüsterte mit ihren silbernen Blättern in einem fort. Vom Schloss schallte manchmal die Tanzmusik herüber. Auch Menschenstimmen hörte ich zuweilen im Garten, die kamen oft ganz nahe an mich heran, dann wurde es auf einmal wieder ganz still.

Mir klopfte das Herz. Es war mir schauerlich und seltsam zumute, als wenn ich jemand bestehlen wollte. Ich stand lange Zeit stockstill an den Baum gelehnt und lauschte nach allen Seiten, da aber immer niemand kam, konnt ich es nicht länger aushalten. Ich hing mein Körbchen an den Arm und kletterte schnell auf den Birnbaum hinauf, um wieder im Freien Luft zu schöpfen.

Da droben schallte mir die Tanzmusik erst recht über die Wipfel entgegen. Ich übersah den ganzen Garten und gerade in die hell-erleuchteten Fenster des Schlosses hinein. Dort drehten sich die Kronleuchter langsam wie Kränze von Sternen, unzählige geputzte Herren und Damen, wie in einem Schattenspiel, wogten und walzten und wirrten da bunt und unkenntlich durcheinander, manchmal legten sich welche ins Fenster und sahen hinunter in den Garten. Draußen vor dem Schloss aber waren der Rasen, die Sträucher und die Bäume von den vielen Lichtern aus dem Saale wie vergoldet, so dass ordentlich die Blumen und die Vögel aufzuwachen schienen. Weithin um mich herum und hinter mir lag der Garten so schwarz und still.

Da tanzt sie nun, dacht ich in dem Baum droben bei mir selber, und hat gewiss lange dich und deine Blumen wieder vergessen. Alles ist so fröhlich, um dich kümmert sich kein Mensch. – Und so geht es mir überall und immer. Jeder hat sein Plätzchen auf der Erde ausgesteckt, hat seinen warmen Ofen, seine Tasse Kaffee, seine Frau, sein Glas Wein zu Abend, und ist so recht zufrieden; selbst dem Portier ist ganz wohl in seiner langen Haut. – Mir ist's nirgends recht. Es ist, als wäre ich überall eben zu spät gekommen, als hätte die ganze Welt gar nicht auf mich gerechnet.

Wie ich eben so philosophiere, höre ich auf einmal unten im Gras etwas einherrascheln. Zwei feine Stimmen sprachen ganz nahe und leise miteinander. Bald darauf bogen sich die Zweige in dem Gesträuch auseinander, und die Kammerjungfer steckte ihr kleines Gesichtchen, sich nach allen Seiten umsehend, zwischen der Laube hindurch. Der Mondschein funkelte recht auf ihren pfiffigen Augen, wie sie hervorguckten. Ich hielt den Atem an und blickte unverwandt hinunter. Es dauerte auch nicht lange, so trat wirklich die Gärtnerin, ganz so wie mir sie die Kammerjungfer gestern beschrieben hatte, zwischen den Bäumen hervor. Mein Herz klopfte mir zum Zerspringen. Sie aber hatte eine Larve vor und sah sich, wie mir schien, verwundert auf dem Platz um. – Da wollt's mir vorkommen, als wäre sie gar nicht recht schlank und niedlich. – Endlich trat sie ganz nahe an den Baum und nahm die Larve ab. – Es war wahrhaftig die andere ältere gnädige Frau!

Wie froh war ich nun, als ich mich vom ersten Schreck erholt hatte, dass ich mich hier oben in Sicherheit befand. Wie in aller Welt, dachte ich, kommt die nur jetzt hierher? wenn nun die liebe schöne gnädige Frau die Blumen abholt – das wird eine schöne Geschichte werden! Ich hätte am Ende weinen mögen vor Ärger über den ganzen Spektakel.

Indem hub die verkappte Gärtnerin unten an: »Es ist so stickend heiß droben im Saal, ich musste gehen, mich ein wenig abzukühlen in der freien schönen Natur.« Dabei fächelte sie sich mit der Larve in einem fort und blies die Luft von sich. Bei dem hellen Mondschein konnt ich deutlich erkennen, wie ihr die Flechsen am Hals ordentlich aufgeschwollen waren; sie sah ganz erbost aus und ziegelrot im Gesicht. Die Kammerjungfer suchte unterdes hinter allen Hecken herum, als hätte sie eine Stecknadel verloren. –

»Ich brauche so notwendig noch frische Blumen zu meiner Maske«, fuhr die Gärtnerin von neuem fort, »wo er auch stecken mag!« – Die Kammerjungfer suchte und kicherte dabei immerfort heimlich in sich selbst hinein. – »Sagtest du was, Rosette?« fragte die Gärtnerin spitzig. – »Ich sage, was ich immer gesagt habe«, erwiderte die Kammerjungfer und machte ein ganz ernsthaftes treuherziges Gesicht, »der ganze Einnehmer ist und bleibt ein Lümmel, er liegt gewiss irgendwo hinter einem Strauch und schläft.«

Mir zuckte es in allen meinen Gliedern, herunterzuspringen und meine Reputation zu retten – da hörte man auf einmal ein großes Pauken und Musizieren und Lärmen vom Schlosse her.

Nun hielt sich die Gärtnerin nicht länger. »Da bringen die Menschen«, fuhr sie verdrießlich auf, »dem Herrn das Vivat. Komm, man wird uns vermissen!« – Und hiermit steckte sie die Larve schnell vor und ging wütend mit der Kammerjungfer nach dem Schlosse zu fort.

Die Bäume und Sträucher wiesen kurios, wie mit langen Nasen und Fingern, hinter ihr drein, der Mondschein tanzte noch fix, wie über eine Klaviatur, über ihre breite Taille auf und nieder, und so nahm sie, so recht wie ich auf dem Theater manchmal die Sängerinnen gesehn, unter Trompeten und Pauken schnell ihren Abzug.

Ich aber wusste in meinem Baume droben eigentlich gar nicht recht, wie mir geschehen, und richtete nunmehr meine Augen unverwandt auf das Schloss; denn ein Kreis hoher Windlichter unten an den Stufen des Eingangs warf dort einen seltsamen Schein über die blitzenden Fenster und weit in den Garten hinein. Es war die Dienerschaft, die soeben ihrer jungen Herrschaft ein Ständchen brachte. Mitten unter ihnen stand der prächtig aufgeputzte Portier, wie ein Staatsminister, vor einem Notenpult, und arbeitete sich emsig an einem Fagott ab.

Wie ich mich soeben zurechtsetzte, um der schönen Serenade zuzuhören, gingen auf einmal oben auf dem Balkon des Schlosses die Flügeltüren auf. Ein hoher Herr, schön und stattlich in Uniform und mit vielen funkelnden Sternen, trat auf den Balkon heraus, und an seiner Hand – die schöne junge gnädige Frau, in ganz weißem Kleid, wie eine Lilie in der Nacht, oder wie wenn der Mond über das klare Firmament zöge.

Ich konnte keinen Blick von dem Platz wenden, und Garten, Bäume und Felder gingen unter vor meinen Sinnen, wie sie so wundersam beleuchtet von den Fackeln hoch und schlank dastand, und bald anmutig mit dem schönen Offizier sprach, bald wieder freundlich zu den Musikanten herunternickte. Die Leute unten waren außer sich vor Freude, und ich hielt mich am Ende auch nicht mehr und schrie immer aus Leibeskräften Vivat mit. –

Als sie aber bald darauf wieder von dem Balkon verschwand, unten eine Fackel nach der andern verlöschte, und die Notenpulte weggeräumt wurden, und nun der Garten ringsumher auch wieder finster wurde und rauschte wie vorher – da merkt ich erst alles – da fiel es mir auf einmal aufs Herz, dass mich wohl eigentlich nur die Tante mit den Blumen bestellt hatte, dass die Schöne gar nicht an mich dachte und lange verheiratet ist, und dass ich selber ein großer Narr war. All das versenkte mich recht in einen Abgrund von Nachsinnen. Ich wickelte mich, gleich einem Igel, in die Stacheln meiner eignen Gedanken zusammen: vom Schloss schallte die Tanzmusik nur noch seltner herüber, die Wolken wanderten einsam über den dunkeln Garten weg. Und so saß ich auf dem Baum droben, wie die Nachteule, in den Ruinen meines Glücks die ganze Nacht hindurch.

Die kühle Morgenluft weckte mich endlich aus meinen Träumereien. Ich staunte ordentlich, wie ich so auf einmal um mich her blickte. Musik und Tanz waren lange vorbei, im Schlosse und rings um das Schloss herum auf dem Rasenplatz und den steinernen Stufen und Säulen sah alles so still, kühl und feierlich aus; nur der Springbrunnen vor dem Eingang plätscherte einsam in einem fort. Hin und her in den Zweigen neben mir erwachten schon die Vögel, schüttelten ihre bunten Federn und sahen, die kleinen Flügel dehnend, neugierig und verwundert ihren seltsamen Schlafkameraden an. Fröhlich schweifende Morgenstrahlen funkelten über den Garten weg auf meine Brust.

Da richtete ich mich in meinem Baume auf, und sah seit langer Zeit zum ersten Mal wieder einmal so recht weit in das Land hinaus, wie da schon einzelne Schiffe auf der Donau zwischen den Weinbergen herabfuhren, und die noch leeren Landstraßen wie Brücken über das schimmernde Land sich fern über die Berge und Täler hinausschwangen.

Ich weiß nicht, wie es kam – aber mich packte da auf einmal wieder meine ehemalige Reiselust: all die alte Wehmut und Freude und große Erwartung. Mir fiel dabei zugleich ein, wie nun die schöne Frau droben auf dem Schloss zwischen Blumen und unter seidnen Decken schlummerte, und ein Engel bei ihr auf dem Bette säße in der Morgenstille. – »Nein«, rief ich aus, »fort muss ich von hier, und immer fort, so weit als der Himmel blau ist!«

Und hiermit nahm ich mein Körbchen, und warf es hoch in die Luft, so dass es recht lieblich anzusehen war, wie die Blumen zwischen den Zweigen und auf dem grünen Rasen unten bunt umherlagen. Dann stieg ich selber schnell herunter und ging durch den stillen Garten auf meine Wohnung zu. Gar oft blieb ich da noch stehen auf manchem Plätzchen, wo ich sie sonst wohl einmal gesehen, oder im Schatten liegend an sie gedacht hatte. In und um mein Häuschen sah alles noch so aus, wie ich es gestern verlassen hatte. Das Gärtchen war geplündert und wüst, im Zimmer drin lag noch das große Rechnungsbuch aufgeschlagen, meine Geige, die ich schon fast ganz vergessen hatte, hing verstaubt an der Wand. Ein Morgenstrahl aber aus dem gegenüberliegenden Fenster fuhr gerade blitzend über die Saiten. Das gab einen rechten Klang in meinem Herzen. »Ja«, sagt ich, »komm nur her, du treues Instrument! Unser Reich ist nicht von dieser Welt!«

Und so nahm ich die Geige von der Wand, ließ Rechnungsbuch, Schlafrock, Pantoffeln, Pfeifen und Parasol liegen und wanderte, arm wie ich gekommen war, aus meinem Häuschen und auf der glänzenden Landstraße von dannen.

Ich blickte noch oft zurück; mir war gar seltsam zumute, so traurig und doch auch wieder so überaus fröhlich, wie ein Vogel, der aus seinem Käfig ausreißt. Und als ich schon eine weite Strecke gegangen war, nahm ich draußen im Freien meine Geige vor und sang:

> »Den lieben Gott lass ich nur walten;
> Der Bächlein, Lerchen, Wald und Feld
> Und Erd und Himmel tut erhalten,
> Hat auch mein' Sach' aufs best bestellt!«

Das Schloss, der Garten und die Türme von Wien waren schon hinter mir im Morgenduft versunken, über mir jubilierten unzählige Lerchen hoch in der Luft; so zog ich zwischen den grünen Bergen und an lustigen Städten und Dörfern vorbei gen Italien hinunter.

Drittes Kapitel

Aber das war nun schlimm! Ich hatte noch gar nicht daran gedacht, dass ich eigentlich den rechten Weg nicht wusste. Auch war ringsumher kein Mensch zu sehen in der stillen Morgenstunde, den ich hätte fragen können, und nicht weit von mir teilte sich die Landstraße in viele neue Landstraßen, die gingen weit, weit über die höchsten Berge, als führten sie aus der Welt hinaus, sodass mir ordentlich schwindelte, wenn ich recht hinsah.

Endlich kam ein Bauer des Wegs daher, der, glaub ich, zur Kirche ging, da es heut eben Sonntag war, in einem altmodischen Überrock mit großen silbernen Knöpfen und einem langen spanischen Rohr mit einem sehr massiven silbernen Stockknopf darauf, der schon von wietem in der Sonne funkelte. Ich frug ihn sogleich mit großer Höflichkeit: »Können Sie mir nicht sagen, wo der Weg nach Italien geht?« – Der Bauer blieb stehen, sah mich an, besann sich dann mit weit vorgeschobener Unterlippe, und sah mich wieder an. Ich sagte noch einmal: »Nach Italien, wo die Pomeranzen wachsen.« »Ach was gehn mich Seine Pomeranzen an!« sagte der Bauer da und schritt wacker wieder weiter. Ich hätte dem Manne mehr Konduite zugetraut, denn er sah recht stattlich aus.

Was war nun zu machen? Wieder umkehren und in mein Dorf zurückgehn? Da hätten die Leute mit den Fingern auf mich gewiesen, und die Jungen wären um mich herumgesprungen: »Ei, tausend Willkommen aus der Welt! wie sieht es denn aus in der Welt? hat Er uns nicht Pfefferkuchen mitgebracht aus der Welt?« – Der Portier mit der kurfürstlichen Nase, welcher überhaupt viele Kenntnisse von der Weltgeschichte hatte, sagte oft zu mir: »Wertgeschätzter Herr Einnehmer! Italien ist ein schönes Land, da sorgt der liebe Gott für alles, da kann man sich im Sonnenschein auf den Rücken legen, so wachsen einem die Rosinen ins Maul, und wenn einen die Tarantel beißt, so tanzt man mit ungemeiner Gelenkigkeit, wenn man auch sonst nicht tanzen gelernt hat.« – »Nein, nach Italien, nach Italien!« rief ich voller Vergnügen aus und rannte, ohne an die verschiedenen Wege zu denken, auf der Straße fort, die mir eben vor die Füße kam.

Als ich eine Strecke so fortgewandert war, sah ich rechts von der Straße einen sehr schönen Baumgarten, wo die Morgensonne so lustig zwischen den Stämmen und Wipfeln hindurchschimmerte, dass es aussah, als wäre der Rasen mit goldenen Teppichen belegt. Da ich keinen Menschen erblickte, stieg ich über den niedrigen Gartenzaun und legte mich recht behaglich unter einem Apfelbaum ins Gras, denn von dem gestrigen Nachtlager auf dem Baume taten mir noch alle Glieder weh. Da konnte man weit ins Land hinaussehen, und da es Sonntag war, kamen bis aus der weitesten Ferne Glockenklänge über die stillen Felder herüber, und geputzte Landleute zogen überall zwischen Wiesen und Büschen zur Kirche. Ich war recht fröhlich im Herzen, die Vögel sangen über mir im Baum, ich dachte an meine Mühle und an den Garten der schönen gnädigen Frau, und wie das alles nun so weit, weit lag – bis ich zuletzt einschlummerte. Da träumte mir, als käme diese schöne Frau aus der prächtigen Gegend unten zu mir gegangen oder eigentlich langsam geflogen zwischen den Glockenklängen, mit langen weißen Schleiern, die im Morgenrot wehten. Dann war es wieder, als wären wir gar nicht in der Fremde, sondern bei meinem Dorf an der Mühle in den tiefen Schatten. Aber da war alles still und leer, wie wenn die Leute sonntags in der Kirche sind und nur der Orgelklang durch die Bäume herüberkommt, dass es mir recht im Herzen weh tat. Die schöne Frau aber war sehr gut und freundlich, sie hielt mich an der Hand und ging mit mir, und sang in einem fort in dieser Einsamkeit das schöne Lied, das sie damals immer frühmorgens am offnen Fenster zur Gitarre gesungen hat, und ich sah dabei ihr Bild in dem stillen Weiher, noch vieltausendmal schöner, aber mit sonderbaren großen Augen, die mich so starr ansahen, dass ich mich beinah gefürchtet hätte. – Da fing auf einmal die Mühle, erst in einzelnen langsamen Schlägen, dann immer schneller und heftiger an zu gehen und zu brausen, der Weiher wurde dunkel und kräuselte sich, die schöne Frau wurde ganz bleich und ihre Schleier wurden immer länger und länger und flatterten entsetzlich in langen Spitzen, wie Nebelstreifen, hoch am Himmel empor; das Sausen nahm immer mehr zu, oft war es, als bliese der Portier auf seinem Fagott dazwischen, bis ich endlich mit heftigem Herzklopfen aufwachte.

Es hatte sich wirklich ein Wind erhoben, der leise über mir durch den Apfelbaum ging; aber was so brauste und rumorte, war weder die Mühle noch der Portier, sondern derselbe Bauer, der mir vorhin den Weg nach Italien nicht zeigen wollte. Er hatte aber seinen Sonntagsstaat ausgezogen und stand in einem weißen Kamisol vor mir. »Na«, sagte er, da ich mir noch den Schlaf aus den Augen wischte, »will Er etwa hier Poperenzen klauben, dass er mir das schöne Gras so zertrampelt, anstatt in die Kirche zu gehen, Er Faulenzer!« – Mich ärgert' es nur, dass mich der Grobian aufgeweckt hatte. Ich sprang ganz erbost auf und versetzte geschwind: »Was, Er will mich hier ausschimpfen? Ich bin Gärtner gewesen, eh Er daran dachte, und Einnehmer, und wenn Er zur Stadt gefahren wäre, hätte Er die schmierige Schlafmütze vor mir abnehmen müssen, und hatte mein Haus und meinen roten Schlafrock mit gelben Punkten.« – Aber der Knollfink scherte sich gar nichts darum, sondern stemmte beide Arme in die Seiten und sagte bloß: »Was will Er denn? he! he!« Dabei sah ich, dass es eigentlich ein kurzer, stämmiger, krummbeiniger Kerl war, und vorstehende glotzende Augen und eine rote etwas schiefe Nase hatte. Und wie er immerfort nichts weiter sagte als: »He! – he!« und dabei jedes Mal einen Schritt näher auf mich zukam, da überfiel mich auf einmal eine so kuriose grausliche Angst, dass ich mich schnell aufmachte, über den Zaun sprang und, ohne mich umzusehen, immerfort querfeldein lief, dass mir die Geige in der Tasche klang.

Als ich endlich wieder stillhielt, um Atem zu schöpfen, war der Garten und das ganze Tal nicht mehr zu sehen, und ich stand in einem schönen Wald. Aber ich gab nicht viel darauf acht, denn jetzt ärgerte mich das Spektakel erst recht, und dass der Kerl mich immer Er nannte, und ich schimpfte noch lange im stillen für mich. In solchen Gedanken ging ich rasch fort und kam immer mehr von der Landstraße ab, mitten in das Gebirge hinein. Der Holzweg, auf dem ich fortgelaufen war, hörte auf und ich hatte nur noch einen kleinen wenig betretenen Fußsteig vor mir. Ringsum war niemand zu sehen und kein Laut zu vernehmen. Sonst aber war es recht anmutig zu gehn, die Wipfel der Bäume rauschten und die Vögel sangen sehr schön. Ich befahl mich daher Gottes Führung, zog meine Violine hervor und spielte alle meine liebsten Stücke durch, dass es recht fröhlich in dem einsamen Walde erklang.

Mit dem Spielen ging es aber auch nicht lange, denn ich stolperte dabei jeden Augenblick über die fatalen Baumwurzeln, auch fing mich zuletzt an zu hungern, und der Wald wollte noch immer gar kein Ende nehmen. So irrte ich den ganzen Tag herum, und die Sonne schien schon schief zwischen den Baumstämmen hindurch, als ich endlich in ein kleines Wiesental hinauskam, das rings von Bergen eingeschlossen und voller roter und gelber Blumen war, über denen unzählige Schmetterlinge im Abendgolde herumflatterten. Hier war es so einsam, als läge die Welt wohl hundert Meilen weit weg. Nur die Heimchen zirpten, und ein Hirt lag drüben im hohen Gras und blies so melancholisch auf seiner Schalmei, dass einem das Herz vor Wehmut hätte zerspringen mögen. Ja, dachte ich bei mir, wer es so gut hätte, wie so ein Faulenzer! unsereiner muss sich in der Fremde herumschlagen und immer attent sein. – Da ein schönes klares Flüsschen zwischen uns lag, über das ich nicht herüber konnte, so rief ich ihm von weitem zu: wo hier das nächste Dorf läge? Er ließ sich aber nicht stören, sondern streckte nur den Kopf ein wenig aus dem Grase hervor, wies mit seiner Schalmei auf den andern Wald hin und blies ruhig wieder weiter.

Unterdes marschierte ich fleißig fort, denn es fing schon an zu dämmern. Die Vögel, die alle noch ein großes Geschrei gemacht hatten, als die letzten Sonnenstrahlen durch den Wald schimmerten, wurden auf einmal still, und mir fing beinah an angst zu werden in dem ewigen, einsamen Rauschen der Wälder. Endlich hörte ich von ferne Hunde bellen. Ich schritt rascher fort, der Wald wurde immer lichter und lichter, und bald darauf sah ich zwischen den letzten Bäumen hindurch einen schönen grünen Platz, auf dem viele Kinder lärmten, und sich um eine große Linde herumtummelten, die recht in der Mitte stand. Weiterhin an dem Platze war ein Wirtshaus, vor dem einige Bauern um einen Tisch saßen und Karten spielten und Tabak rauchten. Auf der andern Seite saßen junge Bursche und Mädchen vor der Tür, die die Arme in ihre Schürzen gewickelt hatten und in der Kühle miteinander plauderten.

Ich besann mich nicht lange, zog meine Geige aus der Tasche, und spielte schnell einen lustigen Ländler auf, während ich aus dem Wald hervortrat. Die Mädchen verwunderten sich, die Alten lachten, dass es weit in den Wald hineinschallte. Als ich aber so bis zu der Linde gekommen war und mich mit dem Rücken dranlehnte und immerfort spielte, da ging ein heimliches Rumoren und Gewisper unter den jungen Leuten rechts und links, die Bursche legten endlich ihre Sonntagspfeifen weg, jeder nahm die Seine, und eh ich's mir versah, schwenkte sich das junge Bauernvolk tüchtig um mich herum, die Hunde bellten, die Kittel flogen, und die Kinder standen um mich im Kreise, und sahen mir neugierig ins Gesicht und auf die Finger, wie ich so fix damit hantierte.

Wie der erste Schleifer vorbei war, konnte ich erst recht sehen, wie eine gute Musik in die Gliedmaßen fährt. Die Bauerburschen, die sich vorher, die Pfeifen im Munde, auf den Bänken reckten und die steifen

Beine von sich streckten, waren nun auf einmal wie verwandelt, ließen ihre bunten Schnupftücher vorn am Knopfloch lang herunterhängen und kapriolten so artig um die Mädchen herum, dass es eine rechte Lust anzuschauen war. Einer von ihnen, der sich schon für was Rechtes hielt, haspelte lange in seiner Westentasche, damit es die andern sehen sollten, und brachte endlich ein kleines Silberstück heraus, das er mir in die Hand drücken wollte. Mich ärgerte das, wenn ich gleich dazumal kein Geld in der Tasche hatte. Ich sagte ihm, er sollte nur seine Pfennige behalten, ich spielte nur so aus Freude, weil ich wieder bei Menschen wäre. Bald darauf aber kam ein schmuckes Mädchen mit einer großen Stampe Wein zu mir. »Musikanten trinken gern«, sagte sie, und lachte mich freundlich an, und ihre perlweißen Zähne schimmerten recht scharmant zwischen den roten Lippen hindurch, so dass ich sie wohl hätte darauf küssen mögen. Sie tunkte ihr Schnäbelchen in den Wein, wobei ihre Augen über das Glas weg zu mir herüberfunkelten, und reichte mir darauf die Stampe hin. Da trank ich das Glas bis auf den Grund aus, und spielte dann wieder von frischem, dass sich alles lustig um mich herumdrehte.

Die Alten waren unterdes von ihrem Spiel aufgebrochen, die jungen Leute fingen auch an müde zu werden und zerstreuten sich, und so wurde es nach und nach ganz still und leer vor dem Wirtshause. Auch das Mädchen, das mir den Wein gereicht hatte, ging nun nach dem Dorfe zu, aber sie ging sehr langsam, und sah sich zuweilen um, als ob sie was vergessen hätte. Endlich blieb sie stehen und suchte etwas auf der Erde, aber ich sah wohl, dass sie, wenn sie sich bückte, unter dem Arm hindurch nach mir zurückblickte. Ich hatte auf dem Schloss Lebensart gelernt, ich sprang also geschwind herzu und sagte: »Haben Sie etwas verloren, schönste Mamsell?« – »Ach nein«, sagte sie und wurde über und über rot, »es war nur eine Rose – will Er sie haben?« – Ich dankte und steckte die Rose ins Knopfloch. Sie sah mich sehr freundlich an und sagte: »Er spielt recht schön.« – »Ja«, versetzte ich, »das ist so eine Gabe Gottes.« »Die Musikanten sind hier in der Gegend sehr rar«, hub das Mädchen dann wieder an und stockte und hatte die Augen beständig niedergeschlagen. »Er könnte sich hier ein gutes Stück Geld verdienen – auch mein Vater spielt etwas die Geige und hört gern von der Fremde erzählen – und mein Vater ist sehr reich.« – Dann lachte sie auf und sagte: »Wenn Er nur nicht immer solche Grimassen machen möchte mit dem Kopf, beim Geigen!« – »Teuerste Jungfer«, erwiderte ich, »erstlich: nennen Sie mich nur nicht immer Er; sodann mit dem Kopf-Tremulenzen, das ist einmal nicht anders, das haben wir Virtuosen alle so an uns.« – »Ach so!« entgegnete das Mädchen. Sie wollte noch etwas mehr sagen, aber da entstand auf einmal ein entsetzliches Gepolter im Wirtshaus, die Haustür ging mit großem Gekrache auf und ein dünner Kerl kam wie ein ausgeschossner Ladestock herausgeflogen, worauf die Tür sogleich wieder hinter ihm zugeschlagen wurde.

Das Mädchen war bei dem ersten Geräusch wie ein Reh davongesprungen und im Dunkel verschwunden. Die Figur vor der Tür aber raffte sich hurtig wieder vom Boden auf und fing nun an mit solcher Geschwindigkeit gegen das Haus loszuschimpfen, dass es ordentlich zum Erstaunen war. »Was!« schrie er, »ich besoffen? ich die Kreidestriche an der verräucherten Tür nicht bezahlen? Löscht sie aus, löscht sie aus! Hab ich euch nicht erst gestern übern Kochlöffel barbiert und in die Nase geschnitten, dass ihr mir den Löffel morsch entzweigebissen habt? Barbieren macht einen Strich – Kochlöffel, wieder ein Strich – Pflaster auf die Nase, noch ein Strich – wie viel solche hundsföttische Striche wollt ihr denn noch bezahlt haben? Aber gut, schon gut, ich lasse das ganze Dorf, die ganze Welt ungeschoren. Lauft meinetwegen mit euren Bärten, dass der liebe Gott am Jüngsten Tag nicht weiß, ob ihr Juden seid oder Christen! Ja, hängt euch an euren eignen Bärten auf, ihr zottigen Landbären!« Hier brach er auf einmal in ein jämmerliches Weinen aus und fuhr ganz erbärmlich durch die Fistel fort: »Wasser soll ich saufen, wie ein elender Fisch? ist das Nächstenliebe? Bin ich nicht ein Mensch und ein ausgelernter Feldscher? Ach, ich bin heute so in Rage! Mein Herz ist voller Rührung und Menschenliebe!« Bei diesen Worten zog er sich nach und nach zurück, da im Haus alles still blieb. Als er mich erblickte, kam er mit ausgebreiteten Armen auf mich los, ich glaube, der tolle Kerl wollte mich embrassieren. Ich sprang aber auf die Seite, und so stolperte er weiter, und ich hörte ihn noch lange, bald grob, bald fein, durch die Finsternis mit sich diskurrieren. Mir aber ging mancherlei im Kopf herum. Die Jungfer, die mir vorhin die Rose geschenkt hatte, war jung, schön und reich – ich konnte da mein Glück machen, eh man die Hand umkehrte. Und Hammel und Schweine, Puter und fette Gänse mit Äpfeln gestopft – ja, es war mir nicht anders, als säh ich den Portier auf mich zukommen: »Greif zu, Einnehmer, greif zu! jung gefreit hat niemand gereut, wer's Glück hat, führt die Braut heim, bleib im Lande und nähre dich tüchtig.« In solchen philosophischen Gedanken setzte ich mich auf dem Platz, der nun ganz einsam war, auf einen Stein nieder, denn an das Wirtshaus anzuklopfen traute ich mich nicht, weil ich kein Geld bei mir hatte. Der Mond schien prächtig, von den Bergen rauschten die Wälder durch die stille Nacht herüber, manchmal schlugen die Hunde an im Dorf, das weiter im Tal unter Bäumen und Mondschein wie begraben lag. Ich betrachtete das Firmament, wie da einzelne Wolken langsam durch den Mondschein zogen und manchmal ein Stern weit in der Ferne herunterfiel. So, dachte ich, scheint der Mond auch über meines Vaters Mühle und auf das weiße gräfliche Schloss. Dort ist nun auch schon alles lange still, die gnädige Frau schläft, und die Wasserkünste und Bäume im Garten rauschen noch immerfort wie damals, und allen ist's gleich, ob ich noch da bin, oder in der Fremde, oder gestorben. – Da kam mir die Welt auf einmal so entsetzlich weit und groß vor, und ich so ganz allein darin, dass ich aus Herzensgrunde hätte weinen mögen.

Wie ich noch immer so dasitze, höre ich auf einmal aus der Ferne Hufschlag im Wald. Ich hielt den Atem an und lauschte, da kam es immer näher und näher, und ich konnte schon die Pferde schnauben hören. Bald darauf kamen auch wirklich zwei Reiter unter den Bäumen hervor, hielten aber am Saume des Waldes an und sprachen heimlich sehr eifrig miteinander, wie ich an den Schatten sehen konnte, die plötzlich über den mondbeglänzten Platz vorschossen, und mit langen dunklen Armen bald dahin bald dorthin wiesen. – Wie oft, wenn mir zu Hause meine verstorbene Mutter von wilden Wäldern und martialischen Räubern erzählte, hatte ich mir sonst immer heimlich gewünscht, eine solche Geschichte selbst zu erleben. Da hatt ich's nun auf einmal für meine dummen, frevelmütigen Gedanken! – Ich streckte mich nun an dem Lindenbaum, unter dem ich gesessen, ganz unmerklich so lang aus, als ich nur konnte, bis ich den ersten

Ast erreicht hatte und mich geschwind hinaufschwang. Aber ich baumelte noch mit halbem Leib über dem Ast und wollte soeben auch meine Beine nachholen, als der eine von den Reitern rasch hinter mir über den Platz dahertrabte. Ich drückte nun die Augen fest zu in dem dunkeln Laub und rührte und regte mich nicht. – »Wer ist da?« rief es auf einmal dicht hinter mir. »Niemand!« schrie ich aus Leibeskräften vor Schreck, dass er mich doch noch erwischt hatte. Insgeheim musste ich aber doch bei mir lachen, wie die Kerls sich schneiden würden, wenn sie mir die leeren Taschen umdrehten. – »Ei, ei«, sagte der Räuber wieder, »wem gehören denn aber die zwei Beine, die da herunterhängen?« Da half nichts mehr. »Nichts weiter«, versetzte ich, »als ein Paar arme, verirrte Musikantenbeine«, und ließ mich rasch wieder auf den Boden herab, denn ich schämte mich auch, länger wie eine zerbrochene Gabel da über dem Aste zu hängen.

Das Pferd des Reiters scheute, als ich so plötzlich vom Baum herunterfuhr. Er klopfte ihm den Hals und sagte lachend: »Nun, wir sind auch verirrt, da sind wir rechte Kameraden; ich dächte also, du hälftest uns ein wenig den Weg nach B. aufsuchen. Es soll dein Schade nicht sein.« Ich hatte nun gut beteuern, dass ich gar nicht wüsste, wo B. läge, dass ich lieber hier im Wirtshaus fragen oder sie in das Dorf hinunterführen wollte. Der Kerl nahm gar keine Räson an. Er zog ganz ruhig eine Pistole aus dem Gurt, die recht hübsch im Mondschein funkelte. »Mein Liebster«, sagte er dabei sehr freundschaftlich zu mir, während er bald den Lauf der Pistole abwischte, bald wieder prüfend an die Augen hielt, »mein Liebster, du wirst wohl so gut sein, selber nach B. vorauszugehn.«

Da war ich nun recht übel daran. Traf ich den Weg, so kam ich gewiss zu der Räuberbande und bekam Prügel, da ich kein Geld bei mir hatte, traf ich ihn nicht – so bekam ich auch Prügel. Ich besann mich also nicht lange und schlug den ersten besten Weg ein, der an dem Wirtshaus vorüber vom Dorf wegführte. Der Reiter sprengte schnell zu seinem Begleiter zurück, und beide folgten mir dann in einiger Entfernung langsam. So zogen wir eigentlich recht närrisch auf gut Glück durch die mondhelle Nacht. Der Weg lief immerfort im Walde an einem Berghang fort. Zuweilen konnte man über die Tannenwipfel, die von unten herauflangten und sich dunkel rührten, weit in die tiefen, stillen Täler hinaussehen, hin und wieder schlug eine Nachtigall, Hunde bellten in der Ferne in den Dörfern. Ein Fluss rauschte beständig aus der Tiefe und blitzte zuweilen im Mondschein auf. Dabei das einförmige Pferdegetrappel und das Wirren und Schwirren der Reiter hinter mir, die unaufhörlich in einer fremden Sprache miteinander plauderten, und das helle Mondlicht und die langen Schatten der Baumstämme, die wechselnd über die beiden Reiter wegflogen, dass sie mir bald schwarz, bald hell, bald klein, bald wieder riesengroß vorkamen. Mir verirrten sich ordentlich die Gedanken, als läge ich in einem Traum und könnte gar nicht aufwachen. Ich schritt immer stramm vor mich hin. Wir müssen, dachte ich, doch am Ende aus dem Wald und aus der Nacht herauskommen.

Endlich flogen hin und wieder schon lange rötliche Scheine über den Himmel, ganz leise, wie wenn man über einen Spiegel haucht, auch eine Lerche sang schon hoch über dem stillen Tale. Da wurde mir auf einmal ganz klar im Herzen bei dem Morgengruße, und alle Furcht war vorüber. Die beiden Reiter aber streckten sich, und sahen sich nach allen Seiten um, und schienen nun erst gewahr zu werden, dass wir doch wohl nicht auf dem rechten Wege sein mochten. Sie plauderten wieder viel, und ich merkte wohl, dass sie von mir sprachen, ja es kam mir vor, als finge der eine sich vor mir zu fürchten an, als könnt ich wohl gar so ein heimlicher Schnapphahn sein, der sie im Walde irreführen wollte. Das machte mir Spaß, denn je lichter es ringsum wurde, je mehr Courage kriegt ich, zumal wir soeben auf einen schönen freien Waldplatz herauskamen. Ich sah mich daher nach allen Seiten ganz wild um, und pfiff dann ein paar Mal auf den Fingern, wie die Spitzbuben tun, wenn sie sich einander Signale geben wollen.

»Halt!« rief auf einmal der eine von den Reitern, dass ich ordentlich zusammenfuhr. Wie ich mich umsehe, sind sie beide abgestiegen und haben ihre Pferde an einen Baum gebunden. Der eine kommt aber rasch auf mich zu, sieht mir ganz starr ins Gesicht, und fängt auf einmal ganz unmäßig an zu lachen. Ich muss gestehen, mich ärgerte das unvernünftige Gelächter. Er aber sagte: »Wahrhaftig, das ist der Gärtner, wollt sagen: Einnehmer vom Schloss!« Ich sah ihn groß an, wusste mich aber seiner nicht zu erinnern, hätt auch viel zu tun gehabt, wenn ich mir all die jungen Herren hätte ansehen wollen, die auf dem Schloss ab und zu ritten. Er aber fuhr mit ewigem Gelächter fort: »Das ist prächtig! Du vazierst, wie ich sehe, wir brauchen eben einen Bedienten, bleib bei uns, da hast du ewige Vakanz.« – Ich war ganz verblüfft und sagte endlich, dass ich soeben auf einer Reise nach Italien begriffen wäre. – »Nach Italien?!« entgegnet' der Fremde, »ebendahin wollen auch wir!« – »Nun, wenn das ist!« rief ich aus und zog voll Freude meine Geige aus der Tasche und strich, dass die Vögel im Walde aufwachten. Der Herr aber erwischte geschwind den andern Herrn und walzte mit ihm wie verrückt auf dem Rasen herum.

Dann standen sie plötzlich still. »Bei Gott«, rief der eine, »da seh ich schon den Kirchturm von B.! nun, da wollen wir bald unten sein.« Er zog seine Uhr heraus und ließ sie repetieren, schüttelte den Kopf, und ließ noch einmal schlagen. »Nein«, sagte er, »das geht nicht, wir kommen so zu früh hin, das konnte schlimm werden!«

Darauf holten sie von ihren Pferden Kuchen, Braten und Weinflaschen, breiteten eine schöne bunte Decke auf dem grünen Rasen aus, streckten sich darüber hin und schmausten sehr vergnüglich, teilten auch mir von allem sehr reichlich zu, was mir gar wohl bekam, da ich seit einigen Tagen schon nicht mehr vernünftig gespeist hatte. – »Und dass du's weißt«, sagte der eine zu mir –, »aber du kennst uns doch nicht?« – ich schüttelte den Kopf – »Also, dass du's weißt: ich bin der Maler Leonhard, und das dort ist – wieder ein Maler – Guido geheißen.«

Ich besah mir nun die beiden Maler genauer bei der Morgendämmerung. Der eine, Herr Leonhard, war groß, schlank, braun, mit lustigen, feurigen Augen. Der andere war viel jünger, kleiner und feiner, auf altdeutsche Mode gekleidet, wie es der Portier nannte, mit weißem Kragen und bloßem Hals, um den die dunkelbraunen Locken herabhingen, die er oft aus dem hübschen Gesicht wegschütteln musste. – Als dieser genug gefrühstückt hatte, griff er nach meiner Geige, die ich neben mir auf den Boden gelegt hatte, setzte sich damit auf einen umgehauenen Baumast und klimperte darauf mit den Fingern. Dann sang er dazu so hell wie ein Waldvögelein, dass es mir recht durchs ganze Herz klang:

»Fliegt der erste Morgenstrahl

Durch das stille Nebeltal,
Rauscht erwachend Wald und Hügel:
Wer da fliegen kann, nimmt Flügel!

Und sein Hütlein in die Luft
Wirft der Mensch vor Lust und ruft:
»Hat Gesang doch auch noch Schwingen,
Nun so will ich fröhlich singen!«

Dabei spielten die rötlichen Morgenscheine recht anmutig über sein etwas blasses Gesicht und die schwarzen verliebten Augen. Ich aber war so müde, dass sich mir die Worte und Noten, während er so sang, immer mehr verwirrten, bis ich zuletzt fest einschlief.

Als ich nach und nach wieder zu mir selber kam, hörte ich wie im Traum die beiden Maler noch immer neben mir sprechen und die Vögel über mir singen, und die Morgenstrahlen schimmerten mir durch die geschlossenen Augen, dass mir's innerlich so dunkelhell war, wie wenn die Sonne durch rotseidene Gardinen scheint. »Come è bello!« hört ich da dicht neben mir ausrufen. Ich schlug die Augen auf, und erblickte den jungen Maler, der im funkelnden Morgenlicht über mich hergebeugt stand, so dass beinah nur die großen schwarzen Augen zwischen den herabhängenden Locken zu sehen waren.

Ich sprang geschwind auf, denn es war schon heller Tag geworden. Der Herr Leonhard schien verdrießlich zu sein, er hatte zwei zornige Falten auf der Stirn und trieb hastig zum Aufbruch. Der andere Maler aber schüttelte seine Locken aus dem Gesicht und trällerte, während er sein Pferd aufzäumte, ruhig ein Liedchen vor sich hin, bis Leonhard zuletzt plötzlich laut auflachte, schnell eine Flasche ergriff, die noch auf dem Rasen stand, und den Rest in die Gläser einschenkte. »Auf eine glückliche Ankunft!« rief er aus, sie stießen mit den Gläsern zusammen, es gab einen schönen Klang. Darauf schleuderte Leonhard die leere Flasche hoch ins Morgenrot, dass es lustig in der Luft funkelte.

Endlich setzten sie sich auf ihre Pferde, und ich marschierte frisch wieder nebenher. Gerade vor uns lag ein unübersichtliches Tal, in das wir nun hinunterzogen. Da war ein Blitzen und Rauschen und Schim-

mern und Jubilieren! Mir war so kühl und fröhlich zumute, als sollt
ich von dem Berge in die prächtige Gegend hinausfliegen.

Viertes Kapitel

Nun ade, Mühle und Schloss und Portier! Nun ging's, dass mir der
Wind am Hute pfiff. Rechts und links flogen Dörfer, Städte und
Weingärten vorbei, dass es einem vor den Augen flimmerte; hinter
mir die beiden Maler im Wagen, vor mir vier Pferde mit einem prächtigen Postillion, ich hoch oben auf dem Kutschbock, dass ich oft ellenhoch in die Höhe flog.

Das war so zugegangen: Als wir vor B. ankommen, kommt schon
am Dorfe ein langer, dürrer grämlicher Herr im grünen Flauschrock
uns entgegen, macht viele Bücklinge vor den Herrn Malern und führt
uns in das Dorf hinein. Da stand unter den hohen Linden vor dem
Posthause schon ein prächtiger Wagen mit vier Postpferden bespannt.
Herr Leonhard meinte unterwegs, ich hätte meine Kleider ausgewach-
sen. Er holte daher geschwind andere aus seinem Mantelsack hervor,
und ich musste einen ganz neuen schönen Frack und Weste anziehn,
die mir sehr vornehm zu Gesicht standen, nur dass mir alles zu lang
und weit war und ordentlich um mich herumschlotterte. Auch einen
ganz neuen Hut bekam ich, der funkelte in der Sonne, als wär er mit
frischer Butter überschmiert. Dann nahm der fremde, grämliche Herr
die beiden Pferde der Maler am Zügel, die Maler sprangen in den
Wagen, ich auf den Bock, und so flogen wir schon fort, als eben der
Postmeister mit der Schlafmütze aus dem Fenster guckte. Der Postillion blies lustig auf dem Horn, und so ging es frisch nach Italien hinein. Ich hatte eigentlich da droben ein prächtiges Leben, wie der Vogel in der Luft und brauchte doch dabei nicht selbst zu fliegen. Zu tun
hatte ich auch weiter nichts, als Tag und Nacht auf dem Bocke zu
sitzen, und bei den Wirtshäusern manchmal Essen und Trinken zum
Wagen herauszubringen, denn die Maler sprachen nirgends ein, und
bei Tag zogen sie die Fenster am Wagen so fest zu, als wenn die Sonne sie erstechen wollte. Nur zuweilen steckte der Herr Guido sein
hübsches Köpfchen zum Wagenfenster heraus und diskurrierte
freundlich mit mir, und lachte dann den Herrn Leonhard aus, der das

nicht leiden wollte und jedes Mal über die langen Diskurse böse wurde. Ein paar Mal hätte ich bald Verdruss bekommen mit meinem Herrn. Das eine Mal, wie ich bei schöner, sternklarer Nacht droben auf dem Bock die Geige zu spielen anfing, und sodann späterhin wegen des Schlafes. Das war aber auch ganz zum Erstaunen! Ich wollte mir doch Italien recht genau besehen und riss die Augen alle Viertelstunden weit auf. Aber kaum hatte ich ein Weilchen so vor mich hingesehen, so verschwirrten und verwickelten sich mir die sechzehn Pferdefüße vor mir wie Filet so hin und her und übers Kreuz, dass mir die Augen gleich wieder übergingen, und zuletzt geriet ich in ein solches entsetzliches und unaufhaltsames Schlafen, dass gar kein Rat mehr war. Da mocht es Tag oder Nacht, Regen oder Sonnenschein, Tirol oder Italien sein, ich hing bald rechts bald links, bald rücklings über den Bock herunter, ja manchmal tunkte ich mit solcher Vehemenz mit dem Kopf nach dem Boden zu, dass mir der Hut weit vom Kopf flog, und Herr Guido im Wagen laut aufschrie.

So war ich, ich weiß selbst nicht wie, durch halb Welschland, das sie dort Lombardei nennen, durchgekommen, als wir an einem schönen Abend vor einem Wirtshaus auf dem Lande stillhielten. Die Postpferde waren in dem daranstoßenden Stationsdorf erst nach ein paar Stunden bestellt, die Herren Maler stiegen daher aus und ließen sich in ein besonderes Zimmer führen, um hier ein wenig zu rasten und einige Briefe zu schreiben. Ich aber war sehr vergnügt darüber und verfügte mich sogleich in die Gaststube, um endlich wieder einmal so recht mit Ruhe und Kommodität zu essen und zu trinken. Da sah es ziemlich liederlich aus. Die Mägde gingen mit zerzottelten Haaren herum und hatten die offenen Halstücher unordentlich um das gelbe Fell hängen. Um einen runden Tisch saßen die Knechte vom Hause in blauen Überziehhemden beim Abendessen und glotzten mich zuweilen von der Seite an. Die hatten alle kurze, dicke Haarzöpfe und sahen so recht vornehm wie die jungen Herrlein aus. – Da bist du nun, dachte ich bei mir, und aß fleißig fort, da bist du nun endlich in dem Land, woher immer die kuriosen Leute zu unserm Herrn Pfarrer kamen, mit Mausefallen und Barometern und Bildern. Was der Mensch doch nicht alles erfährt, wenn er sich einmal hinterm Ofen hervormacht! Wie ich noch eben so esse und meditiere, wuscht ein Männlein, das

bis jetzt in einer dunklen Ecke der Stube bei seinem Glas Wein gesessen hatte, auf einmal aus seinem Winkel wie eine Spinne auf mich
los. Er war ganz kurz und bucklicht, hatte aber einen großen grausli-
chen Kopf mit einer langen römischen Adlernase, und sparsamen roten Backenbart, und die gepuderten Haare standen ihm auf allen Seiten zu Berg, als wenn der Sturmwind durchgefahren wäre. Dabei trug
er einen altmodischen, verschossenen Frack, kurze plüschene Bein-
kleider und ganz vergilbte seidene Strümpfe. Er war mal in Deutschland gewesen und dachte wunder wie gut er Deutsch verstünde. Er
setzte sich zu mir und frug bald das, bald jenes, während er immerfort
Tabak schnupfte: ob ich der Servitore sei? wenn wir arriware? ob wir
nach Roma kehn? aber das wusste ich alles selber nicht, und konnte
auch sein Kauderwelsch gar nicht verstehn. »Parlez vous françois?«
sagte ich endlich in meiner Angst zu ihm. Er schüttelte den großen
Kopf, und das war mir sehr lieb, denn ich konnte ja auch nicht Französisch. Aber das half alles nichts. Er hatte mich einmal recht aufs
Korn genommen, er frug und frug immer wieder; je mehr wir parlier-
ten, je weniger verstand einer den andern, zuletzt wurden wir beide
schon hitzig, so dass mir's manchmal vorkam, als wollte der Signor
mit seiner Adlernase nach mir hacken, bis endlich die Mägde, die den
babylonischen Diskurs mit angehört hatten, uns beide tüchtig auslach-
ten. Ich aber legte schnell Messer und Gabel hin und ging vor die
Haustür. Denn mir war in dem fremden Land nicht anders, als wäre
ich mit meiner deutschen Zunge tausend Klafter tief ins Meer ver-
senkt, und allerlei unbekanntes Gewürm ringelte sich und rauschte da
in der Einsamkeit um mich her und glotzte und schnappte nach mir.

Draußen war eine warme Sommernacht, so recht um gassatim zu
gehn. Weit von den Weinbergen herüber hörte man noch zuweilen einen Winzer singen, dazwischen blitzte es manchmal von ferne, und
die ganze Gegend zitterte und säuselte im Mondschein. Ja manchmal
kam es mir vor, als schlüpfte eine lange dunkle Gestalt hinter den Ha-
selnusssträuchen vor dem Hause vorüber und guckte durch die Zweige, dann war alles auf einmal wieder still. – Da trat der Herr Guido
eben auf den Balkon des Wirtshauses heraus. Er bemerkte mich nicht
und spielte sehr geschickt auf einer Zither, die er im Haus gefunden
haben musste, und sang dann dazu wie eine Nachtigall:

»Schweigt der Menschen laute Lust:
Rauscht die Erde wie in Träumen
Wunderbar mit allen Bäumen,
Was dem Herzen kaum bewusst,
Alte Zeiten, linde Trauer,
Und es schweifen leise Schauer
Wetterleuchtend durch die Brust.«

Ich weiß nicht, ob er noch mehr gesungen haben mag, denn ich hatte
mich auf die Bank vor der Haustür hingestreckt, und schlief in der
lauen Nacht vor großer Ermüdung fest ein.

Es mochten wohl ein paar Stunden ins Land gegangen sein, als
mich ein Posthorn aufweckte, das lange Zeit lustig in meine Träume
hereinblies, ehe ich mich völlig besinnen konnte. Ich sprang endlich
auf, der Tag dämmerte schon an den Bergen, und die Morgenkühle
rieselte mir durch alle Glieder. Da fiel mir erst ein, dass wir ja um
diese Zeit schon wieder weit fort sein wollten. Aha, dachte ich, heut
ist einmal das Wecken und Auslachen an mir. Wie wird Herr Guido
mit dem verschlafenen Lockenkopf herausfahren, wenn er mich draußen hört! So ging ich in den kleinen Garten am Haus dicht unter die
Fenster, wo meine Herren wohnten, dehnte mich noch einmal recht
ins Morgenrot hinein und sang fröhlichen Mutes:

»Wenn der Hoppevogel schreit,
Ist der Tag nicht mehr weit,
Wenn die Sonne sich auftut,
Schmeckt der Schlaf noch so gut!«

Das Fenster war offen, aber es blieb alles still oben, nur der Nacht-
wind ging noch durch die Weinranken, die sich bis ins Fenster hinein-
streckten. – »Nun, was soll denn das wieder bedeuten?« rief ich voll
Erstaunen aus, und lief in das Haus und durch die stillen Gänge nach
der Stube zu. Aber da gab es mir einen rechten Stich ins Herz. Denn
wie ich die Tür aufreiße, ist alles leer, darin kein Frack, kein Hut,
kein Stiefel. – Nur die Zither, auf der Herr Guido gestern gespielt hatte, hing an der Wand, auf dem Tisch mitten in der Stube lag ein schöner voller Geldbeutel, worauf ein Zettel geklebt war. Ich hielt ihn nä-

her ans Fenster und traute meinen Augen kaum, es stand wahrhaftig mit großen Buchstaben darauf: »Für den Herrn Einnehmer!«

Was war mir aber das alles nütze, wenn ich meine lieben lustigen Herrn nicht wiederfand? Ich schob den Beutel in meine tiefe Rocktasche, das plumpste wie in einen tiefen Brunnen, dass es mich ordentlich hintenüber zog. Dann rannte ich hinaus, machte einen großen Lärm und weckte alle Knechte und Mägde im Haus. Die wussten gar nicht, was ich wollte, und meinten, ich wäre verrückt geworden. Dann aber verwunderten sie sich nicht wenig, als sie oben das leere Nest sahen. Niemand wusste etwas von meinen Herren. Nur die eine Magd – wie ich aus ihren Zeichen und Gestikulationen zusammenbringen konnte – hatte bemerkt, dass der Herr Guido, als er gestern Abend auf dem Balkon sang, auf einmal laut aufschrie und dann geschwind zu dem andern Herrn in das Zimmer zurückstürzte. Als sie hernach in der Nacht einmal aufwachte, hörte sie draußen Pferdegetrappel. Sie guckte durch das kleine Kammerfenster und sah den buckligen Signor, der gestern mit mir so viel gesprochen hatte, auf einem Schimmel im Mondschein quer übers Feld galoppieren, dass er immer ellenhoch überm Sattel in die Höhe flog und die Magd sich bekreuzte, weil es aussah wie ein Gespenst, das auf einem dreibeinigen Pferd reitet. – Da wusst ich nun gar nicht, was ich machen sollte.

Unterdes aber stand unser Wagen schon lange vor der Tür angespannt und der Postillion stieß ungeduldig ins Horn, dass er hätte bersten mögen, denn er musste zur bestimmten Stunde auf der nächsten Station sein, da alles durch Laufzettel bis auf die Minute vorausbestellt war. Ich rannte noch einmal um das ganze Haus herum und rief die Maler, aber niemand gab Antwort, die Leute aus dem Hause liefen zusammen und gafften mich an, der Postillion fluchte, die Pferde schnaubten, ich, ganz verblüfft, springe endlich geschwind in den Wagen hinein, der Hausknecht schlägt die Tür hinter mir zu, der Postillion knallt und so ging's mit mir fort in die weite Welt hinaus.

Fünftes Kapitel

Wir fuhren nun über Berg und Tal Tag und Nacht immerfort. Ich hatte gar nicht Zeit, mich zu besinnen, denn wo wir hinkamen, standen die Pferde angeschirrt, ich konnte mit den Leuten nicht sprechen, mein Demonstrieren half also nichts; oft, wenn ich im Wirtshause eben beim besten Essen war, blies der Postillion, ich musste Messer und Gabel wegwerfen und wieder in den Wagen springen und wusste doch eigentlich gar nicht, wohin und weswegen ich just mit so ausnehmender Geschwindigkeit fortreisen sollte.

Sonst war die Lebensart gar nicht so übel. Ich legte mich, wie auf einem Kanapee, bald in die eine, bald in die andere Ecke des Wagens und lernte Menschen und Länder kennen, und wenn wir durch Städte fuhren, lehnte ich mich auf beide Arme zum Wagenfenster heraus und dankte den Leuten, die höflich vor mir den Hut abnahmen, oder ich grüßte die Mädchen an den Fenstern wie ein alter Bekannter, die sich dann immer sehr wunderten und mir noch lange neugierig nachguckten.

Aber zuletzt erschrak ich sehr. Ich hatte das Geld in dem gefundenen Beutel niemals gezählt, den Postmeistern und Gastwirten musste ich überall viel bezahlen, und ehe ich mich's versah, war der Beutel leer. Anfangs nahm ich mir vor, sobald wir durch einen einsamen Wald führen, schnell aus dem Wagen zu springen und zu entlaufen. Dann aber tat es mir wieder leid, nun den schönen Wagen so allein zu lassen, mit dem ich sonst wohl noch bis ans Ende der Welt fortgefahren wäre.

Nun saß ich eben voller Gedanken und wusste nicht aus noch ein, als es auf einmal seitwärts von der Landstraße abging. Ich schrie zum Wagen heraus dem Postillion zu: wohin er denn fahre? Aber ich mochte sprechen, was ich wollte, der Kerl sagte immer bloß: »Si, Si, Signore!« und fuhr immer weiter über Stock und Stein, dass ich aus einer Ecke des Wagens in die andere flog.

Das wollte mir gar nicht in den Sinn, denn die Landstraße lief gerade durch eine prächtige Landschaft auf die untergehende Sonne zu, wohl wie in ein Meer von Glanz und Funken. Von der Seite aber, wohin wir uns gewendet hatten, lag ein wüstes Gebirge vor uns mit grauen Schluchten, zwischen denen es schon lange dunkel geworden war. – Je weiter wir fuhren, je wilder und einsamer wurde die Gegend. Endlich kam der Mond hinter den Wolken hervor und schien auf einmal so hell zwischen die Bäume und Felsen herein, dass es ordentlich grauslich anzusehen war. Wir konnten nur langsam fahren in den engen steinigen Schluchten, und das einförmige, ewige Gerassel des Wagens schallte an den Steinwänden weit in die stille Nacht, als führen wir in ein großes Grabgewölbe hinein. Nur von vielen Wasserfällen, die man aber nicht sehen konnte, war ein unaufhörliches Rauschen tiefer im Wald, und die Käuzchen riefen aus der Ferne immerfort: »Komm mit, komm mit!« – Dabei kam es mir vor, als wenn der Kutscher, der, wie ich jetzt erst sah, gar keine Uniform hatte und kein Postillion war, sich einige Mal unruhig umsähe und schneller zu fahren anfing, und wie ich mich recht zum Wagen herauslegte, kam plötzlich ein Reiter aus dem Gebüsch, sprengte dicht vor unseren Pferden quer über den Weg und verlor sich sogleich wieder auf der andern Seite im Wald. Ich war ganz verwirrt, denn, soviel ich bei dem hellen Mondschein erkennen konnte, war es dasselbe bucklige Männlein auf seinem Schimmel, das in dem Wirtshaus mit der Adlernase nach mir gehackt hatte. Der Kutscher schüttelte den Kopf und lachte laut auf über die närrische Reiterei, wandte sich aber dann rasch zu mir um, sprach sehr viel und sehr eifrig, wovon ich leider nichts verstand, und fuhr dann noch rascher fort.

Ich aber war froh, als ich bald darauf von fern ein Licht schimmern sah. Es fanden sich nach und nach noch mehrere Lichter, sie wurden immer größer und heller, und endlich kamen wir an einigen verräucherten Hütten vorüber, die wie Schwalbennester auf dem Felsen hingen. Da die Nacht warm war, standen die Türen offen, und ich konnte darin die hell erleuchteten Stuben und allerlei lumpiges Gesindel sehen, das wie dunkle Schatten um das Herdfeuer herumhockte. Wir aber rasselten durch die stille Nacht einen Steinweg hinan, der sich auf einen hohen Berg hinaufzog. Bald überdeckten hohe Bäume und herabhängende Sträucher den ganzen Hohlweg, bald konnte man auf einmal wieder das ganze Firmament und in der Tiefe die weite stille Runde von Bergen, Wäldern und Tälern übersehen. Auf dem Gipfel des Berges stand ein großes altes Schloss mit vielen Türmen im hellsten Mondschein. »Nun Gott befohlen!« rief ich aus, und war innerlich ganz munter geworden vor Erwartung, wohin sie mich da am Ende noch bringen würden.

Es dauerte wohl noch eine gute halbe Stunde, ehe wir endlich auf dem Berg am Schlosstor ankamen. Das ging in einen breiten, runden Turm hinein, der oben ganz verfallen war. Der Kutscher knallte dreimal, dass es weit in dem alten Schloss widerhallte, wo ein Schwarm von Dohlen ganz erschrocken plötzlich aus allen Luken und Ritzen herausfuhr und mit großem Geschrei die Luft durchkreuzte. Darauf rollte der Wagen in den langen, dunklen Torweg hinein. Die Pferde gaben mit ihren Hufeisen Feuer auf dem Steinpflaster, ein großer Hund bellte, der Wagen donnerte zwischen den gewölbten Wänden. Die Dohlen schrien noch immer dazwischen – so kamen wir mit einem entsetzlichen Spektakel in den engen, gepflasterten Schlosshof.

Eine kuriose Situation! dachte ich bei mir, als nun der Wagen stillstand. Da wurde die Wagentür von draußen aufgemacht, und ein alter langer Mann mit einer kleinen Laterne sah mich unter seinen dicken Augenbrauen grämlich an. Er fasste mich dann unter den Arm und half mir, wie einem großen Herrn, aus dem Wagen heraus. Draußen vor der Haustür stand eine alte, sehr hässliche Frau in schwarzem Kamisol und Rock, mit einer weißen Schürze und schwarzen Haube, von der ihr ein langer Schnipper bis an die Nase herunterhing. Sie hatte an der einen Hüfte einen großen Bund Schlüssel hängen und hielt in der andern einen altmodischen Armleuchter mit zwei brennenden Wachskerzen. Sobald sie mich erblickte, fing sie an, tiefe Knickse zu machen und sprach und frug sehr viel durcheinander. Ich verstand aber nichts davon und machte immerfort Kratzfüße vor ihr, und es war mir eigentlich recht unheimlich zumute.

Der alte Mann hatte unterdes mit seiner Laterne den Wagen von allen Seiten beleuchtet und brummte und schüttelte den Kopf, als er nirgends einen Koffer oder Bagage fand. Der Kutscher fuhr darauf, ohne Trinkgeld von mir zu fordern, den Wagen in einen alten Schuppen, der auf der Seite des Hofes schon offenstand. Die alte Frau aber bat mich sehr höflich mit allerlei Zeichen, ihr zu folgen. Sie führte mich mit ihren Wachskerzen durch einen langen schmalen Gang und dann eine kleine steinerne Treppe herauf. Als wir an der Küche vorbeigingen, streckten ein paar junge Mägde neugierig die Köpfe durch die halbgeöffnete Tür und guckten mich so starr an und winkten und nickten einander heimlich zu, als wenn sie in ihrem Leben noch kein Mannsbild gesehen hätten. Die Alte machte endlich oben eine Tür auf, da wurde ich anfangs ordentlich ganz verblüfft. Denn es war ein großes, schönes, herrschaftliches Zimmer mit goldenen Verzierungen an der Decke, und an den Wänden hingen prächtige Tapeten mit allerlei Figuren und großen Blumen. In der Mitte stand ein gedeckter Tisch mit Braten, Kuchen, Salat, Obst, Wein und Konfekt, dass einem recht das Herz im Leibe lachte. Zwischen den beiden Fenstern hing ein ungeheurer Spiegel, der vom Boden bis zur Decke reichte.

Ich muss sagen, das gefiel mir recht wohl. Ich streckte mich ein paar Mal und ging mit langen Schritten vornehm im Zimmer auf und ab. Dann konnt ich aber doch nicht widerstehen, mich einmal in einem so großen Spiegel zu besehen. Das ist wahr, die neuen Kleider vom Herrn Leonhard standen mir recht schön, auch hatte ich in Italien so ein gewisses feuriges Auge bekommen, sonst aber war ich gerade noch so ein Milchbart, wie ich zu Hause gewesen war, nur auf der Oberlippe zeigten sich erst ein paar Flaumfedern.

Die alte Frau mahlte indes in einem fort mit ihrem zahnlosen Munde, dass es nicht anders aussah, als wenn sie an der langen herunterhängenden Nasenspitze kaute. Dann nötigte sie mich zum Sitzen, streichelte mir mit ihren dürren Fingern das Kinn, nannte mich »poverino!« wobei sie mich aus den roten Augen so schelmisch ansah, dass sich ihr der eine Mundwinkel bis an die halbe Wange in die Höhe zog, und ging endlich mit einem tiefen Knicks zur Tür hinaus.

Ich aber setzte mich an den gedeckten Tisch, während eine junge hübsche Magd hereintrat, um mich bei der Tafel zu bedienen. Ich knüpfte allerlei galanten Diskurs mit ihr an, sie verstand mich aber nicht, sondern sah mich immer ganz kurios von der Seite an, weil mir's so gut schmeckte, denn das Essen war delikat. Als ich satt war und wieder aufstand, nahm die Magd ein Licht von der Tafel und führte mich in ein anderes Zimmer. Da war ein Sofa, ein kleiner Spiegel und ein prächtiges Bett mit grünseidenen Vorhängen. Ich frug sie mit Zeichen, ob ich mich da hineinlegen sollte? Sie nickte zwar: »Ja«, aber das war denn doch nicht möglich, denn sie blieb wie angenagelt bei mir stehen. Endlich holte ich mir noch ein großes Glas Wein aus der Tafelstube herein und rief ihr zu: »Felicissima notte!« denn so viel hatt ich schon Italienisch gelernt. Aber wie ich das Glas so auf einmal runterstürzte, bricht sie plötzlich in ein fortwährendes Kichern aus, wird über und über rot, geht in die Tafelstube und macht die Tür hinter sich zu. Was gibt es da zu lachen? dachte ich ganz verwundert, ich glaube, die Leute in Italien sind alle verrückt.

Ich hatte nun nur immer Angst vor dem Postillion, dass er gleich wieder zu blasen anfangen würde. Ich horchte am Fenster, aber es war alles still draußen. Lass ihn blasen! dachte ich, zog mich aus und legte mich in das prächtige Bett. Das war nicht anders, als wenn man in Milch und Honig schwämme! Vor den Fenstern rauschte die alte Linde im Hof, zuweilen fuhr noch eine Dohle plötzlich vom Dache auf, bis ich endlich voller Vergnügen einschlief.

Sechstes Kapitel

Als ich wieder erwachte, spielten schon die ersten Morgenstrahlen an den grünen Vorhängen über mir. Ich konnte mich gar nicht besinnen, wo ich eigentlich wäre. Es kam mir vor, als führe ich noch immerfort im Wagen, und es hätte mir von einem Schlosse im Mondschein geträumt und von einer alten Hexe und ihrem blassen Töchterlein.

Ich sprang endlich rasch aus dem Bette, kleidete mich an, und sah mich dabei nach allen Seiten im Zimmer um. Da bemerkte ich eine kleine Tapetentür, die ich gestern gar nicht gesehen hatte. Sie war nur angelehnt, ich öffnete sie und erblickte ein kleines nettes Stübchen, das in der Morgendämmerung recht heimelig aussah. Über einem Stuhl waren Frauenkleider unordentlich hingeworfen, auf einem Bettchen daneben lag das Mädchen, das mir gestern Abend bei der Tafel aufgewartet hatte. Sie schlief noch ganz ruhig und hatte den Kopf auf den weißen bloßen Arm gelegt, über den ihre schwarzen Locken herabfielen. Wenn die wüsste, dass die Tür offen war! sagte ich zu mir selbst und ging in mein Schlafzimmer zurück, während ich hinter mir wieder schloss und verriegelte, damit das Mädchen nicht erschrecken und sich schämen sollte, wenn sie erwachte. Draußen ließ sich noch kein Laut vernehmen. Nur ein früh erwachtes Waldvöglein saß vor meinem Fenster auf einem Strauch, der aus der Mauer herauswuchs, und sang schon sein Morgenlied. »Nein«, sagte ich, »du sollst mich nicht beschämen und allein so früh und fleißig Gott loben!« – Ich nahm schnell meine Geige, die ich gestern auf das Tischchen gelegt hatte, und ging hinaus. Im Schlosse war noch alles totenstill, und es dauerte lange, ehe ich durch die dunklen Gänge ins Freie hinausfand.

Als ich vors Schloss trat, kam ich in einen großen Garten, der auf breiten Terrassen, wovon die eine immer tiefer war als die andere, bis auf den halben Berg herunterging. Aber das war eine liederliche Gärtnerei. Die Gänge waren alle mit hohem Gras bewachsen, die künstlichen Figuren von Buchsbaum waren nicht beschnitten und streckten, wie Gespenster, lange Nasen oder ellenhohe spitzige Mützen in die Luft hinaus, dass man sich in der Dämmerung ordentlich davor hätte fürchten mögen. Auf einige zerbrochene Statuen über einer vertrockneten Wasserkunst war gar Wäsche aufgehängt, hin und wieder hatten sie mitten im Garten Kohl angebaut, dann kamen wieder ein paar ordinäre Blumen, alles unordentlich durcheinander, und von hohem, wildem Unkraut überwachsen, zwischen dem sich bunte Eidechsen schlängelten. Zwischen die alten, hohen Bäume hindurch aber war überall eine weite, einsame Aussicht, eine Bergkuppe hinter der andern, so weit das Auge reichte.

Nachdem ich so ein Weilchen in der Morgendämmerung durch die Wildnis umherspaziert war, erblickte ich auf der Terrasse unter mir einen langen, schmalen, blassen Jüngling in einem langen braunen Kaputrock, der mit verschränkten Armen und großen Schritten auf und ab ging. Er tat, als sähe er mich nicht, setzte sich bald darauf auf eine steinerne Bank, zog ein Buch aus der Tasche, las sehr laut, als wenn er predigte, sah dabei zuweilen zum Himmel und stützte dann den Kopf ganz melancholisch auf die rechte Hand. Ich sah ihm lange zu, endlich wurde ich doch neugierig, warum er denn eigentlich so absonderliche Grimassen machte, und ging schnell auf ihn zu. Er hatte eben einen tiefen Seufzer ausgestoßen und sprang erschrocken auf, als ich ankam. Er war voller Verlegenheit, ich auch, wir wussten beide nicht, was wir sprechen sollten, und machten immerfort Komplimente voreinander, bis er endlich mit langen Schritten ins Gebüsch Reißaus nahm. Unterdes war die Sonne über dem Walde aufgegangen, ich sprang auf die Bank und strich vor Lust meine Geige, dass es weit in die stillen Täler herunterschallte. Die Alte mit dem Schlüsselbund, die mich schon ängstlich im ganzen Schloss fürs Frühstück gesucht hatte, erschien nun auf der Terrasse über mir und wunderte sich, dass ich so artig auf der Geige spielen konnte. Der alte grämliche Mann vom Schlosse fand sich dazu und verwunderte sich ebenfalls, endlich kamen auch noch die Mägde, und alles blieb oben voller Verwunderung stehen, und ich fingerte und schwenkte meinen Fiedelbogen immer künstlicher und hurtiger und spielte Kadenzen und Variationen, bis ich endlich ganz müde wurde.

Das war nun aber doch ganz seltsam auf dem Schlosse! Kein Mensch dachte da ans Weiterreisen. Das Schloss war auch gar kein Wirtshaus, sondern gehörte, wie ich von der Magd erfuhr, einem reichen Grafen. Wenn ich mich dann manchmal bei der Alten erkundigte, wie der Graf heiße, wo er wohne? da schmunzelte sie immer bloß, wie am ersten Abend, als ich aufs Schloss kam, und kniff und winkte mir so pfiffig mit den Augen zu, als ob sie nicht recht bei Sinnen wäre. Trank ich einmal an einem heißen Tag eine ganze Flasche Wein aus, kicherten die Mägde gewiss, wenn sie die andere brachten, und als mich dann gar einmal nach einer Pfeife Tabak verlangte, ich ihnen durch Zeichen beschrieb, was ich wollte, da brachen alle in ein großes unvernünftiges Gelächter aus. – Am verwunderlichsten war mir eine Nachtmusik, die sich oft, und gerade immer in den finstersten Nächten, unter meinem Fenster hören ließ. Es griff auf einer Gitarre immer nur von Zeit zu Zeit einzelne, ganz leise Klänge. Das eine Mal aber kam es mir vor, als ob es dabei von unten: »Pst! pst!« heraufrief. Ich fuhr daher flink aus dem Bett und mit dem Kopf aus dem Fenster.

»Holla! heda! wer ist da draußen?« rief ich hinunter. Aber es antwortete niemand, ich hörte nur etwas sehr schnell durchs Gesträuch fortlaufen. Der große Hund im Hof schlug über meinen Lärm ein paar Mal an, dann war auf einmal alles wieder still, und die Nachtmusik ließ sich seitdem nicht wieder vernehmen.

Sonst hatte ich hier ein Leben, wie sich's ein Mensch nur immer in der Welt wünschen kann. Der gute Portier! er wusste wohl, was er sprach, wenn er immer zu sagen pflegte, dass in Italien einem die Rosinen von selbst in den Mund wüchsen. Ich lebte auf dem einsamen

Schloss wie ein verwunschener Prinz. Wo ich hintrat, hatten die Leute eine große Ehrerbietung vor mir, obgleich sie schon alle wussten, dass ich keinen Heller in der Tasche hatte. Ich durfte nur sagen: »Tischchen deck dich!« so standen auch schon herrliche Speisen, Reis, Wein, Melonen und Parmesankäse da. Ich ließ mir's wohl schmecken, schlief in dem prächtigen Himmelbett, ging im Garten spazieren, musizierte und half wohl auch manchmal in der Gärtnerei. Oft lag ich auch stundenlang im Garten im hohen Gras, und der schmale Jüngling (es war ein Schüler und Verwandter der Alten, der eben jetzt hier zur Vakanz war) ging mit seinem langen Kaputrock in weiten Kreisen um mich herum, und murmelte dabei, wie ein Zauberer, aus seinem Buche, worüber ich dann auch jedes Mal einschlummerte. – So verging ein Tag nach dem andern, bis ich am Ende anfing, von dem guten Essen und Trinken ganz melancholisch zu werden. Die Glieder gingen mir von dem ewigen Nichtstun ordentlich aus allen Gelenken, und es war mir, als würde ich vor Faulheit noch ganz auseinanderfallen.

In dieser Zeit saß ich einmal an einem schwülen Nachmittag im Wipfel eines hohen Baums, der am Abhang stand, und wiegte mich auf den Ästen langsam über dem stillen, tiefen Tale. Die Bienen summten zwischen den Blättern um mich herum, sonst war alles wie ausgestorben, kein Mensch war zwischen den Bergen zu sehen, tief unter mir auf den stillen Waldwiesen ruhten die Kühe auf dem hohen Gras. Aber ganz von weitem kam der Klang eines Posthorns über die waldigen Gipfel herüber, bald kaum vernehmbar, bald wieder heller und deutlicher. Mir fiel dabei auf einmal ein altes Lied recht aufs Herz, das ich noch zu Hause in meines Vaters Mühle von einem wandernden Handwerksburschen gelernt hatte, und ich sang:

»Wer in die Fremde will wandern,
Der muss mit der Liebsten gehn,
Es jubeln und lassen die andern
Den Fremden alleine stehn.

Was wisset ihr, dunkele Wipfel,
Von der alten, schönen Zeit?
Ach, die Heimat hinter den Gipfeln,

Wie liegt sie von hier so weit!

Am liebsten betracht ich die Sterne,
Die schienen, wenn ich ging zu ihr,
Die Nachtigall hör ich so gerne,
Sie sang vor der Liebsten Tür.

Der Morgen, das ist meine Freude!
Da steig ich in stiller Stund
Auf den höchsten Berg in die Weite,
Grüß dich, Deutschland, aus Herzensgrund!«

Es war, als wenn mich das Posthorn bei meinem Lied aus der Ferne begleiten wollte. Es kam, während ich sang, zwischen den Bergen immer näher und näher, bis ich es endlich gar oben auf dem Schlosshofe schallen hörte. Ich sprang rasch vom Baum herunter. Da kam mir auch schon die Alte mit einem geöffneten Paket aus dem Schloss entgegen. »Da ist auch etwas für Sie mitgekommen«, sagte sie, und reichte mir aus dem Paket ein kleines, niedliches Briefchen. Es war ohne Anschrift, ich brach es schnell auf. Aber da wurde ich auf einmal im ganzen Gesicht so rot wie eine Päonie, und das Herz schlug mir so heftig, dass es die Alte merkte, denn das Briefchen war von – meiner schönen Frau, von der ich manches Zettelchen bei dem Herrn Amtmann gesehen hatte. Sie schrieb darin ganz kurz: »Es ist alles wieder gut, alle Hindernisse sind beseitigt. Ich benutzte heimlich diese Gelegenheit, um die erste zu sein, die Ihnen diese freudige Botschaft schreibt. Kommen, eilen Sie zurück. Es ist so öde hier und ich kann kaum mehr leben, seit Sie von uns fort sind. Aurelie.«

Die Augen gingen mir über, als ich das las, vor Entzücken und Schreck und unsäglicher Freude. Ich schämte mich vor dem alten Weib, die mich wieder abscheulich anschmunzelte, und flog wie ein Pfeil in den allereinsamsten Winkel des Gartens. Dort warf ich mich unter den Haselnusssträuchern ins Gras hin, und las das Briefchen noch einmal, sagte die Worte auswendig für mich hin, und las dann wieder und immer wieder, und die Sonnenstrahlen tanzten zwischen den Blättern hindurch über den Buchstaben, dass sie sich wie goldene und hellgrüne und rote Blüten vor meinen Augen ineinanderschlangen. Ist sie am Ende gar nicht verheiratet gewesen? dachte ich, war der fremde Offizier damals vielleicht ihr Bruder, oder ist er nun tot, oder bin ich toll, oder – »Das ist alles einerlei!« rief ich endlich und sprang auf, »nun ist's ja klar, sie liebt mich ja, sie liebt mich!«

Als ich aus dem Gesträuch wieder hervorkroch, neigte sich die Sonne zum Untergange. Der Himmel war rot, die Vögel sangen lustig in allen Wäldern, die Täler waren voller Schimmer, aber in meinem Herzen war es noch vieltausendmal schöner und fröhlicher!

Ich rief in das Schloss hinein, dass sie mir heut das Abendessen in den Garten herausbringen sollten. Die alte Frau, der alte grämliche Mann, die Mägde, sie mussten alle mit heraus und sich mit mir unter dem Baum an den gedeckten Tisch setzen. Ich zog meine Geige hervor und spielte und aß und trank dazwischen. Da wurden sie alle lustig, der alte Mann strich seine grämlichen Falten aus dem Gesicht und trank ein Glas nach dem andern aus, die Alte plauderte in einem fort, Gott weiß was; die Mägde fingen an, auf dem Rasen miteinander zu tanzen. Zuletzt kam auch noch der blasse Student neugierig hervor, warf einige verächtliche Blicke auf das Spektakel und wollte ganz vornehm wieder weitergehen. Ich aber, nicht faul, sprang geschwind auf, erwischte ihn, eh er sich's versah, bei seinem langen Überrock, und walzte tüchtig mit ihm herum. Er strengte sich nun an, recht zierlich und neumodisch zu tanzen, und füßelte so emsig und künstlich, dass ihm der Schweiß vom Gesicht herunterfloss und die langen Rockschöße wie ein Rad um uns herumflogen. Dabei sah er mich aber manchmal so kurios mit verdrehten Augen an, dass ich mich ordentlich vor ihm zu fürchten anfing und ihn plötzlich wieder losließ.

Die Alte hätte nun gar zu gern erfahren, was im Brief stand, und warum ich denn eigentlich heut auf einmal so lustig war. Aber das war ja viel zu weitläufig, um es ihr auseinandersetzen zu können. Ich zeigte bloß auf ein paar Kraniche, die eben hoch über uns durch die Luft zogen, und sagte: »Ich müsste nun auch so fort und immer fort, weit in die Ferne!« – Da riss sie die vertrockneten Augen auf, und blickte, wie ein Basilisk, bald auf mich, bald auf den alten Mann hinüber. Dann bemerkte ich, wie die beiden heimlich die Köpfe zusammensteckten, sooft ich mich wegwandte, und sehr eifrig miteinander sprachen, und mich dabei zuweilen von der Seite ansahen. Das fiel mir auf. Ich sann hin und her, was sie wohl mit mir vorhaben möchten. Darüber wurde ich stiller, die Sonne war auch schon lange untergegangen, und so wünschte ich allen gute Nacht und ging nachdenklich in meine Schlafstube.

Ich war innerlich so fröhlich und unruhig, dass ich noch lange im Zimmer auf und ab ging. Draußen wälzte der Wind schwere, schwarze Wolken über den Schlossturm weg, man konnte kaum die nächsten Bergkuppen in der dicken Finsternis erkennen. Da kam es mir vor, als wenn ich im Garten unten Stimmen hörte. Ich löschte mein Licht und stellte mich ans Fenster. Die Stimmen schienen näher zu kommen, sprachen aber sehr leise miteinander. Auf einmal gab eine kleine Laterne, welche die eine Gestalt unterm Mantel trug, einen langen Schein. Ich erkannte nun den grämlichen Schlossverwalter und die alte Haushälterin. Das Licht blitzte über das Gesicht der Alten, das mir noch niemals so grässlich vorgekommen war, und über ein langes Messer, das sie in der Hand hielt. Dabei konnte ich sehen, dass sie beide eben nach meinem Fenster hinaufsahen. Dann schlug der Verwalter seinen Mantel wieder dichter um, und es war bald alles wieder finster und still.

Was wollen die, dachte ich, zu dieser Stunde noch draußen im Garten? Mich schauderte, denn es fielen mir alle Mordgeschichten ein, die ich in meinem Leben gehört hatte, von Hexen und Räubern, welche Menschen abschlachten, um ihre Herzen zu fressen. Indem ich noch so nachdenke, kommen Menschentritte, erst die Treppe herauf, dann auf dem langen Gang ganz leise, leise auf meine Tür zu, dabei war es, als wenn zuweilen Stimmen heimlich miteinander wisperten. Ich sprang schnell an das andere Ende der Stube hinter einen großen Tisch, den ich, sobald sich etwas rührte, vor mir aufheben, und so mit aller Gewalt auf die Tür losrennen wollte. Aber in der Finsternis warf ich einen Stuhl um, dass es ein entsetzliches Gepolter gab. Da wurde es auf einmal ganz still draußen. Ich lauschte hinter dem Tisch und sah immerfort zur Tür, als wenn ich sie mit den Augen durchstechen wollte, dass mir ordentlich die Augen zum Kopf heraustanden. Als ich mich ein Weilchen wieder so ruhig verhalten hatte, dass man die Fliegen an der Wand hätte können gehen hören, vernahm ich, wie jemand von draußen ganz leise einen Schlüssel ins Schlüsselloch steckte. Ich wollte nun eben mit meinem Tisch losstürzen, da drehte es den Schlüssel langsam dreimal in der Tür um, zog ihn vorsichtig wieder heraus und schnurrte dann sachte über den Gang und die Treppe hinunter.

Ich schöpfte nun tief Atem. Oho, dachte ich, da haben sie dich eingesperrt, damit sie's kommode haben, wenn ich erst fest eingeschlafen bin. Ich untersuchte geschwind die Tür. Es war richtig, sie war fest verschlossen, ebenso die andere Tür, hinter der die hübsche, bleiche Magd schlief. Das war noch niemals geschehen, solange ich auf dem Schlosse wohnte.

Da saß ich nun in der Fremde gefangen! Die schöne Frau stand nun wohl an ihrem Fenster und sah über den stillen Garten nach der Landstraße hinaus, ob ich nicht schon am Zollhäuschen mit meiner Geige dahergestrichen komme, die Wolken flogen rasch über den Himmel, die Zeit verging – und ich konnte nicht fort von hier! Ach, mir war so weh im Herzen, ich wusste gar nicht mehr, was ich tun sollte. Dabei war mir's auch immer, wenn die Blätter draußen rauschten, oder eine Ratte am Boden knosperte, als wäre die Alte durch eine verborgene Tapetentür heimlich hereingetreten und lauere und schleiche leise mit dem langen Messer durchs Zimmer.

Als ich so voll Sorgen auf dem Bette saß, hörte ich auf einmal seit langer Zeit wieder die Nachtmusik unter meinen Fenstern. Bei dem ersten Klang der Gitarre war es mir nicht anders, als wenn mir ein Morgenstrahl plötzlich durch die Seele führe. Ich riss das Fenster auf und rief leise herunter, dass ich wach sei. »Pst, pst!« antwortete es von unten. Ich besann mich nun nicht lange, steckte das Briefchen und meine Geige zu mir, schwang mich aus dem Fenster, und kletterte an der alten, zersprungenen Mauer hinab, indem ich mich mit den Händen an den Sträuchern, die aus den Ritzen wuchsen, festhielt. Aber einige morsche Ziegel gaben nach, ich kam ins Rutschen, es ging immer rascher und rascher mit mir, bis ich endlich mit beiden Füßen aufplumpste, dass mir's im Gehirnkasten knisterte.

Kaum war ich auf diese Art unten im Garten angekommen, so umarmte mich jemand mit solcher Vehemenz, dass ich laut aufschrie. Der gute Freund aber hielt mir schnell die Finger auf den Mund, fasste mich bei der Hand und führte mich dann aus dem Gesträuch ins

Freie hinaus. Da erkannte ich mit Verwunderung den guten, langen Studenten, der die Gitarre an einem breiten seidenen Band um den Hals hängen hatte. – Ich beschrieb ihm nun in größter Eile, dass ich aus dem Garten hinauswollte. Er schien aber das alles schon lange zu wissen und führte mich auf allerlei verdeckten Umwegen zum untern Tor in der hohen Gartenmauer. Aber da war nun auch das Tor wieder fest verschlossen! Doch der Student hatte auch das schon vorbedacht, er zog einen großen Schlüssel hervor und schloss behutsam auf.

Als wir nun in den Wald hinaustraten, und ich ihn eben noch um den besten Weg zur nächsten Stadt fragen wollte, stürzte er plötzlich vor mir auf ein Knie nieder, hob die eine Hand hoch in die Höhe und fing an zu fluchen und zu schwören, dass es entsetzlich anzuhören war. Ich wusste gar nicht, was er wollte, ich hörte nur immerfort: »Idio« und »cuore« und »amore« und »furore!« Als er aber am Ende gar anfing, auf beiden Knien schnell und immer näher auf mich zuzurutschen, da wurde mir auf einmal ganz grauslich, ich merkte wohl, dass er verrückt war, und rannte, ohne mich umzusehen, in den dicksten Wald hinein.

Ich hörte nun den Studenten wie rasend hinter mir drein schreien. Bald darauf gab noch eine andere grobe Stimme vom Schlosse her Antwort. Ich dachte mir nun wohl, dass sie mich suchen würden. Der Weg war mir unbekannt, die Nacht finster, ich konnte ihnen leicht wieder in die Hände fallen. Ich kletterte daher auf den Wipfel einer hohen Tanne hinauf, um bessere Gelegenheiten abzuwarten.

Von dort konnte ich hören, wie auf dem Schloss eine Stimme nach der andern wach wurde. Einige Windlichter zeigten sich oben und warfen ihre wilden roten Scheine über das alte Gemäuer des Schlosses und weit vom Berge in die schwarze Nacht hinein. Ich befahl meine Seele dem lieben Gott, denn das verworrene Getümmel wurde immer lauter und näherte sich immer mehr und mehr. Endlich stürzte der Student mit einer Fackel unter meinem Baum vorüber, dass ihm die Rockschöße weit im Winde nachflogen. Dann schienen sie sich alle nach und nach auf eine andere Seite des Berges hinzuwenden, die Stimmen schallten immer ferner und ferner, und der Wind rauschte wieder durch den stillen Wald. Da stieg ich schnell von dem Baum herab, und lief atemlos weiter in das Tal und die Nacht hinaus.

Siebentes Kapitel

Ich war Tag und Nacht eilig fortgegangen, denn es sauste mir lange in den Ohren, als kämen die von dem Berge mit ihrem Rufen, mit Fackeln und langen Messern noch immer hinter mir drein. Unterwegs erfuhr ich, dass ich nur noch ein paar Meilen von Rom wäre. Da erschrak ich ordentlich vor Freude. Denn von dem prächtigen Rom hatte ich schon zu Hause als Kind viele wunderbare Geschichten gehört, und wenn ich dann an Sonntagnachmittagen vor der Mühle im Grase lag und alles ringsum so stille war, da dachte ich mir Rom wie die ziehenden Wolken über mir, mit wundersamen Bergen und Abgründen am blauen Meer und goldnen Toren und hohen glänzenden Türmen, von denen Engel in goldenen Gewändern sangen. – Die Nacht war schon wieder lang hereingebrochen, und der Mond schien prächtig, als ich endlich auf einem Hügel aus dem Walde heraustrat, und auf einmal die Stadt in der Ferne vor mir sah. – Das Meer leuchtete von weitem, der Himmel blitzte und funkelte unübersehbar mit unzähligen Sternen, darunter lag die heilige Stadt, von der man nur einen langen Nebelstreif erkennen konnte, wie ein eingeschlafener Löwe auf der stillen Erde, und Berge standen daneben, wie dunkle Riesen, die ihn bewachten.

Ich kam nun zuerst auf eine große, einsame Heide, auf der es so grau und still war, wie im Grab. Nur hin und her stand ein altes verfallenes Gemäuer oder ein trockener wunderbar gewundener Strauch; manchmal schwirrten Nachtvögel durch die Luft, und mein eigener Schatten strich immerfort lang und dunkel in der Einsamkeit neben mir her. Sie sagen, dass hier eine uralte Stadt und die Frau Venus begraben liegt, und die alten Heiden zuweilen noch aus ihren Gräbern heraufsteigen und bei stiller Nacht über die Heide gehn und die Wanderer verwirren. Aber ich ging gerade fort und ließ mich nicht anfechten. Denn die Stadt stieg immer deutlicher und prächtiger vor mir herauf, und die hohen Burgen und Tore und goldenen Kuppeln glänzten so herrlich im hellen Mondschein, als ständen wirklich Engel in goldenen Gewändern auf den Zinnen und sängen durch die stille Nacht herüber. So zog ich denn endlich erst an kleinen Häusern vorbei, dann durch ein prächtiges Tor in die berühmte Stadt Rom hinein. Der

Mond schien zwischen den Palästen, als wäre es heller Tag, aber die Straßen waren schon alle leer, nur hin und wieder lag ein lumpiger Kerl, wie ein Toter, in der lauen Nacht auf den Marmorschwellen und schlief. Dabei rauschten die Brunnen auf den stillen Plätzen, und die Gärten an der Straße säuselten dazwischen und füllten die Luft mit erquickenden Düften.

Wie ich nun eben so fortschlendere, und vor Vergnügen, Mondschein und Wohlgeruch gar nicht weiß, wohin ich mich wenden soll, lässt sich tief aus einem Garten eine Gitarre hören. Mein Gott, denk ich, da ist mir wohl der tolle Student mit dem langen Überrock heimlich nachgesprungen! Darüber fing eine Dame im Garten an überaus lieblich zu singen. Ich stand ganz wie bezaubert, denn es war die Stimme der schönen gnädigen Frau und dasselbe welsche Liedchen, das sie gar oft zu Hause am offnen Fenster gesungen hatte.

Da fiel mir auf einmal die schöne alte Zeit mit solcher Gewalt aufs Herz, dass ich bitterlich hätte weinen mögen, der stille Garten vor dem Schloss in früher Morgenstunde, und wie ich da hinter dem Strauch so glückselig war, ehe mir die dumme Fliege in die Nase flog. Ich konnte mich nicht länger halten. Ich kletterte auf den vergoldeten Zierraten über das Gittertor und schwang mich in den Garten hinunter, woher der Gesang kam. Da bemerkte ich, dass eine schlanke, weiße Gestalt von fern hinter einer Pappel stand und mir erst verwundert zusah, als ich über das Gitterwerk kletterte, dann aber auf einmal so schnell durch den dunklen Garten dem Hause zuflog, dass man sie im Mondschein kaum füßeln sehen konnte. »Das war sie selbst!« rief ich aus, und das Herz schlug mir vor Freude, denn ich erkannte sie gleich an den kleinen, flinken Füßchen wieder. Es war nur schlimm, dass ich mir beim Herunterspringen vom Gartentore den rechten Fuß etwas vertreten hatte, ich musste daher erst ein paar Mal mit dem Beine schlenkern, eh ich zum Hause nachspringen konnte. Aber da hatten sie unterdes Tür und Fenster fest verschlossen. Ich klopfte ganz bescheiden an, horchte und klopfte wieder. Da war es nicht anders, als wenn es drinnen leise flüsterte und kicherte, ja einmal kam es mir vor, als wenn zwei helle Augen zwischen den Jalousien im Mondschein hervorfunkelten. Dann war auf einmal wieder alles still. Sie weiß nur nicht, dass ich es bin, dachte ich, zog die Geige, die ich allzeit bei mir trage, hervor, spazierte damit auf dem Gang vor dem Haus auf und nieder und spielte und sang das Lied von der schönen Frau und spielte voll Vergnügen alle meine Lieder durch, die ich damals in den schönen Sommernächten im Schlossgarten oder auf der Bank vor dem Zollhaus gespielt hatte, dass es weit bis in die Fenster des Schlosses hinüberklang. – Aber es half alles nichts, es rührte und regte sich niemand im ganzen Hause. Da steckte ich endlich meine Geige traurig ein und legte mich auf die Schwelle vor der Haustür hin, denn ich war sehr müde von dem langen Marsch. Die Nacht war warm, die Blumenbeete vor dem Hause dufteten lieblich, eine Wasserkunst weiter unten im Garten plätscherte immerfort dazwischen. Mir träumte von himmelblauen Blumen, von schönen, dunkelgrünen, einsamen Gründen, wo Quellen rauschten und Bächlein gingen und bunte Vögel wunderbar sangen, bis ich endlich fest einschlief.

Als ich aufwachte, rieselte mir die Morgenluft durch alle Glieder. Die Vögel waren schon wach und zwitscherten auf den Bäumen um mich herum, als ob sie mich zum Narren halten wollten. Ich sprang rasch auf und sah mich nach allen Seiten um. Die Wasserkunst im Garten rauschte noch immer fort, aber im Haus war kein Laut zu vernehmen. Ich guckte durch die grünen Jalousien in das eine Zimmer hinein. Da war ein Sofa und ein großer runder Tisch mit grauer Leinwand verhangen, die Stühle standen alle in genauer Ordnung und unverrückt an den Wänden herum; von außen aber waren die Jalousien an allen Fenstern heruntergelassen, als wäre das ganze Haus schon seit vielen Jahren unbewohnt. – Da überfiel mich ein Grausen vor dem einsamen Haus und Garten und vor der gestrigen weißen Gestalt. Ich lief, ohne mich weiter umzusehen, durch die stillen Lauben und Gänge und kletterte geschwind wieder am Gartentor hinauf. Aber da blieb ich wie verzaubert sitzen, als ich auf einmal von dem hohen Gitterwerk in die prächtige Stadt hinuntersah. Da blitzte und funkelte die Morgensonne weit über die Dächer und in die langen stillen Straßen hinein, dass ich laut aufjauchzen musste, und voller Freude auf die Straße hinuntersprang.

Aber wohin sollt ich mich wenden in der großen fremden Stadt? Auch ging mir die konfuse Nacht und das welsche Lied der schönen gnädigen Frau von gestern noch immer im Kopfe hin und her. Ich setzte mich endlich auf den steinernen Springbrunnen, der mitten auf dem einsamen Platze stand, wusch mir in dem klaren Wasser die Augen hell und sang dazu:

>»Wenn ich ein Vöglein wär,
Ich wüsst wohl, wovon ich sänge,
Und auch zwei Flüglein hätt,
Ich wüsst wohl, wohin ich mich schwänge!«

»Ei, lustiger Gesell, du singst ja wie eine Lerche beim ersten Morgenstrahl!« sagte da auf einmal ein junger Mann zu mir, der während meines Liedes an den Brunnen herangetreten war. Mir aber, da ich so unverhofft deutsch sprechen hörte, war es nicht anders im Herzen, als wenn die Glocke aus meinem Dorf am stillen Sonntagsmorgen plötzlich zu mir herüberklänge. »Gott willkommen, bester Herr Landsmann!« rief ich aus und sprang voller Vergnügen von dem steinernen Brunnen herab. Der junge Mann lächelte und sah mich von oben bis unten an. »Aber was treibt Ihr denn eigentlich hier in Rom?« fragte er endlich. Da wusste ich nun nicht gleich, was ich sagen sollte, denn dass ich soeben der schönen gnädigen Frau nachspränge, mocht ich ihm nicht sagen. »Ich treibe«, erwiderte ich, »mich selbst ein bisschen herum, um die Welt zu sehen.« – »So so!« versetzte der junge Mann und lachte laut auf, »da haben wir ja ein Metier. Das tu ich eben auch, um die Welt zu sehen, und hinterdrein abzumalen.« – »Also ein Maler!« rief ich fröhlich aus, denn mir fiel dabei Herr Leonhard und Guido ein. Aber der Herr ließ mich nicht zu Wort kommen. »Ich denke«, sagte er, »du gehst mit und frühstückst bei mir, da will ich dich selbst abkonterfeien, dass es eine Freude sein soll!« – Das ließ ich mir gern gefallen, und wanderte nun mit dem Maler durch die leeren Straßen, wo nur hin und wieder erst einige Fensterläden aufgemacht wurden und bald ein paar weiße Arme, bald ein verschlafenes Gesichtchen in die frische Morgenluft hinausguckten.

Er führte mich lange hin und her durch eine Menge konfuser, enger und dunkler Gassen, bis wir endlich in ein altes verräuchertes Haus hineinwuschten. Dort stiegen wir eine finstre Treppe hinauf, dann wieder eine, als wenn wir in den Himmel hineinsteigen wollten. Wir standen nun unter dem Dach vor einer Tür still, und der Maler fing an in allen Taschen vorn und hinten mit großer Eilfertigkeit zu suchen. Aber er hatte heute früh vergessen zuzuschließen und den Schlüssel in der Stube gelassen. Denn er war, wie er mir unterwegs erzählte, noch vor Tagesanbruch vor die Stadt hinausgegangen, um die Gegend bei Sonnenaufgang zu betrachten. Er schüttelte nur mit dem Kopf und stieß die Tür mit dem Fuß auf.

Das war eine lange, lange, große Stube, dass man darin hätte tanzen können, wenn nur nicht auf dem Fußboden alles voll gelegen hätte. Aber da lagen Stiefel, Papiere, Kleider, umgeworfene Farbtöpfe, alles durcheinander; in der Mitte der Stube standen große Gerüste, wie man zum Birnenabnehmen braucht, ringsum an der Wand waren große Bilder angelehnt. Auf einem langen hölzernen Tisch war eine Schüssel, worauf neben einem Farbenklecks Brot und Butter lagen. Eine Flasche Wein stand daneben.

»Nun esst und trinkt erst, Landsmann!« rief mir der Maler zu. – Ich wollte mir auch sogleich ein paar Butterschnitten schmieren, aber da war wieder kein Messer da. Wir mussten erst lange in den Papieren auf dem Tische herumraspeln, ehe wir es unter einem großen Paket endlich fanden. Darauf riss der Maler das Fenster auf, dass die frische Morgenluft fröhlich das ganze Zimmer durchdrang. Das war eine herrliche Aussicht weit über die Stadt weg in die Berge hinein, wo die Morgensonne lustig die weißen Landhäuser und Weingärten beschien. – »Vivat unser kühlgrünes Deutschland da hinter den Bergen!« rief der Maler aus und trank dazu aus der Weinflasche, die er mir dann hinreichte. Ich tat ihm höflich Bescheid, und grüßte in meinem Herzen die schöne Heimat in der Ferne noch vieltausendmal.

Der Maler aber hatte unterdes das hölzerne Gerüst, worauf ein sehr großes Papier aufgespannt war, näher ans Fenster herangerückt. Auf dem Papier war bloß mit großen schwarzen Strichen eine alte Hütte gar künstlich abgezeichnet. Darin saß die heilige Jungfrau mit einem überaus schönen, freudigen und doch recht wehmütigen Gesicht. Zu ihren Füßen auf einem Nestlein von Stroh lag das Jesuskind, sehr freundlich, aber mit großen, ernsthaften Augen. Draußen auf der Schwelle der offnen Hütte aber knieten zwei Hirtenknaben mit Stab und Tasche. – »Siehst du«, sagte der Maler, »dem einen Hirtenknaben da will ich deinen Kopf aufsetzen, so kommt dein Gesicht doch auch

etwas unter die Leute, und will's Gott, sollen sie sich daran noch erfreuen, wenn wir beide schon lange begraben sind und selbst so still
und fröhlich vor der heiligen Mutter und ihrem Sohne knien, wie die
glücklichen Jungen hier.« – Darauf ergriff er einen alten Stuhl, von
dem ihm aber, da er ihn aufheben wollte, die halbe Lehne in der Hand
blieb. Er passte ihn geschwind wieder zusammen, schob ihn vor das
Gerüst hin, und ich musste mich nun daraufsetzen und mein Gesicht,
etwas von der Seite, dem Maler zuwenden. – So saß ich ein paar Minuten ganz still, ohne mich zu rühren. Aber ich weiß nicht, zuletzt
konnt ich's gar nicht recht aushalten, bald juckte mich's da, bald juckte mich's dort. Auch hing mir gerade gegenüber ein zerbrochner hal-
ber Spiegel, da musst ich immerfort hineinsehen, und machte, wenn
er eben malte, aus Langeweile allerlei Gesichter und Grimassen. Der
Maler, der es bemerkte, lachte endlich laut auf und winkte mir mit der
Hand, dass ich wieder aufstehen sollte. Mein Gesicht auf dem Hirten
war auch schon fertig und sah so klar aus, dass ich mir ordentlich selber gefiel.

Er zeichnete nun in der frischen Morgenkühle immer fleißig fort,
während er ein Liedchen dazu sang und zuweilen durch das offne
Fenster in die prächtige Gegend hinausblickte. Ich aber schnitt mir
unterdes noch eine Butterstulle und ging damit im Zimmer auf und ab
und besah mir die Bilder, die an der Wand aufgestellt waren. Zwei
darunter gefielen mir ganz besonders gut. »Habt Ihr die auch gemalt?« frug ich den Maler. »Warum nicht gar!« erwiderte er, »die
sind von den berühmten Meistern Leonardo da Vinci und Guido Reni
– aber da weißt du ja doch nichts davon!« – Mich ärgerte der Schluss
der Rede. »Oh«, versetzte ich ganz gelassen, »die beiden Meister kenne ich wie meine eigne Tasche.« – Da machte er große Augen. »Wie-
so?« frug er geschwind. »Nun«, sagte ich, »bin ich nicht mit ihnen
Tag und Nacht fortgereist, zu Pferde und zu Fuß und zu Wagen, dass
mir der Wind am Hute pfiff, und hab sie alle beide in der Schenke
verloren und bin dann allein in ihrem Wagen mit Extrapost immer
weitergefahren, dass der Bombenwagen immerfort auf zwei Rädern
über die entsetzlichen Steine flog, und« – »Oho! Oho!« unterbrach
mich der Maler und sah mich starr an, als wenn er mich für verrückt
hielte. Dann aber brach er jäh in ein lautes Gelächter aus. »Ach«, rief

er, »nun versteh ich erst, du bist mit zwei Malern gereist, die Guido und Leonhard hießen?« – Da ich das bejahte, sprang er rasch auf und sah mich nochmals von oben bis unten ganz genau an. »Ich glaube gar«, sagte er, »am Ende spielst du die Violine?« – Ich schlug auf meine Rocktasche, dass die Geige darin einen Klang gab. – »Nun wahrhaftig«, versetzte der Maler, »da war eine Gräfin aus Deutschland hier, die hat sich in allen Winkeln von Rom nach den beiden Malern und nach einem jungen Musikanten mit der Geige erkundigen lassen.« – »Eine junge Gräfin aus Deutschland?« rief ich voller Entzücken aus, »ist der Portier mit?« – »Ja, das weiß ich alles nicht«, erwiderte der Maler, »ich sah sie nur einige Mal bei einer Freundin von ihr, die aber auch nicht in der Stadt wohnt. – Kennst du die?« fuhr er fort, indem er in einem Winkel plötzlich eine Leinwanddecke von einem großen Bild in die Höhe hob. Da war mir's doch nicht anders als wenn man in einer finstern Stube die Läden aufmacht und einem die Morgensonne auf einmal über die Augen blitzt, es war – die schöne gnädige Frau! – sie stand in einem schwarzen Samtkleid im Garten, und hob mit der einen Hand den Schleier vom Gesicht und sah still und freundlich in eine weite, prächtige Gegend hinaus. Je länger ich hinsah, je mehr kam es mir vor, als wäre es der Garten am Schlosse, und die Blumen und Zweige wiegten sich leise im Wind, und unten in der Tiefe sähe ich mein Zollhäuschen und die Landstraße weit durchs Grüne und die Donau und die fernen blauen Berge.

»Sie ist's, sie ist's!« rief ich endlich, erwischte meinen Hut und rannte rasch zur Tür hinaus, die vielen Treppen hinunter, und hörte nur noch, dass mir der verwunderte Maler nachschrie, ich sollte gegen Abend wiederkommen, da könnten wir vielleicht mehr erfahren!

Achtes Kapitel

Ich lief mit großer Eilfertigkeit durch die Stadt, um mich sogleich wieder in dem Gartenhause zu melden, wo die schöne Frau gestern Abend gesungen hatte. Auf den Straßen war unterdes alles lebendig geworden, Herren und Damen zogen im Sonnenschein und neigten sich und grüßten bunt durcheinander, prächtige Karossen rasselten dazwischen, und von allen Türmen läutete es zur Messe, dass die

Klänge über dem Gewühl wunderbar in der klaren Luft durcheinander hallten. Ich war wie betrunken von Freude und von dem Rumor, und rannte in meiner Fröhlichkeit immer gerade fort, bis ich zuletzt gar nicht mehr wusste, wo ich stand. Es war wie verzaubert, als wäre der stille Platz mit dem Brunnen und der Garten und das Haus bloß ein Traum gewesen und beim hellen Tageslicht alles wieder von der Erde verschwunden.

Fragen konnte ich nicht, denn ich wusste den Namen des Platzes nicht. Endlich fing es auch an sehr schwül zu werden, die Sonnenstrahlen schossen recht wie sengende Pfeile auf das Pflaster, die Leute verkrochen sich in die Häuser, die Jalousien wurden überall wieder zugemacht, und es war auf einmal wie ausgestorben auf den Straßen. Ich warf mich zuletzt ganz verzweifelt vor einem schönen großen Haus hin, vor dem ein Balkon mit Säulen breiten Schatten warf, und betrachtete bald die stille Stadt, die in der plötzlichen Einsamkeit bei heller Mittagstunde ordentlich schauerlich aussah, bald wieder den tiefblauen, ganz wolkenlosen Himmel, bis ich endlich vor großer Ermüdung gar einschlummerte. Da träumte mir, ich läge bei meinem Dorf auf einer einsamen, grünen Wiese, ein warmer Sommerregen sprühte und glänzte in der Sonne, die soeben hinter den Bergen unterging, und wie die Regentropfen auf den Rasen fielen, waren es lauter schöne, bunte Blumen, so dass ich davon ganz überschüttet war.

Aber wie staunte ich, als ich erwachte, und wirklich eine Menge schöner frischer Blumen auf und neben mir liegen sah! Ich sprang auf, konnte aber nichts Besonderes bemerken, als bloß in dem Haus über mir ein Fenster ganz oben voll von duftenden Sträuchern und Blumen, hinter denen ein Papagei unablässig plauderte und kreischte. Ich las nun die zerstreuten Blumen auf, band sie zusammen und steckte mir den Strauß vorn ins Knopfloch. Dann aber fing ich an, mit dem Papagei ein wenig zu diskurrieren, denn es freute mich, wie er in seinem vergoldeten Bauer mit allerlei Grimassen herauf- und heruntre stieg und sich dabei immer ungeschickt auf die große Zehe trat. Doch ehe ich mich's versah, schimpfte er mich »furfante!« Wenn es gleich eine unvernünftige Bestie war, so ärgerte es mich doch. Ich schimpfte ihn wieder, wir gerieten zu guter Letzt beide in Hitze, je mehr ich auf deutsch schimpfte, umso mehr gurgelte er auf italienisch wieder auf mich los. Auf einmal hörte ich jemand hinter mir lachen. Ich drehte mich rasch um. Es war der Maler von heute früh. »Was stellst du wieder für tolles Zeug an!« sagte er, »ich warte schon eine halbe Stunde auf dich. Die Luft ist wieder kühler, wir wollen in einen Garten vor der Stadt gehen, da wirst du mehrere Landsleute antreffen und vielleicht etwas Näheres von der deutschen Gräfin erfahren.«

Darüber war ich außerordentlich erfreut, und wir traten unsern Spaziergang sogleich an, während ich den Papagei noch lange hinter mir drein schimpfen hörte.

Nachdem wir draußen vor der Stadt auf schmalen, steinigen Fußsteigen lange zwischen Landhäusern und Weingärten hinaufgestiegen waren, kamen wir an einen kleinen hochgelegenen Garten, wo mehrere junge Männer und Mädchen im Grünen um einen runden Tisch saßen. Sobald wir hineintraten, winkten uns alle zu, uns still zu verhalten, und zeigten auf die andere Seite des Gartens hin. Dort saßen in einer großen, grün verwachsenen Laube zwei schöne Frauen an einem Tisch einander gegenüber. Die eine sang, die andere spielte Gitarre dazu. Zwischen beiden hinter dem Tisch stand ein freundlicher Mann, der mit einem kleinen Stäbchen zuweilen den Takt schlug. Dabei funkelte die Abendsonne durchs Weinlaub, bald über die Weinflaschen und Früchte, womit der Tisch in der Laube besetzt war, bald über die vollen, runden, blendendweißen Achseln der Frau mit der Gitarre. Die andere war wie verzückt und sang auf italienisch ganz außerordentlich künstlich, dass ihr die Flechsen am Halse anschwollen.

Wie sie nun soeben mit zum Himmel gerichteten Augen eine lange Kadenz anhielt, und der Mann neben ihr mit aufgehobenem Stäbchen auf den Augenblick passte, wo sie wieder in den Takt einfallen würde, und keiner im ganzen Garten zu atmen sich unterstand, da flog plötzlich die Gartentür weit auf, und ein ganz erhitztes Mädchen und hinter ihr ein junger Mensch mit einem feinen, bleichen Gesicht stürzten in großem Gezänke herein. Der erschrockene Musikdirektor blieb mit seinem aufgehobenen Stabe wie ein versteinerter Zauberer stehen, obgleich die Sängerin schon längst den langen Triller unwirsch abgeschnappt hatte und zornig aufgestanden war. Alle übrigen zischten den Neuangekommenen wütend an. »Barbar!« rief ihm einer von dem runden Tisch zu, »du rennst da mitten in das sinnreiche Tableau von der schönen Beschreibung hinein, welche der selige Hoffmann, Seite 347 des 'Frauentaschenbuchs für 1816', von dem schönsten Hummelschen Bilde gibt, das im Herbst 1814 auf der Berliner Kunstausstellung zu sehen war!« – Aber das half alles nichts. »Ach was!« entgegnete der junge Mann, »mit Euren Tableaus von Tableaus! Mein selbsterfundenes Bild für die andern, und mein Mädchen für mich allein! So will ich es halten! O du Ungetreue, du Falsche!« fuhr er dann von neuem gegen das arme Mädchen fort, »du kritische Seele, die in der Malerkunst nur den Silberblick und in der Dichterkunst nur den goldenen Faden sucht und keinen Liebsten, sondern nur lauter Schätze hat! Ich wünsche dir hinfüro, statt eines ehrlichen malerischen Pinsels, einen alten Duca mit einer ganzen Münzgrube von Diamanten auf der Nase und mit hellem Silberblick auf der kahlen Platte und mit Goldschnitt auf den paar noch übrigen Haaren! Ja nur heraus mit dem verruchten Zettel, den du da vorhin vor mir versteckt hast! Was hast du wieder angezettelt? Von wem ist der Wisch, und an wen ist er?«

Aber das Mädchen sträubte sich standhaft, und je eifriger die andern den erbosten jungen Menschen umgaben und ihn mit großem Lärm zu trösten und zu beruhigen suchten, desto erhitzter und toller wurde er von dem Rumor, zumal da das Mädchen auch ihr Mäulchen nicht halten konnte, bis sie endlich weinend aus dem verworrenen Knäuel hervorflog und sich auf einmal ganz unverhofft an meine Brust stürzte, um bei mir Schutz zu suchen. Ich stellte mich auch sogleich in die gehörige Positur, aber da die andern in dem Getümmel soeben nicht auf uns achtgaben, kehrte sie plötzlich das Köpfchen zu mir herauf und flüsterte mir mit ganz ruhigem Gesicht sehr leise und schnell ins Ohr: »Du abscheulicher Einnehmer! um dich muss ich das alles leiden. Da, steck den fatalen Zettel geschwind zu dir, du findest darauf bemerkt, wo wir wohnen. Also zur bestimmten Stunde, wenn du ins Tor kommst, immer die einsame Straße rechts fort! –«

Ich konnte vor Verwunderung kein Wort hervorbringen, denn wie ich sie nun erst recht ansah, erkannte ich sie auf einmal: es war wahrhaftig die schnippische Kammerjungfer vom Schloss, die mir damals an dem schönen Sonntagabend die Flasche mit Wein brachte. Sie war mir sonst niemals so schön vorgekommen, als da sie sich jetzt so erhitzt an mich lehnte, dass die schwarzen Locken über meinen Arm herabhingen. – »Aber, verehrte Mamsell«, sagte ich voller Erstaunen, »wie kommen Sie« – »Um Gottes willen, still nur, jetzt still!« erwiderte sie und sprang geschwind von mir fort auf die andere Seite des Gartens, eh ich mich noch auf alles recht besinnen konnte.

Unterdes hatten die andern ihr erstes Thema fast ganz vergessen, zankten aber untereinander recht vergnüglich weiter, indem sie dem jungen Menschen beweisen wollten, dass er eigentlich betrunken sei, was sich für einen ehrliebenden Maler gar nicht schicke. Der runde, fixe Mann aus der Laube, der – wie ich nachher erfuhr – ein großer Kenner und Freund von Künsten war, und aus Liebe zu den Wissenschaften gern alles mitmachte, hatte auch sein Stäbchen weggeworfen und flankierte mit seinem fetten Gesichte, das vor Freundlichkeit ordentlich glänzte, eifrig mitten in dem dicksten Getümmel herum, um alles zu vermitteln und zu beschwichtigen, während er dazwischen immer wieder die lange Kadenz und das schöne Tableau bedauerte, das er mit vieler Mühe zusammengebracht hatte.

Mir aber war es so sternklar im Herzen, wie damals am glückseligen Sonnabend, als ich am offenen Fenster vor der Weinflasche bis tief in die Nacht hinein auf der Geige spielte. Ich holte, da der Rumor gar kein Ende nehmen wollte, frisch meine Violine wieder hervor und spielte, ohne mich lange zu besinnen, einen welschen Tanz auf, den sie dort im Gebirge tanzen, und den ich auf dem alten, einsamen Waldschlosse gelernt hatte.

Da reckten alle die Köpfe in die Höh. »Bravo, bravissimo ein deliziöser Einfall!« rief der lustige Kenner von den Künsten, und lief sogleich von einem zum andern, um ein ländliches Divertissement, wie er's nannte, einzurichten. Er selbst machte den Anfang, indem er der Dame die Hand reichte, die vorhin in der Laube gespielt hatte. Er begann darauf außerordentlich künstlich zu tanzen, schrieb mit den Fußspitzen allerlei Buchstaben auf den Rasen, schlug ordentliche Triller mit den Füßen, und machte von Zeit zu Zeit ganz passable Luftsprünge. Aber er bekam es bald satt, denn er war etwas korpulent. Er machte immer kürzere und ungeschicktere Sprünge, bis er endlich ganz aus dem Kreise heraustrat und heftig hustete, und sich mit seinem schneeweißen Schnupftuche unaufhörlich den Schweiß abwischte. Unterdes hatte auch der junge Mensch, der nun wieder ganz gescheit geworden war, aus dem Wirtshause Kastagnetten herbeigeholt, und ehe ich mich's versah, tanzten alle unter den Bäumen bunt durcheinander. Die untergegangene Sonne warf noch einige rote Widerscheine zwischen die dunklen Schatten und über das alte Gemäuer und die von Efeu wild überwachsenen, halb versunkenen Säulen hinten im Garten, während man von der andern Seite tief unter den Weinbergen die Stadt Rom in den Abendgluten liegen sah. Da tanzten sie alle lieblich im Grünen in der klaren stillen Luft, und mir lachte das Herz recht im Leib, wie die schlanken Mädchen und die Kammerjungfer mitten unter ihnen, sich so mit aufgehobenen Armen wie heidnische Waldnymphen zwischen dem Laubwerk schwangen, und dabei jedes Mal in der Luft mit den Kastagnetten lustig dazu schnalzten. Ich konnte mich nicht länger halten, ich sprang mitten unter sie hinein und machte, während ich dabei immerfort geigte, recht artige Figuren.

Ich mochte eine ziemliche Weile so im Kreis herumgesprungen sein und merkte gar nicht, dass die andern unterdes anfingen müde zu werden und sich nach und nach von dem Rasenplatze verloren. Da zupfte mich jemand von hinten tüchtig an den Rockschößen. Es war die Kammerjungfer. »Sei kein Narr«, sagte sie leise: »du springst ja wie ein Ziegenbock! Studiere deinen Zettel ordentlich und komm bald nach, die schöne junge Gräfin wartet.« – Und damit schlüpfte sie in der Dämmerung zur Gartenpforte hinaus, und war bald zwischen den Weingärten verschwunden.

Mir klopfte das Herz, ich wäre am liebsten gleich nachgesprungen. Zum Glück zündete der Kellner, da es schon dunkel geworden war, in einer großen Laterne an der Gartentür Licht an. Ich trat heran und zog geschwind den Zettel heraus. Da war ziemlich kritzlig mit Bleifeder das Tor und die Straße beschrieben, wie mir die Kammerjungfer vorhin gesagt hatte. Dann stand da: »Elf Uhr an der kleinen Tür.«

Da waren noch ein paar lange Stunden hin! – Ich wollte mich dessenungeachtet sogleich auf den Weg machen, denn ich hatte keine Rast und Ruhe mehr; aber da kam der Maler, der mich hierhergebracht hatte, auf mich los. »Hast du das Mädchen gesprochen?« frug er, »ich seh sie nun nirgends mehr; das war das Kammermädchen von der deutschen Gräfin.« »Still, still« erwiderte ich, »die Gräfin ist noch in Rom.« »Nun desto besser«, sagte der Maler, »so komm und trink mit uns auf ihre Gesundheit!« und damit zog er mich, wie sehr ich mich auch sträubte, in den Garten zurück.

Da war es unterdes ganz öde und leer geworden. Die lustigen Gäste wanderten, jeder sein Liebchen am Arm, nach der Stadt zu, und man hörte sie noch durch den stillen Abend zwischen den Weingärten plaudern und lachen, immer ferner und ferner, bis sich endlich die Stimmen tief im Tale im Rauschen der Bäume und des Stroms verloren. Ich war noch mit meinem Maler und dem Herrn Eckbrecht – so hieß der andere junge Maler, der sich vorhin so herumgezankt hatte – allein oben zurückgeblieben. Der Mond schien prächtig im Garten zwischen die hohen, dunklen Bäume herein, ein Licht flackerte im Wind auf dem Tisch vor uns und schimmerte über den vielen vergossnen Wein auf der Tafel. Ich musste mich mit hinsetzen, und mein Maler plauderte mit mir über meine Herkunft, meine Reise und meinen Lebensplan. Herr Eckbrecht aber hatte das junge hübsche Mädchen aus dem Wirtshaus, nachdem sie uns Flaschen auf den Tisch gestellt, vor sich auf den Schoß genommen, legte ihr die Gitarre in den Arm und lehrte sie ein Liedchen darauf klimpern. Sie fand sich auch bald mit den kleinen Händchen zurecht, und sie sangen dann zusammen ein italienisches Lied, einmal er, dann wieder das Mädchen eine Strophe, was sich in dem schönen stillen Abend prächtig ausnahm. – Als das Mädchen dann weggerufen wurde, lehnte sich Herr Eckbrecht mit der Gitarre auf der Bank zurück, legte seine Füße auf einen Stuhl, der vor ihm stand, und sang nun für sich allein viele herrliche deutsche und italienische Lieder, ohne sich weiter um uns zu kümmern. Dabei schienen die Sterne prächtig am klaren Firmament, die ganze Gegend war wie versilbert vom Mondschein, ich dachte an die schöne Frau, an die ferne Heimat und vergaß darüber ganz meinen Maler neben mir. Zuweilen musste Herr Eckbrecht stimmen, darüber wurde er immer ganz zornig. Er drehte und riss zuletzt an dem Instrument, dass plötzlich eine Saite sprang. Da warf er die Gitarre hin und sprang auf. Nun wurde er erst gewahr, dass mein Maler sich unterdes über seinen Arm auf den Tisch gelegt hatte und fest eingeschlafen war. Er warf schnell einen weißen Mantel um, der auf einem Ast neben dem Tische hing, besann sich aber plötzlich, sah erst meinen Maler, dann

mich ein paar Mal scharf an, setzte sich darauf, ohne sich lange zu be-
denken, gerade vor mich auf den Tisch hin, räusperte sich, rückte an
seiner Halsbinde und fing dann auf einmal an, eine Rede an mich zu
halten. »Geliebter Zuhörer und Landsmann!« sagte er, »da die Flaschen beinah leer sind, und da die Moral unstreitig die erste Bürger-
pflicht ist, wenn die Tugenden zur Neige gehen, fühle ich mich von
landsmännlicher Sympathie getrieben, dir einige Moralität zu Gemüte
zu führen. – Man könnte zwar meinen«, fuhr er fort, »du seist ein blo-
ßer Jüngling, während doch dein Frack über seine besten Jahre hinaus
ist; man könnte vielleicht annehmen, du habest vorhin wunderliche
Sprünge gemacht, wie ein Satyr; ja, einige möchten wohl behaupten,
du seiest wohl gar ein Landstreicher, weil du hier auf dem Lande bist
und die Geige streichst; aber ich kehre mich an solche oberflächlichen
Urteile nicht, ich halte mich an deine feingespitzte Nase, ich halte
dich für ein vazierendes Genie.« – Mich ärgerten die verfänglichen
Redensarten, ich wollte ihm soeben recht antworten. Aber er ließ
mich nicht zu Worte kommen. »Siehst du«, sagte er, »wie du dich
schon aufblähst von dem bisschen Lob. Geh in dich, und bedenke
dieses gefährliche Metier! Wir Genies – denn ich bin auch eins – machen uns aus der Welt ebensowenig, als sie sich aus uns, wir schreiten
vielmehr ohne besondere Umstände in unsern Siebenmeilenstiefeln,
die wir bald mit auf die Welt bringen, gerade auf die Ewigkeit los.
Oh, höchst klägliche, unbequeme, breitgespreizte Position, mit dem
einen Bein in der Zukunft, wo nichts als Morgenrot und zukünftige
Kindergesichter dazwischen, mit dem andern Bein noch mitten in
Rom auf der Piazza del Popolo, wo das ganze Säkulum bei der guten
Gelegenheit mitwill und sich an den Stiefel hängt, dass sie einem das
Bein ausreißen möchten! Und all das Zucken, Weintrinken und Hun-
gerleiden lediglich für die unsterbliche Ewigkeit! Und sieh meinen
Herrn Kollegen dort auf der Bank, der gleichfalls ein Genie ist; ihm
wird die Zeit schon zu lang, was wird er erst in der Ewigkeit anfangen?! Ja, hochgeschätzter Herr Kollege, du und ich und die Sonne,
wir sind heute früh zusammen aufgegangen und haben den ganzen
Tag gebrütet und gemalt, und es war alles schön – und nun fährt die
schläfrige Nacht mit ihrem Pelzärmel über die Welt und hat alle Farben verwischt.« Er sprach noch immerfort und war dabei mit seinen

verwirrten Haaren von dem Tanzen und Trinken im Mondschein ganz leichenblass anzusehen.

Mir aber graute schon lange vor ihm und seinem wilden Gerede, und als er sich nun förmlich zu dem schlafenden Maler herumwandte, benutzte ich die Gelegenheit, schlich, ohne dass er es bemerkte, um den Tisch, aus dem Garten heraus und stieg, allein und fröhlich im Herzen, an dem Rebengeländer in das weite, vom Mondschein beglänzte Tal hinunter.

Von der Stadt her schlugen die Uhren zehn. Hinter mir hörte ich durch die stille Nacht noch einzelne Gitarrenklänge und manchmal die Stimmen der beiden Maler, die nun auch nach Hause gingen, von fern herüberschallen. Ich lief daher so schnell, als ich nur konnte, damit sie mich nicht weiter ausfragen sollten.

Am Tore bog ich sogleich rechts in die Straße ein, und ging mit klopfendem Herzen eilig zwischen den stillen Häusern und Gärten fort. Aber wie staunte ich, als ich da auf einmal auf dem Platz mit dem Springbrunnen herauskam, den ich heute am Tag gar nicht hatte finden können. Da stand das einsame Gartenhaus wieder, im prächtigsten Mondschein, und auch die schöne Frau sang im Garten wieder dasselbe italienische Lied, wie gestern Abend. – Ich rannte voller Entzücken erst an die kleine Tür, dann an die Haustür und endlich mit aller Gewalt an das große Gartentor, aber es war alles verschlossen. Nun fiel mir erst ein, dass es noch nicht elf geschlagen hatte. Ich ärgerte mich über die langsame Zeit, aber über das Gartentor klettern, wie gestern, mochte ich wegen der guten Lebensart nicht. Ich ging daher ein Weilchen auf dem einsamen Platze auf und ab, und setzte mich endlich wieder auf den steinernen Brunnen voller Gedanken und stiller Erwartung hin.

Die Sterne funkelten am Himmel, auf dem Platz war alles leer und still, ich hörte voll Vergnügen dem Gesang der schönen Frau zu, der zwischen dem Rauschen des Brunnens aus dem Garten herüberklang. Da erblickt ich auf einmal eine weiße Gestalt, die von der andern Seite des Platzes herkam, und gerade auf die kleine Gartentür zuging. Ich schaute durch den Mondflimmer recht scharf hin – es war der wilde Maler in seinem weißen Mantel. Er zog schnell einen Schlüssel hervor, schloss auf, und ehe ich mich's versah, war er im Garten drin.

Nun hatte ich gegen den Maler schon vom Anfang eine absonderliche Pike wegen seiner unvernünftigen Reden. Jetzt aber geriet ich ganz außer mir vor Zorn. Das liederliche Genie ist gewiss wieder betrunken, dachte ich, den Schlüssel hat er von der Kammerjungfer, und will nun die gnädige Frau beschleichen, verraten, überfallen. – Und so stürzte ich durch das kleine, offengebliebene Pförtchen in den Garten hinein.

Als ich eintrat, war es ganz still und einsam darin. Die Flügeltür vom Gartenhaus stand offen, ein milchweißer Lichtschein drang daraus hervor und spielte auf dem Gras und den Blumen vor der Tür. Ich blickte von weitem herein. Da lag in einem prächtigen grünen Gemach, das von einer weißen Lampe nur wenig erhellt war, die schöne gnädige Frau, mit der Gitarre im Arm, auf einem seidenen Faulbettchen, ohne in ihrer Unschuld an die Gefahren draußen zu denken.

Ich hatte aber nicht lange Zeit, hinzusehen, denn ich bemerkte soeben, dass die weiße Gestalt von der andern Seite ganz behutsam hinter den Sträuchern dem Gartenhause zuschlich. Dabei sang die gnädige Frau so kläglich aus dem Hause, dass es mir recht durch Mark und Bein ging. Ich besann mich daher nicht lange, brach einen tüchtigen Ast ab, rannte damit gerade auf den Weißmantel los, und schrie aus vollem Halse »Mordjo!« dass der ganze Garten erzitterte.

Der Maler, wie er mich so unverhofft daherkommen sah, nahm schnell Reißaus und schrie entsetzlich. Ich schrie noch besser, er lief dem Hause zu, ich ihm nach – und ich hatt ihn beinah schon erwischt, da verwickelte ich mich mit den Füßen in den fatalen Blumenstücken und stürzte auf einmal der Länge nach vor der Haustür hin.

»Also du bist es, Narr!« hört ich da über mir ausrufen, »hast du mich doch fast zu Tode erschreckt.« – Ich raffte mich geschwind wieder auf, und wie ich mir den Sand und die Erde aus den Augen wische, steht die Kammerjungfer vor mir, die soeben bei dem letzten Sprung den weißen Mantel von der Schulter verloren hatte. »Aber«, sagte ich ganz verblüfft, »war denn der Maler nicht hier?« – »Ja freilich«, entgegnete sie schnippisch, »sein Mantel wenigstens, den er mir, als ich ihm vorhin im Tor begegnete, umgehängt hat, weil mich fror.« – Über dem Geplauder war nun auch die gnädige Frau von ihrem Sofa aufgesprungen, und kam zu uns an die Tür. Mir klopfte das

Herz zum Zerspringen. Aber wie erschrak ich, als ich recht hinsah und, statt der schönen gnädigen Frau, auf einmal eine ganz fremde Person erblickte!

Es war eine etwas große, korpulente, mächtige Dame mit einer stolzen Adlernase und hochgewölbten schwarzen Augenbrauen, so recht zum Erschrecken schön. Sie sah mich mit ihren großen funkelnden Augen so majestätisch an, dass ich mich vor Ehrfurcht gar nicht zu fassen wusste. Ich war ganz verwirrt, ich machte in einem fort Komplimente und wollte ihr zuletzt gar die Hand küssen. Aber sie riss ihre Hand schnell weg, und sprach dann auf italienisch zu der Kammerjungfer, wovon ich nichts verstand.

Unterdes aber war von dem vorigen Geschrei die ganze Nachbarschaft lebendig geworden. Hunde bellten, Kinder schrien, zwischendurch hörte man einige Männerstimmen, die immer näher und näher auf den Garten zukamen. Da blickte mich die Dame noch einmal an, als wenn sie mich mit feurigen Kugeln durchbohren wollte, wandte sich dann rasch nach dem Zimmer zurück, während sie dabei stolz und gezwungen auflachte, und schmiss mir die Tür vor der Nase zu. Die Kammerjungfer aber erwischte mich ohne weiteres beim Flügel und zerrte mich zur Gartenpforte.

»Da hast du wieder einmal recht dummes Zeug gemacht«, sagte sie unterwegs voller Bosheit zu mir. Ich wurde auch schon giftig. »Nun, zum Teufel!« sagte ich, »habt Ihr mich denn nicht selbst hierherbestellt?« – »Das ist's ja eben«, rief die Kammerjungfer, »meine Gräfin meinte es so gut mit dir, wirft dir erst Blumen aus dem Fenster zu, singt Arien – und das ist nun ihr Lohn! Aber mit dir ist nun einmal nichts anzufangen; du trittst dein Glück ordentlich mit Füßen.« – »Aber«, erwiderte ich, »ich meinte die Gräfin aus Deutschland, die schöne gnädige Frau« – »Ach«, unterbrach sie mich, »die ist ja lange schon wieder in Deutschland, mitsamt deiner tollen Amour. Und da lauf du nur auch wieder hin! Sie schmachtet ohnedies nach dir, da könnt ihr zusammen die Geige spielen und in den Mond gucken, aber dass du mir nicht wieder unter die Augen kommst!«

Nun aber entstand ein entsetzlicher Rumor und Spektakel hinter uns. Aus dem anderen Garten kletterten Leute mit Knüppeln hastig über den Zaun, andere fluchten und durchsuchten schon die Gänge, desperate Gesichter mit Schlafmützen guckten im Mondschein bald da bald dort über die Hecken, es war, als wenn der Teufel auf einmal aus allen Hecken und Sträuchern Gesindel heckte. – Die Kammerjungfer fackelte nicht lange. »Dort, dort, läuft der Dieb!« schrie sie den Leuten zu, indem sie dabei auf die andere Seite des Gartens zeigte. Dann schob sie mich schnell aus dem Garten und klappte das Pförtchen hinter mir zu.

Da stand ich nun unter Gottes freiem Himmel wieder auf dem stillen Platz mutterseelenallein, wie ich gestern angekommen war. Die Wasserkunst, die mir vorhin im Mondschein so lustig flimmerte, als wenn Engelein darin auf und nieder stiegen, rauschte noch fort, wie damals, mir aber war unterdes alle Lust und Freude in den Brunnen gefallen. – Ich nahm mir nun fest vor, dem falschen Italien mit seinen verrückten Malern, Pomeranzen und Kammerjungfern auf ewig den Rücken zu kehren, und wanderte noch zur selbigen Stunde zum Tore hinaus.

Neuntes Kapitel

Die treuen Berg stehn auf der Wacht:
»Wer streicht bei stiller Morgenzeit
Da aus der Fremde durch die Heid?«
Ich aber mir die Berg betracht
Und lach in mich vor großer Lust,
Und rufe recht aus frischer Brust
Parol und Feldgeschrei sogleich:
Vivat Östreich!

Da kennt mich erst die ganze Rund,
Nun grüßen Bach und Vöglein zart
Und Wälder rings nach Landesart,
Die Donau blitzt aus tiefem Grund,
Der Stephansturm auch ganz von fern
Guckt übern Berg und säh mich gern,
Und ist er's nicht, so kommt er doch gleich,
Vivat Östreich!

Ich stand auf einem hohen Berg, wo man zum ersten Mal nach Östreich hineinsehen kann, und schwenkte voller Freude noch mit dem Hute und sang die letzte Strophe, da fiel auf einmal hinter mir im Walde eine prächtige Musik von Blasinstrumenten mit ein. Ich dreh mich schnell um und erblicke drei junge Gesellen in langen blauen Mänteln, davon bläst der eine Oboe, der andere die Klarinett, und der dritte, der einen alten Dreistutzer auf dem Kopf hatte, das Waldhorn die akkompagnierten mich plötzlich, dass der ganze Wald erschallte. Ich, nicht faul, ziehe meine Geige hervor und spiele und singe sogleich frisch mit. Da sah einer den andern bedenklich an, der Waldhornist ließ dann zuerst seine Pausbacken wieder einfallen und setzte sein Waldhorn ab, bis am Ende alle stille wurden und mich anschauten. Ich hielt verwundert inne und sah sie auch an. – »Wir meinten«, sagte endlich der Waldhornist, »weil der Herr so einen langen Frack hat, der Herr wäre ein reisender Engländer, der hier zu Fuß die schöne Natur bewundert; da wollten wir uns ein Viatikum verdienen. Aber, mir scheint, der Herr ist selber ein Musikant.« – »Eigentlich ein Einnehmer«, versetzte ich, »und komme direkt von Rom her, da ich aber seit geraumer Zeit nichts mehr eingenommen, so habe ich mich unterwegs mit der Violine durchgeschlagen.« – »Bringt nicht viel heutzutage!« sagte der Waldhornist, der unterdes wieder an den Wald zurückgetreten war und mit seinem Dreistutzer ein kleines Feuer anfachte, das sie dort angezündet hatten. »Da gehn die blasenden Instrumente schon besser«, fuhr er fort; »wenn so eine Herrschaft ganz ruhig zu Mittag speist, und wir treten unverhofft in das gewölbte Vorhaus und fangen alle drei aus Leibeskräften zu blasen an – gleich kommt ein Bedienter herausgesprungen mit Geld oder Essen, damit sie nur den Lärm wieder loswerden. Aber will der Herr nicht eine Kollation mit uns einnehmen?«

Das Feuer loderte nun recht lustig im Wald, der Morgen war frisch, wir setzten uns alle ringsumher auf den Rasen, und zwei von den Musikanten nahmen ein Töpfchen, worin Kaffee und auch schon Milch war, vom Feuer, holten Brot aus ihren Manteltaschen hervor und tunkten und tranken abwechselnd aus dem Topf, und es schmeckte ihnen so gut, dass es ordentlich eine Lust war anzusehen. – Der Waldhornist aber sagte: »Ich kann das schwarze Gesöff nicht vertragen« und reichte mir dabei die eine Hälfte von einer großen, übereinandergelegten Butterschnitte, dann brachte er eine Flasche Wein zum Vorschein. »Will der Herr nicht auch einen Schluck?« – Ich tat einen tüchtigen Zug, musste aber schnell wieder absetzen und das ganze Gesicht verziehn, denn es schmeckte wie Drei-Männer-Wein. »Hiesiges Gewächs«, sagte der Waldhornist, »aber der Herr hat sich in Italien den deutschen Geschmack verdorben.«

Darauf kramte er eifrig in seinem Schubsack und zog endlich unter allerlei Plunder eine alte zerfetzte Landkarte hervor, worauf noch der Kaiser in vollem Ornat zu sehen war, den Szepter in der rechten, den Reichsapfel in der linken Hand. Er breitete sie auf dem Boden behutsam aus, die andern rückten näher heran, und sie beratschlagten nun zusammen, was sie für eine Marschroute nehmen sollten.

»Die Vakanz geht bald zu Ende«, sagte der eine, »wir müssen uns gleich von Linz links abwenden, so kommen wir noch zu guter Zeit nach Prag.« – »Nun wahrhaftig!« rief der Waldhornist, »wem willst du da was vorpfeifen? nichts als Wälder und Kohlenbauern, kein geläuterter Kunstgeschmack, keine vernünftige freie Station!« – »O Narrenpossen!« erwiderte der andere, »die Bauern sind mir gerade die liebsten, die wissen am besten, wo einen der Schuh drückt, und nehmen's nicht so genau, wenn man manchmal eine falsche Note bläst.« – »Das macht, du hast kein point d'honneur«, versetzte der Waldhornist, »odi profanum vulgus et arceo, sagt der Lateiner.« – »Nun, Kirchen aber muss es auf der Tour doch geben«, meinte der dritte, »so kehren wir bei den Herren Pfarrern ein.« – »Gehorsamster Diener!« sagte der Waldhornist, »die geben kleines Geld und große Sermone, dass wir nicht so unnütz in der Welt herumschweifen, sondern uns besser auf die Wissenschaften applizieren sollen, besonders wenn sie in mir den künftigen Herrn Konfrater wittern. Nein, nein, Clericus clericum non decimat. Aber was gibt es denn da überhaupt für große Not? die Herren Professoren sitzen auch noch im Karlsbade, und halten selbst den Tag nicht so genau ein.« – »Ja, distinguendum est inter et inter«, erwiderte der andere, »quod licet Jovi, non licet bovi!«

Ich aber merkte nun, dass es Prager Studenten waren, und bekam einen ordentlichen Respekt vor ihnen, besonders da ihnen das Latein nur so wie Wasser vom Munde floss. – »Ist der Herr auch ein Studierter?« fragte mich darauf der Waldhornist. Ich erwiderte bescheiden, dass ich immer besondere Lust zum Studieren, aber kein Geld gehabt hätte. – »Das tut gar nichts«, rief der Waldhornist, »wir haben auch weder Geld, noch reiche Freundschaft. Aber ein gescheiter Kopf muss sich zu helfen wissen. Aurora musis amica, das heißt zu deutsch: mit vielem Frühstücken sollst du dir nicht die Zeit verderben. Aber wenn dann die Mittagsglocken von Turm zu Turm und von Berg zu Berg über die Stadt gehen, und nun die Schüler auf einmal mit großem Geschrei aus dem alten finstern Kollegium herausbrechen und im Sonnenschein durch die Gassen schwärmen – da begeben wir uns bei den Kapuzinern zum Pater Küchenmeister und finden unsern gedeckten Tisch, und ist er auch nicht gedeckt, so steht doch für jeden ein voller Topf darauf, da fragen wir nicht viel darnach und essen und perfektionieren uns dabei noch im Lateinisch-Sprechen. Sieht der Herr, so studieren wir von einem Tag zum andern fort. Und wenn dann endlich die Vakanz kommt, und die andern fahren und reiten zu ihren Eltern fort, da wandern wir mit unsern Instrumenten unterm Mantel durch die Gassen zum Tor hinaus, und die ganze Welt steht uns offen.«

Ich weiß nicht – wie er so erzählte – ging es mir recht durchs Herz, dass so gelehrte Leute so ganz verlassen sein sollten auf der Welt. Ich dachte dabei an mich, wie es mir eigentlich selber nicht anders ginge, und die Tränen traten mir in die Augen. – Der Waldhornist sah mich groß an. »Das tut gar nichts«, fuhr er wieder weiter fort, »ich möchte gar nicht so reisen: Pferde und Kaffee und frischüberzogene Betten und Nachtmützen und Stiefelknecht vorausbestellt. Das ist just das Schönste, wenn wir so frühmorgens heraustreten, und die Zugvögel hoch über uns fortziehn, dass wir gar nicht wissen, welcher Schornstein heut für uns raucht, und gar nicht voraussehen, was uns bis zum Abend noch für ein besonderes Glück begegnen kann.« – »Ja«, sagte der andere, »und wo wir hinkommen und unsere Instrumente herausziehen, wird alles fröhlich, und wenn wir dann zur Mittagsstunde auf dem Land in ein Herrschaftshaus treten und im Hausflur blasen, da tanzen die Mägde miteinander vor der Haustür, und die Herrschaft lässt die Saaltür etwas aufmachen, damit sie die Musik drin besser hören, und durch die Lücke kommt das Tellergeklapper und der Bratenduft in den freudenreichen Schall herausgezogen, und die Fräuleins an der Tafel verdrehen sich fast die Hälse, um die Musikanten draußen zu sehn.« – »Wahrhaftig«, rief der Waldhornist mit leuchtenden Augen aus, »lasst die andern nur ihre Kompendien repetieren, wir studieren unterdes in dem großen Bilderbuche, das der liebe Gott uns draußen aufgeschlagen hat! Ja, glaub nur der Herr, aus uns werden gerade die rechten Kerls, die den Bauern dann was zu erzählen wissen und mit der Faust auf die Kanzel schlagen, dass den Knollfinken unten vor Erbauung und Zerknirschung das Herz im Leib bersten möchte.«

Wie sie so sprachen, wurde mir so lustig in meinem Sinn, dass ich gleich auch hätte mitstudieren mögen. Ich konnte mich gar nicht satt hören, denn ich unterhalte mich gern mit studierten Leuten, wo man etwas profitieren kann. Aber es konnte gar nicht zu einem recht vernünftigen Diskurse kommen. Denn dem einen Studenten war vorhin angst geworden, weil die Vakanz so bald zu Ende gehen sollte. Er hatte daher hurtig sein Klarinett zusammengesetzt, ein Notenblatt vor sich auf das aufgestemmte Knie gelegt und exerzierte eine schwierige Passage aus einer Messe, die er mitblasen sollte, wenn sie nach Prag zurückkamen. Da saß er nun und fingerte und pfiff dazwischen manchmal so falsch, dass es einem durch Mark und Bein ging und man oft sein eigenes Wort nicht verstehen konnte.

Auf einmal schrie der Waldhornist mit seiner Bassstimme: »Topp, da hab ich es«, er schlug dabei fröhlich auf die Landkarte neben ihm. Der andere ließ einen Augenblick von seinem fleißigen Blasen ab und sah ihn verwundert an. »Hört«, sagte der Waldhornist, »nicht weit von Wien ist ein Schloss, auf dem Schlosse ist ein Portier, und der Portier ist mein Vetter! Teuerste Kondiszipels, da müssen wir hin, machen dem Herrn Vetter unser Kompliment, und er wird dann schon dafür sorgen, wie er uns wieder weiter fortbringt!« – Als ich das hörte, fuhr ich geschwind auf. »Bläst er nicht auf dem Fagott?« rief ich, »und ist von langer, gerader Leibesbeschaffenheit und hat eine große vornehme Nase?« – Der Waldhornist nickte. Ich aber embrassierte ihn vor Freuden, dass ihm der Dreistutzer vom Kopf fiel, und wir beschlossen nun sogleich, alle miteinander im Postschiff auf der Donau zum Schloss der schönen Gräfin hinunterzufahren.

Als wir an das Ufer kamen, war schon alles zur Abfahrt bereit. Der dicke Gastwirt, bei dem das Schiff über Nacht angelegt hatte, stand breit und behaglich in seiner Haustür, die er ganz ausfüllte, und ließ zum Abschied allerlei Witze und Redensarten erschallen, während in jedem Fenster ein Mädchenkopf herausfuhr und den Schiffern noch freundlich zunickte, die soeben die letzten Pakete zum Schiff schafften. Ein ältlicher Herr mit einem grauen Überrock und schwarzem Halstuch, der auch mitfahren wollte, stand am Ufer und sprach sehr eifrig mit einem jungen, schlanken Bürschchen, das mit langen, ledernen Beinkleidern und knapper, scharlachroter Jacke vor ihm auf einem prächtigen Engländer saß. Es schien mir zu meiner großen Verwunderung, als ob sie beide zuweilen zu mir hinblickten und von mir sprächen. – Zuletzt lachte der alte Herr, das schlanke Bürschchen schnalzte mit der Reitgerte und sprengte, mit den Lerchen über ihm um die Wette, durch die Morgenluft in die blitzende Landschaft hinein.

Unterdes hatten die Studenten und ich unsere Kasse zusammengeschossen. Der Schiffer lachte und schüttelte den Kopf, als ihm der Waldhornist damit unser Fährgeld in lauter Kupferstücken aufzählte, die wir mit großer Not aus allen unsern Taschen zusammengebracht hatten. Ich aber jauchzte laut auf, als ich auf einmal wieder die Donau so recht vor mir sah; wir sprangen geschwind auf das Schiff, der Schiffer gab das Zeichen, und so flogen wir nun im schönsten Morgenglanze zwischen den Bergen und Wiesen hinunter.

Da schlugen die Vögel im Walde, und von beiden Seiten klangen die Morgenglocken von fern aus den Dörfern, hoch in der Luft hörte man manchmal die Lerchen dazwischen. Von dem Schiff aber jubilierte und schmetterte ein Kanarienvogel mit darein, dass es eine rechte Lust war.

Der gehörte einem hübschen jungen Mädchen, die auch mit auf dem Schiffe war. Sie hatte den Käfig dicht neben sich stehen, auf der andern Seite hielt sie ein feines Bündel Wäsche unterm Arm, so saß sie ganz still für sich und sah recht zufrieden bald auf ihre neuen Reiseschuhe, die unter dem Röckchen hervorkamen, bald wieder in das Wasser vor sich hinunter, und die Morgensonne glänzte ihr dabei auf der weißen Stirn, über der sie die Haare sehr sauber gescheitelt hatte.

Ich merkte wohl, dass die Studenten gern einen höflichen Diskurs mit ihr angesponnen hätten, denn sie gingen immer an ihr vorüber, und der Waldhornist räusperte sich dabei und rückte bald an seiner Halsbinde, bald an dem Dreistutzer. Aber sie hatten keine rechte Courage, und das Mädchen schlug auch jedes Mal die Augen nieder, sobald sie ihr näher kamen.

Besonders aber genierten sie sich vor dem ältlichen Herrn mit dem grauen Überrock, der nun auf der andern Seite des Schiffes saß, und den sie gleich für einen Geistlichen hielten. Er hatte ein Brevier vor sich, in welchem er las, dazwischen aber oft in die schöne Gegend vom Buche aufsah, dessen Goldschnitt und die vielen dareingelegten bunten Heiligenbilder prächtig im Morgenschein blitzten. Dabei bemerkte er auch sehr gut, was auf dem Schiff vorging, und erkannte bald die Vögel an ihren Federn; denn es dauerte nicht lange, so redete er einen von den Studenten lateinisch an, worauf alle drei herantraten, die Hüte vor ihm abnahmen und ihm wieder lateinisch antworteten.

Ich aber hatte mich unterdes ganz vorn auf die Spitze des Schiffes gesetzt, ließ vergnügt meine Beine über dem Wasser herunterbaumeln und blickte, während das Schiff so fortflog und die Wellen unter mir rauschten und schäumten, immerfort in die blaue Ferne, wie da ein Turm und ein Schloss nach dem andern aus dem Ufergrün hervorkam, wuchs und wuchs und endlich hinter uns wieder verschwand. Wenn ich nur heute Flügel hätte! dachte ich und zog endlich vor Ungeduld meine liebe Violine hervor und spielte alle meine ältesten Stücke durch, die ich noch zu Hause und auf dem Schloss der schönen Frau gelernt hatte.

Auf einmal klopfte mir jemand von hinten auf die Achsel. Es war der geistliche Herr, der unterdes sein Buch weggelegt und mir schon ein Weilchen zugehört hatte. »Ei«, sagte er lachend zu mir, »ei, ei, Herr ludi magister, Essen und Trinken vergisst Er.« Er hieß mich darauf meine Geige einstecken, um einen Imbiss mit ihm einzunehmen, und führte mich zu einer kleinen lustigen Laube, die von den Schiffern aus jungen Birken und Tannenbäumchen in der Mitte des Schiffes aufgerichtet worden war. Dort hatte er einen Tisch hinstellen lassen, und ich, die Studenten und selbst das junge Mädchen, wir mussten uns auf die Fässer und Pakete ringsherum setzen.

Der geistliche Herr packte nun einen großen Braten und Butter-schnitten aus, die sorgfältig in Papier gewickelt waren, zog auch aus einem Futteral mehrere Weinflaschen und einen silbernen, innerlich vergoldeten Becher hervor, schenkte ein, kostete erst, roch daran und prüfte wieder, und reichte dann einem jeden von uns. Die Studenten saßen ganz kerzengerade auf ihren Fässern und aßen und tranken nur sehr wenig vor großer Devotion. Auch das Mädchen tauchte bloß das Schnäbelchen in den Becher und blickte dabei schüchtern bald auf mich, bald auf die Studenten, aber je öfter sie uns ansah, je dreister wurde sie nach und nach.

Sie erzählte endlich dem geistlichen Herrn, dass sie nun zum ersten Mal von daheim in Kondition komme und soeben auf das Schloss ih-rer neuen Herrschaft reise. Ich wurde über und über rot, denn sie nannte dabei das Schloss der schönen gnädigen Frau. – Also das soll meine zukünftige Kammerjungfer sein! dachte ich und sah sie groß an und mir schwindelte fast dabei – »Auf dem Schlosse wird es bald eine große Hochzeit geben«, sagte darauf der geistliche Herr. »Ja«, erwi-derte das Mädchen, die gern von der Geschichte mehr gewusst hätte; »man sagt, es wäre schon eine alte, heimliche Liebschaft gewesen, die Gräfin hätte es aber niemals zugeben wollen.« Der Geistliche ant-wortete nur mit »Hm, hm«, während er seinen Jagdbecher voll-schenkte und mit bedenklichen Mienen daraus nippte. Ich aber hatte mich mit beiden Armen weit über den Tisch vorgelegt, um die Unter-redung recht genau anzuhören. Der geistliche Herr bemerkte es. »Ich kann's Euch wohl sagen«, hub er wieder an, »die beiden Gräfinnen haben mich auf Kundschaft ausgeschickt, ob der Bräutigam schon vielleicht hier in der Gegend sei. Eine Dame aus Rom hat geschrie-ben, dass er schon lange von dort fort sei.« – Wie er von der Dame aus Rom anfing, wurd ich wieder rot. »Kennen denn Ew. Hochwür-den den Bräutigam?« fragte ich ganz verwirrt. »Nein«, erwiderte der alte Herr, »aber er soll ein luftiger Vogel sein.« – »O ja«, sagte ich hastig, »ein Vogel, der aus jedem Käfig ausreißt, sobald er nur kann, und lustig singt, wenn er wieder in der Freiheit ist.« – »Und sich in der Fremde herumtreibt«, fuhr der Herr gelassen fort, »in der Nacht gassatim geht und am Tag vor den Haustüren schläft.« – Mich ver-dross das sehr. »Ehrwürdiger Herr«, rief ich ganz hitzig aus, »da hat man Euch falsch berichtet. Der Bräutigam ist ein moralischer, schlanker, hoffnungsvoller Jüngling, der in Italien in einem alten Schlosse auf großem Fuß gelebt hat, der mit lauter Gräfinnen, berühmten Malern und Kammerjungfern umgegangen ist, der sein Geld sehr wohl zu Rate zu halten weiß, wenn er nur welches hätte, der« – »Nun, nun, ich wusste nicht, dass Ihr ihn so gut kennt«, unterbrach mich hier der Geistliche und lachte dabei so herzlich, dass er ganz blau im Gesicht wurde, und ihm die Tränen aus den Augen rollten. – »Ich hab doch aber gehört«, ließ sich nun das Mädchen wieder vernehmen, »der Bräutigam wäre ein großer, überaus reicher Herr.« – »Ach Gott, ja doch, ja! Konfusion, nichts als Konfusion!« rief der Geistliche und konnte sich noch immer vor Lachen nicht zugute geben, bis er sich endlich ganz verhustete. Als er sich wieder ein wenig erholt hatte, hob er den Becher in die Höh und rief: »Das Brautpaar soll leben!« – Ich wusste nicht, was ich von dem Geistlichen und seinem Gerede denken sollte, schämte mich aber, wegen der römischen Geschichten, ihm hier vor allen Leuten zu sagen, dass ich selber der verlorene, glückselige Bräutigam sei.

Der Becher ging wieder fleißig in die Runde, der geistliche Herr sprach dabei freundlich mit allen, sodass ihm bald ein jeder gut wurde, und am Ende alles fröhlich durcheinander sprach. Auch die Studenten wurden immer redseliger und erzählten von ihren Fahrten im Gebirge, bis sie endlich gar ihre Instrumente holten und lustig zu blasen anfingen. Die kühle Wasserluft strich dabei durch die Zweige der Laube, die Abendsonne vergoldete schon die Wälder und Täler, die schnell an uns vorüberflogen, während die Ufer von den Waldhornklängen widerhallten. – Und als dann der Geistliche von der Musik immer vergnügter wurde und lustige Geschichten aus seiner Jugend erzählte: wie auch er zur Vakanz über Berge und Täler gezogen und oft hungrig und durstig, aber immer fröhlich gewesen, und wie eigentlich das ganze Studentenleben eine große Vakanz sei zwischen der engen, düstern Schule und der ernsten Amtsarbeit – da tranken die Studenten noch einmal herum und stimmten dann frisch ein Lied an, dass es weit in die Berge hineinschallte.

»Nach Süden nun sich lenken
Die Vöglein allzumal,

Viel Wandrer lustig schwenken
Die Hüt im Morgenstrahl.
Das sind die Herrn Studenten,
Zum Tor hinaus es geht,
Auf ihren Instrumenten
Sie blasen zum Valet:
Ade in die Läng und Breite,
O Prag, wir ziehn in die Weite:
Et habeat bonam pacem,
Qui sedet post fornacem!

Nachts wir durchs Städtlein schweifen,
Die Fenster schimmern weit,
Am Fenster drehn und schleifen
Viel schön geputzte Leut.
Wir blasen vor den Türen
Und haben Durst genung,
Das kommt vom Musizieren,
Herr Wirt, einen frischen Trunk!
Und siehe über ein kleines
Mit einer Kanne Weines
Venit ex sua domo – Beatus ille homo!

Nun weht schon durch die Wälder
Der kalte Boreas,
Wir streichen durch die Felder,
Von Schnee und Regen nass,
Der Mantel fliegt im Winde,
Zerrissen sind die Schuh,
Da blasen wir geschwinde
Und singen noch dazu:
Beatus ille homo
Qui sedet in sua domo,
Et sedet post fornacem
Et habet bonam pacem!«

Ich, die Schiffer und das Mädchen, obgleich wir alle kein Latein ver-
standen, stimmten jedes Mal jauchzend in den letzten Vers mit ein,

ich aber jauchzte am allervergnügtesten, denn ich sah soeben von fern mein Zollhäuschen und bald darauf auch das Schloss in der Abendsonne über die Bäume hervorkommen.

Zehntes Kapitel

Das Schiff stieß an das Ufer, wir sprangen schnell ans Land und verteilten uns nun nach allen Seiten im Grünen, wie Vögel, wenn der Bauer plötzlich aufgemacht wird. Der geistliche Herr nahm eiligen Abschied und ging mit großen Schritten dem Schlosse zu. Die Studenten dagegen wanderten eifrig zu einem abgelegenen Gebüsch, wo sie noch geschwind ihre Mäntel ausklopfen, sich in dem vorüberfließenden Bach waschen, und einer den andern rasieren wollten. Die neue Kammerjungfer endlich ging mit ihrem Kanarienvogel und ihrem Bündel unterm Arm zum Wirtshaus unter dem Schlossberg, um bei der Frau Wirtin, die ich ihr als eine gute Person rekommandiert hatte, ein besseres Kleid anzulegen, ehe sie sich oben im Schlosse vorstellte. Mir aber leuchtete der schöne Abend recht durchs Herz, und als sie sich nun alle verlaufen hatten, bedachte ich mich nicht lange und rannte sogleich zum herrschaftlichen Garten hin.

Mein Zollhaus, an dem ich vorbei musste, stand noch auf der alten Stelle, die hohen Bäume aus dem herrschaftlichen Garten rauschten noch immer darüber hin, eine Goldammer, die damals auf dem Kastanienbaum vor dem Fenster jedes Mal bei Sonnenuntergang ihr Abendlied gesungen hatte, sang auch wieder, als wäre seitdem gar nichts in der Welt vorgegangen. Das Fenster im Zollhaus stand offen, ich lief voller Freuden hin und steckte den Kopf in die Stube hinein. Es war niemand darin, aber die Wanduhr pickte noch immer ruhig fort, der Schreibtisch stand am Fenster, und die lange Pfeife in einem Winkel, wie damals. Ich konnte nicht widerstehen, ich sprang durch das Fenster hinein und setzte mich an den Schreibtisch vor das große Rechenbuch hin. Da fiel der Sonnenschein durch den Kastanienbaum vor dem Fenster wieder grüngolden auf die Ziffern in dem aufgeschlagenen Buche, die Bienen summten wieder an dem offnen Fenster hin und her, die Goldammer draußen auf dem Baume sang fröhlich immerzu. – Auf einmal aber ging die Tür der Stube auf, und ein alter, langer Einnehmer in meinem punktierten Schlafrock trat herein! Er blieb in der Tür stehen, wie er mich so unversehens erblickte, nahm schnell die Brille von der Nase und sah mich grimmig an. Ich aber erschrak nicht wenig darüber, sprang, ohne ein Wort zu sagen, auf und lief aus der Haustür durch den kleinen Garten fort, wo ich mich noch bald mit den Füßen in dem fatalen Kartoffelkraut verwickelt hätte, das der alte Einnehmer nunmehr, wie ich sah, nach des Portiers Rat statt meiner Blumen angepflanzt hatte. Ich hörte noch, wie er vor die Tür herausfuhr und hinter mir dreinschimpfte, aber ich saß schon oben auf der hohen Gartenmauer, und schaute mit klopfendem Herzen in den Schlossgarten hinein.

Da war ein Duften und Schimmern und Jubilieren von allen Vöglein; die Plätze und Gänge waren leer, aber die vergoldeten Wipfel neigten sich im Abendwind vor mir, als wollten sie mich bewillkommnen, und seitwärts aus dem tiefen Grund blitzte zuweilen die Donau zwischen den Bäumen zu mir herauf.

Auf einmal hörte ich in einiger Entfernung im Garten singen:

»Schweigt der Menschen laute Lust:
Rauscht die Erde wie in Träumen
Wunderbar mit allen Bäumen,
Was dem Herzen kaum bewusst,
Alte Zeiten, linde Trauer,
Und es schweifen leise Schauer
Wetterleuchtend durch die Brust.«

Die Stimme und das Lied klang mir so wunderlich und doch wieder so altbekannt, als hätt' ich's irgendeinmal im Traum gehort. Ich dachte lange, lange nach. – »Das ist der Herr Guido!« rief ich endlich voller Freude und schwang mich schnell in den Garten hinunter – es war dasselbe Lied, das er an jenem Sommerabend auf dem Balkon des italienischen Wirtshauses sang, wo ich ihn zum letzten Mal gesehn hatte.

Er sang noch immer fort, ich aber sprang über Beete und Hecken dem Liede nach. Als ich nun zwischen den letzten Rosensträuchern hervortrat, blieb ich plötzlich wie verzaubert stehen. Denn auf dem grünen Platz am Schwanenteich, recht vom Abendrot beschienen, saß die schöne gnädige Frau, in einem prächtigen Kleid und einem Kranz von weißen und roten Rosen in dem schwarzen Haar, mit niedergeschlagenen Augen auf einer Steinbank und spielte während des Liedes mit ihrer Reitgerte vor sich auf dem Rasen, geradeso wie damals auf dem Kahn, als ich ihr das Lied von der schönen Frau vorsingen musste. Ihr gegenüber saß eine andre junge Dame, die hatte den weißen runden Nacken voll brauner Locken gegen mich gewendet, und sang zur Gitarre, während die Schwäne auf dem stillen Weiher langsam im Kreis herumschwammen. – Da hob die schöne Frau auf einmal die Augen und schrie laut auf, als sie mich erblickte. Die andere Dame wandte sich rasch nach mir herum, dass ihr die Locken ins Gesicht flogen, und da sie mich recht ansah, brach sie in ein unmäßiges Lachen aus, sprang dann von der Bank und klatschte dreimal mit den Händchen. In demselben Augenblick kam eine große Menge kleiner Mädchen in blütenweißen, kurzen Kleidchen mit grünen und roten Schleifen zwischen den Rosensträuchern hervorgeschlüpft, sodass ich gar nicht begreifen konnte, wo sie alle gesteckt hatten. Sie hielten eine lange Blumengirlande in den Händen, schlossen schnell einen Kreis um mich, tanzten um mich herum und sangen dabei:

> »Wir bringen dir den Jungfernkranz
> Mit veilchenblauer Seide,
> Wir führen dich zu Lust und Tanz,
> Zu neuer Hochzeitsfreude.
> Schöner, grüner Jungfernkranz,
> Veilchenblaue Seide.«

Das war aus dem »Freischütz«. Von den kleinen Sängerinnen erkannte ich nun auch einige wieder, es waren Mädchen aus dem Dorf. Ich kneipte sie in die Wangen und wäre gern aus dem Kreis entwischt, aber die kleinen, schnippischen Dinger ließen mich nicht heraus. – Ich wusste gar nicht, was die Geschichte eigentlich bedeuten sollte, und stand ganz verblüfft da.

Da trat plötzlich ein junger Mann in feiner Jägerkleidung aus dem Gebüsch hervor. Ich traute meinen Augen kaum – es war der fröhliche Herr Leonhard! – Die kleinen Mädchen öffneten nun den Kreis und standen auf einmal wie verzaubert, alle unbeweglich auf einem

Beinchen, während sie das andere in die Luft streckten und dabei die Blumengirlanden mit beiden Armen hoch über den Köpfen in die Höh hielten. Der Herr Leonhard aber fasste die schöne gnädige Frau, die noch immer ganz still stand und nur manchmal auf mich herüberblickte, bei der Hand, führte sie zu mir und sagte: »Die Liebe – darüber sind sich nun alle Gelehrten einig – ist eine der kuragiösesten Eigenschaften des menschlichen Herzens, die Bastionen von Rang und Stand schmettert sie mit einem Feuerblick darnieder, die Welt ist ihr zu eng und die Ewigkeit zu kurz. Ja, sie ist eigentlich ein Poetenmantel, den jeder Phantast einmal in der kalten Welt umnimmt, um nach Arkadien auszuwandern. Und je entfernter zwei getrennte Verliebte voneinander wandern, in desto anständigern Bögen bläst der Reisewind den schillernden Mantel hinter ihnen auf, desto kühner und überraschender entwickelt sich der Faltenwurf, desto länger und länger wächst der Talar den Liebenden hinten nach, sodass ein Neutraler nicht über Land gehen kann, ohne unversehens auf ein paar solche Schleppen zu treten. O teuerster Herr Einnehmer und Bräutigam! obgleich Ihr in diesem Mantel an den Gestaden des Tibers dahinrauschtet, das kleine Händchen Eurer gegenwärtigen Braut hielt Euch dennoch am äußersten Ende der Schleppe fest, und wie Ihr zucktet und geigtet und rumortet, Ihr musstet zurück in den stillen Bann ihrer schönen Augen. – Und nun, da es so gekommen ist, ihr zwei lieben, lieben närrischen Leute! schlagt den seligen Mantel um euch, dass die ganze andere Welt rings um euch untergeht – liebt euch wie die Kaninchen und seid glücklich!«

Der Herr Leonhard war mit seinem Sermon kaum erst fertig, so kam auch die andere junge Dame, die vorhin das Liedchen gesungen hatte, auf mich los, setzte mir schnell einen frischen Myrtenkranz auf den Kopf und sang dazu sehr neckisch, während sie mir den Kranz in den Haaren festrückte und ihr Gesichtchen dabei dicht vor mir war:

> »Darum bin ich dir gewogen,
> Darum wird dein Haupt geschmückt,
> Weil der Strich von deinem Bogen
> Öfters hat mein Herz entzückt.«

Dann trat sie wieder ein paar Schritte zurück. – »Kennst du die Räuber noch, die dich damals in der Nacht vom Baume schüttelten?«

sagte sie, indem sie einen Knicks vor mir machte und mich so anmutig und fröhlich ansah, dass mir ordentlich das Herz im Leib lachte. Darauf ging sie, ohne meine Antwort abzuwarten, rings um mich herum. »Wahrhaftig noch ganz der alte, ohne allen welschen Beigeschmack! aber nein, sieh doch nur einmal die dicken Taschen an!« rief sie plötzlich zu der schönen gnädigen Frau. »Violine, Wäsche, Barbiermesser, Reisekoffer, alles durcheinander!« Sie drehte mich nach allen Seiten und konnte sich vor Lachen gar nicht zugute geben. Die schöne gnädige Frau war unterdes noch immer still und mochte gar nicht die Augen aufschlagen vor Scham und Verwirrung. Oft kam es mir vor, als zürnte sie heimlich über das viele Gerede und Spaßen. Endlich stürzten ihr plötzlich Tränen aus den Augen, und sie verbarg ihr Gesicht an der Brust der andern Dame. Diese sah sie erst erstaunt an und drückte sie dann herzlich an sich. Ich aber stand ganz verdutzt da. Denn je genauer ich die fremde Dame betrachtete, desto deutlicher erkannte ich sie, es war wahrhaftig niemand anders, als – der junge Herr Maler Guido!

Ich wusste gar nicht, was ich sagen sollte, und wollte soeben näher nachfragen, als Herr Leonhard zu ihr trat und heimlich mit ihr sprach. »Weiß er denn noch nicht?« hörte ich ihn fragen. Sie schüttelte den Kopf. Er besann sich darauf einen Augenblick. »Nein, nein«, sagte er endlich, »er muss schnell alles erfahren, sonst entsteht nur neues Geplauder und Gewirre.«

»Herr Einnehmer«, wandte er sich nun mir zu, »wir haben jetzt nicht viel Zeit, aber tue mir den Gefallen und wundere dich hier in aller Geschwindigkeit aus, damit du nicht hinterher durch Fragen, Erstaunen und Kopfschütteln unter den Leuten alte Geschichten aufrührst und neue Erdichtungen und Vermutungen ausschüttelst.« – Er zog mich bei diesen Worten tiefer ins Gebüsch hinein, während das Fräulein mit der von der schönen gnädigen Frau weggelegten Reitgerte in der Luft focht und alle ihre Locken tief in das Gesichtchen schüttelte, durch die ich aber doch sehen konnte, dass sie bis an die Stirn rot wurde. – »Nun denn«, sagte Herr Leonhard, »Fräulein Flora, die hier soeben tun will, als hörte und wüsste sie von der ganzen Geschichte nichts, hatte in aller Geschwindigkeit ihr Herzchen mit jemand vertauscht. Darüber kommt ein andrer und bringt ihr mit Prologen, Trompeten und Pauken wiederum sein Herz dar und will ihr Herz dagegen. Ihr Herz ist aber schon bei jemand, und jemands Herz bei ihr, und der Jemand will sein Herz nicht wiederhaben und ihr Herz nicht wieder zurückgeben. Alle Welt schreit – aber du hast wohl noch keinen Roman gelesen?« – Ich verneinte es. – »Nun, so hast du doch einen mitgespielt. Kurz: das war eine solche Konfusion mit den Herzen, dass der Jemand – das heißt ich – mich zuletzt selbst ins Mittel legen musste. Ich schwang mich bei lauer Sommernacht auf mein Ross, hob das Fräulein als Maler Guido auf das andere, und so ging es fort nach Süden, um sie in einem meiner einsamen Schlösser in Italien zu verbergen, bis das Geschrei wegen der Herzen vorüber wäre. Unterwegs aber kam man uns auf die Spur, und von dem Balkon des welschen Wirtshauses, vor dem du so vortrefflich Wache schliefst, erblickte Flora plötzlich unsere Verfolger.« – »Also der bucklige Signor?« – »War ein Spion. Wir zogen uns daher heimlich in die Wälder, und ließen dich auf dem vorbestellten Postkurse allein fortfahren. Das täuschte unsere Verfolger, und zum Überfluss auch noch meine Leute auf dem Bergschloss, welche die verkleidete Flora stündlich erwarteten und mit mehr Diensteifer als Scharfsinn dich für das Fräulein hielten. Selbst hier auf dem Schloss glaubte man, dass Flora auf dem Felsen wohne, man erkundigte sich, man schrieb an sie – hast du nicht ein Briefchen erhalten?« – Bei diesen Worten fuhr ich blitzschnell mit dem Zettel aus der Tasche. – »Also dieser Brief?« – »Ist an mich«, sagte Fräulein Flora, die bisher auf unsere Rede gar nicht achtzugeben schien, riss mir den Zettel rasch aus der Hand, überlas ihn und steckte ihn dann in den Busen. – »Und nun«, sagte Herr Leonhard, »müssen wir schnell in das Schloss, da wartet schon alles auf uns. Also zum Schluss, wie sich's von selbst versteht und einem wohlerzogenen Roman gebührt: Entdeckung, Reue, Versöhnung, wir sind alle wieder lustig beisammen, und übermorgen ist Hochzeit!«

Da er noch so sprach, erhob sich plötzlich im Gebüsch ein rasender Spektakel von Pauken und Trompeten, Hörnern und Posaunen; Böller wurden dazwischen gezündet und Vivat gerufen, die kleinen Mädchen tanzten von neuem, und aus allen Sträuchern kam ein Kopf über dem andern hervor, als wenn sie aus der Erde wüchsen. Ich sprang in dem Geschwirre und Geschleife ellenhoch von einer Seite zur andern, da es aber schon dunkel wurde, erkannte ich erst nach und nach all die alten Gesichter wieder. Der alte Gärtner schlug die Pauken, die Prager Studenten in ihren Mänteln musizierten mitten darunter, neben ihnen fingerte der Portier wie toll auf seinem Fagott. Wie ich den so unverhofft erblickte, lief ich sogleich auf ihn zu und embrassierte ihn heftig. Darüber kam er ganz aus dem Konzept. »Nun wahrhaftig, und wenn der bis ans Ende der Welt reist, er ist und bleibt ein Narr!« rief er den Studenten zu und blies ganz wütend weiter.

Unterdes war die schöne gnädige Frau vor dem Rumor heimlich entsprungen und flog wie ein aufgescheuchtes Reh über den Rasen tiefer in den Garten hinein. Ich sah es noch zur rechten Zeit und lief ihr eiligst nach. Die Musikanten merkten in ihrem Eifer nichts davon, sie meinten nachher: wir wären schon zum Schloss aufgebrochen, und die ganze Bande setzte sich nun mit Musik und großem Getümmel gleichfalls dorthin in Marsch.

Wir aber waren fast zu gleicher Zeit in einem Sommerhaus angekommen, das am Abhang des Gartens stand, mit dem offnen Fenster nach dem weiten, tiefen Tale zu. Die Sonne war schon lange untergegangen hinter den Bergen, es schimmerte nur noch wie ein rötlicher Duft über dem warmen, verschallenden Abend, aus dem die Donau immer vernehmlicher heraufrauschte, je stiller es ringsum wurde. Ich sah unverwandt die schöne Gräfin an, die ganz erhitzt vom Laufen dicht vor mir stand, sodass ich ordentlich hören konnte, wie ihr das Herz schlug. Ich wusste nun aber gar nicht, was ich sprechen sollte vor Respekt, da ich auf einmal so allein mit ihr war. Endlich fasste ich mir ein Herz, nahm ihr kleines, weißes Händchen – da zog sie mich schnell an sich und fiel mir um den Hals, und ich umschlang sie fest mit beiden Armen.

Sie machte sich aber geschwind wieder los und legte sich ganz verwirrt ins Fenster, um ihre glühenden Wangen in der Abendluft abzukühlen. – »Ach«, rief ich, »mir ist mein Herz recht zum Zerspringen, aber ich kann mir noch alles nicht recht denken, es ist mir alles noch wie ein Traum!« – »Mir auch«, sagte die schöne gnädige Frau. »Als ich vergangenen Sommer«, setzte sie nach einer Weile hinzu, »mit der Gräfin aus Rom kam, und wir das Fräulein Flora glücklich gefunden hatten und mit zurückbrachten, von dir aber dort und hier nichts hörte – da dacht ich nicht, dass alles noch so kommen würde! Erst heut zu Mittag sprengte der Jockei, der gute, flinke Bursch, atemlos auf den Hof und brachte die Nachricht, dass du mit dem Postschiff kämst.« – Dann lachte sie still in sich hinein. »Weißt du noch«, sagte sie, »wie du mich damals auf dem Balkon zum letzten Mal sahst? das war gerade wie heute, auch so ein stiller Abend und Musik im Garten.« – »Wer ist denn eigentlich gestorben?« frug ich hastig. – »Wer denn?« sagte die schöne Frau und sah mich erstaunt an. »Der Herr Gemahl von Ew. Gnaden«, erwiderte ich, »der damals mit auf dem Balkon stand.« – Sie wurde ganz rot. »Was hast du auch für Seltsamkeiten im Kopf!« rief sie aus, »das war ja der Sohn von der Gräfin, der eben von Reisen zurückkam, und es traf gerade auch mein Geburtstag, da führte er mich mit auf den Balkon hinaus, damit ich auch ein Vivat bekäme. – Aber deshalb bist du wohl damals von hier fortgelaufen?« – »Ach Gott, freilich!« rief ich aus und schlug mich mit der Hand vor die Stirn. Sie aber schüttelte das Köpfchen und lachte recht herzlich.

Mir war so wohl, wie sie so fröhlich und vertraulich neben mir plauderte, ich hätte bis zum Morgen zuhören mögen. Ich war so recht seelenvergnügt und langte eine Handvoll Knackmandeln aus der Tasche, die ich noch aus Italien mitgebracht hatte. Sie nahm auch davon, und wir knackten nun und sahen zufrieden in die stille Gegend hinaus. – »Siehst du«, sagte sie nach einem Weilchen wieder, »das weiße Schlösschen, das da drüben im Mondschein glänzt, das hat uns der Graf geschenkt, samt dem Garten und den Weinbergen, da werden wir wohnen. Er wusste es schon lange, dass wir einander gut sind, und ist dir sehr gewogen, denn hätt er dich nicht mitgehabt, als er das Fräulein aus der Pensionsanstalt entführte, so wären sie beide erwischt worden, ehe sie sich vorher noch mit der Gräfin versöhnten, und alles wäre anders gekommen.« – »Mein Gott, schönste, gnädigste Gräfin«, rief ich aus, »ich weiß gar nicht mehr, wo mir der Kopf steht vor lauter unverhofften Neuigkeiten; also der Herr Leonhard?« – »Ja, ja«, fiel sie mir in die Rede, »so nannte er sich in Italien; dem gehören die Herrschaften da drüben, und er heiratet nun unserer Gräfin Tochter, die schöne Flora. – Aber was nennst du mich denn Gräfin?« Ich sah sie groß an. – »Ich bin ja gar keine Gräfin«, fuhr sie fort, »unsere gnädige Gräfin hat mich nur zu sich aufs Schloss genommen, da mich mein Onkel, der Portier, als kleines Kind und arme Waise mit hierherbrachte.«

Nun war's mir doch nicht anders, als wenn mir ein Stein vom Herzen fiele! »Gott segne den Portier«, versetzte ich ganz entzückt, »dass er unser Onkel ist! ich habe immer große Stücke auf ihn gehalten.« – »Er meint es auch gut mit dir«, erwiderte sie, »wenn du dich nur etwas vornehmer hieltest, sagt er immer. Du musst dich jetzt auch eleganter kleiden.« – »Oh«, rief ich voller Freuden, »englischen Frack, Strohhut und Pumphosen und Sporen! und gleich nach der Trauung reisen wir fort nach Italien, nach Rom, da gehn die schönen Wasserkünste, und nehmen die Prager Studenten mit und den Portier!« – Sie lächelte still und sah mich recht vergnügt und freundlich an, und von fern schallte immerfort die Musik herüber, und Leuchtkugeln flogen vom Schloss durch die stille Nacht über die Gärten, und die Donau rauschte dazwischen herauf – und es war alles, alles gut!

Adelbert von Chamisso

Peter Schlemihls wundersame Geschichte

Erstdruck bei Schrag, Nürnberg 1814

An meinen alten Freund Peter Schlemihl

Da fällt nun deine Schrift nach vielen Jahren
Mir wieder in die Hand, und – wundersam! –
Der Zeit gedenk ich, wo wir Freunde waren,
Als erst die Welt uns in die Schule nahm.
Ich bin ein alter Mann in grauen Haaren,
Ich überwinde schon die falsche Scham,
Ich will mich deinen Freund wie ehmals nennen
Und mich als solchen vor der Welt bekennen.

Mein armer, armer Freund, es hat der Schlaue
Mir nicht, wie dir, so übel mitgespielt;
Gestrebet hab ich und gehofft ins Blaue,
Und gar am Ende wenig nur erzielt;
Doch schwerlich wird berühmen sich der Graue,
Dass er mich jemals fest am Schatten hielt;
Den Schatten hab ich, der mir angeboren,
Ich habe meinen Schatten nie verloren.

Mich traf, obgleich unschuldig wie das Kind,
Der Hohn, den sie für deine Blöße hatten. –
Ob wir einander denn so ähnlich sind?! –
Sie schrien mir nach: Schlemihl, wo ist dein Schatten?
Und zeigt ich den, so stellten sie sich blind
Und konnten gar zu lachen nicht ermatten.
Was hilft es denn! man trägt es in Geduld,
Und ist noch froh, fühlt man sich ohne Schuld.

Und was ist denn der Schatten? möcht ich fragen,
Wie man so oft mich selber schon gefragt,
So überschwänglich hoch es anzuschlagen,
Wie sich die arge Welt es nicht versagt?
Das gibt sich schon nach neunzehntausend Tagen,
Die, Weisheit bringend, über uns getagt;
Die wir dem Schatten Wesen sonst verliehen,
Sehn Wesen jetzt als Schatten sich verziehen.

Wir geben uns die Hand darauf, Schlemihl,
Wir schreiten zu, und lassen es beim Alten;
Wir kümmern uns um alle Welt nicht viel,
Es desto fester mit uns selbst zu halten;
Wir gleiten so schon näher unserm Ziel,
Ob jene lachten, ob die andern schalten,
Nach allen Stürmen wollen wir im Hafen
Doch ungestört gesunden Schlafes schlafen.

Adelbert von Chamisso, Berlin, August 1834

An Julius Eduard Hitzig von Adelbert von Chamisso

Du vergissest niemanden, Du wirst Dich noch eines gewissen Peter Schlemihls erinnern, den Du in früheren Jahren ein paar Mal bei mir gesehen hast, ein langbeiniger Bursch, den man ungeschickt glaubte, weil er linkisch war, und der wegen seiner Trägheit für faul galt. Ich hatte ihn lieb – Du kannst nicht vergessen haben, Eduard, wie er uns einmal in unserer grünen Zeit durch die Sonette lief, ich brachte ihn mit auf einen der poetischen Tees, wo er mir noch während des Schreibens einschlief, ohne das Lesen abzuwarten. Nun erinnere ich mich auch eines Witzes, den Du auf ihn machtest. Du hattest ihn nämlich schon, Gott weiß wo und wann, in einer alten schwarzen Kurtka gesehen, die er freilich damals noch immer trug, und sagtest: »der ganze Kerl wäre glücklich zu schätzen, wenn seine Seele nur halb so unsterblich wäre, als seine Kurtka.« – So wenig galt er bei Euch. – Ich hatte ihn lieb. – Von diesem Schlemihl nun, den ich seit langen Jahren aus dem Gesicht verloren hatte, rührt das Heft her, das ich Dir mitteilen will. – Dir nur, Eduard, meinem nächsten, innigsten Freunde, meinem bessren Ich, vor dem ich kein Geheimnis verwahren kann, teil ich es mit, nur Dir und, es versteht sich von selbst, unserm Fouqué, gleich Dir in meiner Seele eingewurzelt – aber in ihm teil ich es bloß dem Freunde mit, nicht dem Dichter. – Ihr werdet einsehen, wie unangenehm es mir sein würde, wenn etwa die Beichte, die ein ehrlicher Mann im Vertrauen auf meine Freundschaft und Redlichkeit an meiner Brust ablegt, in einem Dichterwerk an den Pranger geheftet würde, oder nur wenn überhaupt unheilig verfahren würde, wie mit einem Erzeugnis schlechten Witzes, mit einer Sache, die das nicht ist und sein darf. Freilich muss ich selbst gestehen, dass es um die Geschichte schad ist, die unter des guten Mannes Feder nur albern geworden, dass sie nicht von einer geschickteren fremden Hand in ihrer ganzen komischen Kraft dargestellt werden kann. – Was würde nicht Jean Paul daraus gemacht haben! – Übrigens, lieber Freund, mögen hier manche genannt sein, die noch leben; auch das will beachtet sein. – Noch ein Wort über die Art, wie diese Blätter an mich gelangt sind. Gestern früh bei meinem Erwachen gab man sie bei mir ab – ein wunderlicher Mann, der einen langen grauen Bart trug, eine ganz abgenützte schwarze Kurtka anhatte, eine botanische Kapsel darüber umgehangen, und bei dem feuchten, regnichten Wetter Pantoffeln über seine Stiefel, hatte sich nach mir erkundigt und dieses für mich hinterlassen; er hatte, aus Berlin zu kommen, vorgegeben. – – –

Adelbert von Chamisso, Kunersdorf, den 27. Sept. 1813

P.S. Ich lege Dir eine Zeichnung bei, die der kunstreiche Leopold, der eben an seinem Fenster stand, von der auffallenden Erscheinung entworfen hat. Als er den Wert, den ich auf diese Skizze legte, gesehen hat, hat er sie mir gerne geschenkt. [Die Zeichnung / Skizze wurde in den ersten Ausgaben des »Schlemihls« mit abgedruckt (Anmerkung des Herausgebers)]

An Ebendenselben von Fouqué

Bewahren, lieber Eduard, sollen wir die Geschichte des armen Schlemihl, dergestalt bewahren, dass sie vor Augen, die nicht hineinzusehen haben, beschirmt bleibe. Das ist eine schlimme Aufgabe. Es gibt solcher Augen eine ganze Menge, und welcher Sterbliche kann die Schicksale eines Manuskriptes bestimmen, eines Dinges, das beinah noch schlimmer zu hüten ist, als ein gesprochenes Wort. Da mach ich's denn wie ein Schwindelnder, der in der Angst lieber gleich in den Abgrund springt: ich lasse die ganze Geschichte drucken.

Und doch, Eduard, es gibt ernstere und bessere Gründe für mein Benehmen. Es trügt mich alles, oder in unserm lieben Deutschlande schlagen der Herzen viel, die den armen Schlemihl zu verstehen fähig sind und auch wert, und über manch eines echten Landsmannes Gesicht wird bei dem herben Scherz, den das Leben mit ihm, und bei dem arglosen, den er mit sich selbst treibt, ein gerührtes Lächeln ziehn. Und du, mein Eduard, wenn Du das grundehrliche Buch ansiehst, und dabei denkst, dass viele unbekannte Herzensverwandte es mit uns lieben lernen, fühlst auch vielleicht einen Balsamtropfen in die heiße Wunde fallen, die Dir und allen, die Dich lieben, der Tod geschlagen hat.

Und endlich: es gibt – ich habe mich durch mannigfache Erfahrung davon überzeugt – es gibt für die gedruckten Bücher einen Genius, der sie in die rechten Hände bringt, und, wenn nicht immer, doch sehr oft die unrechten davon abhält. Auf alle Fälle hat er ein unsichtbares Vorhängschloss vor jedwedem echten Geistes- und Gemütswerke, und weiß mit einer ganz untrüglichen Geschicklichkeit auf- und zuzuschließen.

Diesem Genius, mein sehr lieber Schlemihl, vertraue ich Dein Lächeln und Deine Tränen an, und somit Gott befohlen!

Fouqué, Nennhausen, Ende Mai 1814

An Fouqué von Hitzig

Da haben wir denn nun die Folgen Deines verzweifelten Entschlusses, die Schlemihlshistorie, die wir als ein bloß uns anvertrautes Geheimnis bewahren sollten, drucken zu lassen, dass sie nicht allein Franzosen und Engländer, Holländer und Spanier übersetzt, Amerikaner aber den Engländern nachgedruckt, wie ich dies alles in meinem gelehrten Berlin des Breiteren gemeldet; sondern, dass auch für unser liebes Deutschland eine neue Ausgabe, mit den Zeichnungen der englischen, die der berühmte Cruikshank nach dem Leben entworfen, veranstaltet wird, wodurch die Sache unstreitig noch viel mehr herum kommt. Hielte ich Dich nicht für Dein eigenmächtiges Verfahren (denn mir hast Du 1814 ja kein Wort von der Herausgabe des Manuskripts gesagt) hinlänglich dadurch bestraft, dass unser Chamisso bei seiner Weltumsegelei, in den Jahren 1815 bis 1818, sich gewiss in Chile und Kamtschatka, und wohl gar bei seinem Freunde, dem seligen Tameiamaia auf O-Wahu darüber beklagt haben wird, so forderte ich noch jetzt öffentlich Rechenschaft darüber von Dir. Indes – auch hievon abgesehen – geschehn ist geschehn, und Recht hast Du auch darin gehabt, dass viele, viele Befreundete in den dreizehn verhängnisvollen Jahren, seit es das Licht der Welt erblickte, das Büchlein mit uns lieb gewonnen. Nie werde ich die Stunde vergessen, in welcher ich es Hoffmann zuerst vorlas. Außer sich vor Vergnügen und Spannung, hing er an meinen Lippen, bis ich vollendet hatte; nicht erwarten konnte er, die persönliche Bekanntschaft des Dichters zu machen, und, sonst jeder Nachahmung so abhold, widerstand er doch der Versuchung nicht, die Idee des verlornen Schattens in seiner Erzählung: »Die Abenteuer der Sylvesternacht« [siehe E. T. A. Hoffmann, Fantasiestücke in Callots Manier, 1814/1815, letzter Teil; auch in: Joerg K. Sommermeyer, Lieblingsmärchen, 2. erw. Aufl., Orlando Syrg, Berlin 2018; ORSYTA 22018, S. 326 ff. (Anmerkung des Herausgebers)], durch das verlorne Spiegelbild des Erasmus Spikher, ziemlich unglücklich zu variieren. Ja – unter die Kinder hat sich unsre wundersame Historie ihre Bahn zu brechen gewusst; denn als ich einst, an einem hellen Winterabend, mit ihrem Erzähler die Burgstraße hinaufging, und er einen über ihn lachenden, auf der Glitschbahn beschäftigten Jungen unter seinen Dir wohlbekannten Bärenmantel nahm und fortschleppte, hielt dieser ganz stille; als er aber wieder auf den Boden niedergesetzt war, und in gehöriger Ferne von den, als ob nichts geschehen wäre, weiter Gegangenen, rief er mit lauter Stimme seinem Räuber nach: »Warte nur, Peter Schlemihl!«

So, denke ich, wird der ehrliche Kauz auch in seinem neuen, zierlichen Gewande viele erfreuen, die ihn in der einfachen Kurtka von 1814 nicht gesehen; diesen und jenen aber es außerdem noch überraschend sein, in dem botanisierenden, weltumschiffenden, ehemals wohlbestallten Königlich Preußischen Offizier, auch Historiographen des berühmten Peter Schlemihl, nebenher einen Lyriker kennen zu lernen [bezieht sich auf einen Anhang von Liedern und Balladen Chamissos in der zweiten Ausgabe des Peter Schlemihl (Anmerkung des Herausgebers)], der, er möge malaiische oder litauische Weisen anstimmen, überall dartut, dass er das poetische Herz auf der rechten Stelle hat.

Darum, lieber Fouqué, sei Dir am Ende denn doch noch herzlich gedankt für die Veranstaltung der ersten Ausgabe, und empfange mit unsern Freunden meinen Glückwunsch zu dieser zweiten.

Eduard Hitzig, Berlin, im Januar 1827

Peter Schlemihls wundersame Geschichte

I

Nach einer glücklichen, jedoch für mich sehr beschwerlichen See-
fahrt, erreichten wir endlich den Hafen. Sobald ich mit dem Boot ans
Land kam, belud ich mich selbst mit meiner kleinen Habseligkeit, und
durch das wimmelnde Volk mich drängend, ging ich in das nächste,
geringste Haus hinein, vor welchem ich ein Schild hängen sah. Ich
begehrte ein Zimmer, der Hausknecht maß mich mit einem Blick und
führte mich unters Dach. Ich ließ mir frisches Wasser geben und genau beschreiben, wo ich den Herrn Thomas John aufzusuchen habe: –
»Vor dem Nordertor, das erste Landhaus zur rechten Hand, ein großes, neues Haus, von rot und weißem Marmor mit vielen Säulen.«
Gut. – Es war noch früh an der Zeit, ich schnürte sogleich mein Bündel auf, nahm meinen neu gewandten schwarzen Rock heraus, zog
mich reinlich an in meine besten Kleider, steckte das Empfehlungs-
schreiben zu mir und setzte mich alsbald auf den Weg zu dem Manne,
der mir bei meinen bescheidenen Hoffnungen förderlich sein sollte.

Nachdem ich die lange Norderstraße hinaufgestiegen und das Tor
erreicht, sah ich bald die Säulen durch das Grüne schimmern – »also
hier«, dacht ich. Ich wischte den Staub von meinen Füßen mit meinem Schnupftuch ab, brachte mein Halstuch in Ordnung und zog in
Gottes Namen die Klingel. Die Tür sprang auf. Auf dem Flur hatt ich
ein Verhör zu bestehn, der Portier ließ mich aber anmelden, und ich
hatte die Ehre, in den Park gerufen zu werden, wo Herr John – mit einer kleinen Gesellschaft sich erging. Ich erkannte gleich den Mann
am Glanz seiner wohlbeleibten Selbstzufriedenheit. Er empfing mich
sehr gut – wie ein Reicher einen armen Teufel, wandte sich sogar gegen mich, ohne sich jedoch von der übrigen Gesellschaft abzukehren,
und nahm mir den dargehaltenen Brief aus der Hand. – »So, so! von
meinem Bruder, ich habe lange nichts von ihm gehört. Er ist doch ge-
sund? – Dort«, fuhr er gegen die Gesellschaft fort, ohne die Antwort
abzuwarten, und wies mit dem Brief auf einen Hügel, »dort lass ich
das neue Gebäude errichten.« Er brach das Siegel auf und das Gespräch nicht ab, das sich auf den Reichtum lenkte. »Wer nicht Herr ist

von wenigstens einer Million«, warf er hinein, »der ist, man verzeihe mir das Wort, ein Schuft!« »O wie wahr!« rief ich aus mit vollem überströmenden Gefühl. Das musste ihm gefallen, er lächelte mich an und sagte: »Bleiben Sie hier, lieber Freund, nachher hab ich vielleicht Zeit, Ihnen zu sagen, was ich hierzu denke«, er deutete auf den Brief, den er sodann einsteckte, und wandte sich wieder zur Gesellschaft. – Er bot einer jungen Dame den Arm, andere Herren bemühten sich um andere Schönen, es fand sich, was passte, und man wallte dem rosenumblühten Hügel zu.

Ich schlich hinterher, ohne jemandem beschwerlich zu fallen, denn keine Seele kümmerte sich weiter um mich. Die Gesellschaft war sehr aufgeräumt, es ward getändelt und gescherzt, man sprach zuweilen von leichtsinnigen Dingen wichtig, von wichtigen öfters leichtsinnig, und gemächlich erging besonders der Witz über abwesende Freunde und deren Verhältnisse. Ich war da zu fremd, um von alldem vieles zu verstehen, zu bekümmert und in mich gekehrt, um den Sinn für solche Rätsel zu haben.

Wir hatten den Rosenhain erreicht. Die schöne Fanny, wie es schien, die Herrin des Tages, wollte aus Eigensinn einen blühenden Zweig selbst brechen, sie verletzte sich an einem Dorn, und wie von den dunkeln Rosen, floss Purpur auf ihre zarte Hand. Dieses Ereignis brachte die ganze Gesellschaft in Bewegung. Es wurde Englisch Pflaster gesucht. Ein stiller, dünner, hagrer, länglichter, ältlicher Mann, der nebenbei mitging, und den ich noch nicht bemerkt hatte, steckte sogleich die Hand in die knapp anliegende Schoßtasche seines altfränkischen, grautaffentnen Rockes, brachte eine kleine Brieftasche daraus hervor, öffnete sie und reichte der Dame mit devoter Verbeugung das Verlangte. Sie empfing es ohne Aufmerksamkeit für den Geber und ohne Dank, die Wunde ward verbunden, und man ging weiter den Hügel hinan, von dessen Rücken man die weite Aussicht über das grüne Labyrinth des Parks auf den unermesslichen Ozean genießen wollte.

Der Anblick war wirklich groß und herrlich. Ein lichter Punkt erschien am Horizont zwischen der dunklen Flut und der Bläue des Himmels. »Ein Fernrohr her!« rief John, und noch bevor das auf den Ruf erscheinende Dienervolk in Bewegung kam, hatte der graue

Mann, bescheiden sich verneigend, die Hand schon in die Rocktasche gesteckt, daraus einen schönen Dollond hervorgezogen, und es dem Herrn John ausgehändigt. Dieser, es sogleich ans Auge bringend, unterrichtete die Gesellschaft, es sei das Schiff, das gestern ausgelaufen, und das widrige Winde im Hafen zurückhielten. Das Fernrohr ging von Hand zu Hand und nicht wieder in die des Eigentümers; ich aber sah verwundert den Mann an und wusste nicht, wie die große Maschine aus der winzigen Tasche herausgekommen war; es schien aber niemandem aufgefallen zu sein, und man bekümmerte sich nicht mehr um den grauen Mann, als um mich.

Erfrischungen wurden gereicht, das seltenste Obst aller Zonen in den kostbarsten Gefäßen. Herr John machte die Honneurs mit leichtem Anstand und richtete da zum zweiten Mal ein Wort an mich: »Essen Sie nur; das haben Sie auf der See nicht gehabt.« Ich verbeugte mich, aber er sah es nicht, er sprach schon mit jemand anderem.

Man hätte sich gern auf den Rasen, am Abhang des Hügels, der ausgespannten Landschaft gegenüber gelagert, hätte man die Feuchtigkeit der Erde nicht gescheut. Es wäre göttlich, meinte wer aus der Gesellschaft, wenn man türkische Teppiche hätte, sie hier auszubreiten. Der Wunsch war nicht sobald ausgesprochen, als schon der Mann im grauen Rock die Hand in der Tasche hatte und mit bescheidener, ja demütiger Gebärde einen reichen, golddurchwirkten türkischen Teppich daraus zu ziehen bemüht war. Bediente nahmen ihn in Empfang, als müsse es so sein, und entfalteten ihn am begehrten Ort. Die Gesellschaft nahm ohne Umstände Platz darauf; ich wiederum sah betroffen den Mann, die Tasche, den Teppich an, der über zwanzig Schritte in der Länge und zehn in der Breite maß, und rieb mir die Augen, nicht wissend, was ich davon denken sollte, besonders da niemand etwas Merkwürdiges darin fand.

Ich hätte gern Aufschluss über den Mann gehabt und gefragt, wer er sei, nur wusst ich nicht, an wen ich mich wenden sollte, denn ich fürchtete mich fast noch mehr vor den Herren Bedienten, als vor den bedienten Herren. Ich fasste endlich ein Herz und trat an einen jungen Mann heran, der mir von minderem Ansehen schien als die andern, und der öfter allein gestanden hatte. Ich bat ihn leise, mir zu sagen, wer der gefällige Mann sei dort im grauen Kleid. – »Dieser, der wie ein Ende Zwirn aussieht? der einem Schneider aus der Nadel entlaufen ist?« »Ja, der allein steht« – »den kenn ich nicht«, gab er mir zur Antwort, und, wie es schien, eine längere Unterhaltung mit mir zu vermeiden, wandt er sich weg und sprach von gleichgültigen Dingen mit einem andern.

Die Sonne fing jetzt stärker zu scheinen an und ward den Damen beschwerlich; die schöne Fanny richtete nachlässig an den grauen Mann, den, so viel ich weiß, noch niemand angeredet hatte, die leichtsinnige Frage: ob er nicht auch vielleicht ein Zelt bei sich habe? Er beantwortete sie durch eine so tiefe Verbeugung, als widerführe ihm eine unverdiente Ehre, und hatte schon die Hand in der Tasche, aus der ich Zeuge, Stangen, Schnüre, Eisenwerk, kurz, alles, was zu dem prachtvollsten Lustzelt gehört, herauskommen sah. Die jungen Herren halfen es ausspannen, und es überhing die ganze Ausdehnung des Teppichs – und keiner fand noch etwas Außerordentliches darin. –

Mir war schon lang unheimlich, ja gräulich zu Mute, wie ward mir vollends, als beim nächst ausgesprochenen Wunsch ich ihn noch aus seiner Tasche drei Reitpferde, ich sage Dir, drei schöne, große Rappen mit Sattel und Zaumzeug herausziehen sah! – denke Dir, um Gotteswillen! drei gesattelte Pferde noch aus derselben Tasche, woraus schon eine Brieftasche, ein Fernrohr, ein gewirkter Teppich, zwanzig Schritte lang und zehn breit, ein Lustzelt von derselben Größe und alle dazu gehörigen Stangen und Eisen, herausgekommen waren! – Wenn ich Dir nicht beteuerte, es selbst mit eigenen Augen angesehen zu haben, würdest Du es gewiss nicht glauben. –

So verlegen und demütig der Mann selbst zu sein schien, so wenig Aufmerksamkeit ihm auch die andern schenkten, so ward mir doch seine blasse Erscheinung, von der ich kein Auge lösen konnte, so schauerlich, dass ich sie nicht länger ertragen konnte.

Ich beschloss, mich aus der Gesellschaft zu stehlen, was bei der unbedeutenden Rolle, die ich darinnen spielte, mir ein Leichtes schien. Ich wollte zur Stadt zurückkehren, am andern Morgen mein Glück bei Herrn John wieder versuchen und, wenn ich den Mut dazu fände, ihn über den seltsamen grauen Mann befragen. – Wäre es mir nur so zu entkommen geglückt! Ich hatte mich schon wirklich durch den Rosenhain, den Hügel hinab, glücklich geschlichen und befand mich auf einem freien Rasenplatz, als ich aus Furcht, außerhalb der Wege durchs Gras gehend angetroffen zu werden, einen forschenden Blick um mich warf. – Wie erschrak ich, als ich den Mann im grauen Rock hinter mir her und auf mich zukommen sah. Er nahm sogleich den Hut vor mir ab und verneigte sich so tief, wie es noch niemand vor mir getan hatte. Es war kein Zweifel, er wollte mich anreden, und ich konnte, ohne grob zu sein, es nicht vermeiden. Ich nahm den Hut auch ab, verneigte mich wieder und stand da in der Sonne mit bloßem Haupt wie angewurzelt. Ich sah ihn voller Furcht stier an und war wie ein Vogel, den eine Schlange gebannt hat. Er selber schien sehr verlegen zu sein; er hob den Blick nicht auf, verbeugte sich verschiedene Male, trat näher und redete mich an mit leiser, unsicherer Stimme, ungefähr im Ton eines Bettelnden. »Möge der Herr meine Zudringlichkeit entschuldigen, wenn ich es wage, ihn so unbekannter Weise aufzusuchen, ich habe eine Bitte an ihn. Vergönnen Sie gnädigst –« – »Aber um Gotteswillen, mein Herr!« brach ich in meiner Angst aus, »was kann ich für einen Mann tun, der –« wir stutzten beide, und wurden, wie mir deucht, rot.

Er nahm nach einem Augenblick des Schweigens wieder das Wort: »Während der kurzen Zeit, wo ich das Glück genoss, mich in Ihrer Nähe zu befinden, hab ich, mein Herr, einige Mal – erlauben Sie, dass ich es Ihnen sage – wirklich mit unaussprechlicher Bewunderung den schönen, schönen Schatten betrachten können, den Sie in der Sonne, und gleichsam mit einer gewissen edlen Verachtung, ohne selbst darauf zu merken, von sich werfen, den herrlichen Schatten da zu Ihren Füßen. Verzeihen Sie mir die freilich kühne Zumutung. Sollten Sie sich wohl nicht abgeneigt finden, mir diesen Ihren Schatten zu überlassen?«

Er schwieg, und mir ging's wie ein Mühlrad im Kopf herum. Was sollt ich aus dem seltsamen Antrag machen, mir meinen Schatten abzukaufen? Er muss verrückt sein, dacht ich, und mit verändertem Tone, der zu der Demut des seinigen besser passte, erwiderte ich also: »Ei, ei! guter Freund, habt Ihr denn nicht an Eurem eignen Schatten genug? das heiß ich mir einen Handel von einer ganz absonderlichen Sorte.« Er fiel sogleich wieder ein: »Ich hab in meiner Tasche manches, was dem Herrn nicht ganz unwert scheinen möchte; für diesen unschätzbaren Schatten halt ich den höchsten Preis zu gering.« Nun überfiel es mich wieder kalt, da ich an die Tasche erinnert ward, und ich wusste nicht, wie ich ihn hatte guter Freund nennen können. Ich nahm wieder das Wort und suchte es, womöglich, mit unendlicher Höflichkeit wieder gut zu machen.

»Aber, mein Herr, verzeihen Sie Ihrem untertänigsten Knecht. Ich verstehe wohl Ihre Meinung nicht ganz gut, wie könnt ich nur meinen Schatten – –« Er unterbrach mich: »Ich erbitte mir nur Dero Erlaubnis, hier auf der Stelle diesen edlen Schatten aufheben zu dürfen und zu mir zu stecken; wie ich das mache, sei meine Sorge. Dagegen als Beweis meiner Erkenntlichkeit gegen den Herrn, überlasse ich ihm die Wahl unter allen Kleinodien, die ich in der Tasche bei mir führe: die echte Springwurzel, die Alraunwurzel, Wechselpfennige, Raubtaler, das Tellertuch von Rolands Knappen, ein Galgenmännlein zu beliebigem Preis; doch, das wird wohl nichts für Sie sein: besser, Fortunati Wünschhütlein, neu und haltbar wieder restauriert; auch ein Glückssäckel, wie der seine gewesen.« – »Fortunati Glückssäckel«, fiel ich ihm in die Rede, und wie groß meine Angst auch war, hatte er mit dem einen Wort meinen ganzen Sinn gefangen. Ich bekam einen Schwindel, und es flimmerte mir wie doppelte Dukaten vor den Augen. –

»Belieben gnädigst der Herr diesen Säckel zu besichtigen und zu erproben.« Er steckte die Hand in die Tasche und zog einen mäßig großen, festgenähten Beutel, von starkem Korduanleder, an zwei tüchtigen ledernen Schnüren heraus und händigte mir selbigen ein. Ich griff hinein und zog zehn Goldstücke daraus und wieder zehn und wieder zehn und wieder zehn; ich hielt ihm schnell die Hand hin: »Topp! der Handel gilt, für den Beutel haben Sie meinen Schatten.« Er schlug ein, kniete dann ungesäumt vor mir nieder, und mit einer bewundernswürdigen Geschicklichkeit sah ich ihn meinen Schatten, vom Kopf bis zu meinen Füßen, leise vom Gras lösen, aufheben, zusammenrollen und falten und zuletzt einstecken. Er stand auf, verbeugte sich noch einmal vor mir und zog sich dann zum Rosengebüsch zurück. Mich dünkt', ich hörte ihn da leise für sich lachen. Ich aber hielt den Beutel bei den Schnüren fest, rund um mich her war die Erde sonnenhell, und in mir war noch keine Besinnung.

II

Ich kam endlich wieder zu Sinnen und eilte, diesen Ort zu verlassen, wo ich hoffentlich nichts mehr zu tun hatte. Ich füllte erst meine Taschen mit Gold, dann band ich mir die Schnüre des Beutels um den Hals fest und verbarg ihn selbst auf meiner Brust. Ich kam unbeachtet aus dem Park, erreichte die Landstraße und nahm meinen Weg zur Stadt. Wie ich in Gedanken dem Tore zuging, hört ich hinter mir schreien: »Junger Herr! he! junger Herr! hören Sie doch!« – Ich sah mich um, ein altes Weib rief mir nach: »Sehe sich der Herr doch vor, Sie haben Ihren Schatten verloren.« – »Danke, Mütterchen!« ich warf ihr ein Goldstück für den wohlgemeinten Rat hin und trat unter die Bäume.

Am Tore musst ich gleich wieder von der Schildwacht hören: »Wo hat der Herr seinen Schatten gelassen?« und gleich wieder darauf von ein paar Frauen: »Jesus Maria! der arme Mensch hat keinen Schatten!« Das fing an mich zu verdrießen, und ich vermied sehr sorgfältig, in die Sonne zu treten. Das ging aber nicht überall, zum Beispiel nicht über die Breitestraße, die ich zunächst durchkreuzen musste, und zwar, zu meinem Unheil, in eben der Stunde, wo die Knaben aus der Schule kamen. Ein verdammter buckeliger Schlingel, ich seh ihn noch, hatte es gleich weg, dass mir ein Schatten fehle. Er verriet mich mit großem Geschrei der sämtlichen literarischen Straßenjugend der Vorstadt, welche sofort mich zu rezensieren und mit Kot zu bewerfen anfing: »Ordentliche Leute pflegten ihren Schatten mit sich zu nehmen, wenn sie in die Sonne gingen.« Um sie von mir abzuwehren, warf ich Gold mit vollen Händen unter sie, und sprang in einen Mietwagen, zu dem mir mitleidige Seelen verhalfen.

Sobald ich mich in der rollenden Kutsche allein fand, fing ich bitterlich an zu weinen. Es musste schon die Ahnung in mir aufsteigen: dass, um so viel das Gold auf Erden Verdienst und Tugend überwiegt, um so viel der Schatten höher als selbst das Gold geschätzt werde; und wie ich früher den Reichtum meinem Gewissen aufgeopfert, hatte ich jetzt den Schatten für bloßes Gold hingegeben; was konnte, was sollte auf Erden aus mir werden! Ich war noch sehr verstört, als der Wagen vor meinem alten Wirtshaus hielt; ich erschrak über die Vorstellung, nur noch jenes schlechte Dachzimmer zu betreten. Ich ließ mir meine Sachen herabholen, empfing das ärmliche Bündel mit Verachtung, warf einige Goldstücke hin und befahl, vors vornehmste Hotel vorzufahren. Das Haus war gegen Norden gelegen, ich hatte die Sonne nicht zu fürchten. Ich schickte den Kutscher mit Gold weg, ließ mir die besten Zimmer vorn heraus anweisen und verschloss mich darin, sobald ich konnte.

Was denkst Du, das ich nun anfing? – O mein lieber Chamisso, selbst Dir es zu gestehen, macht mich erröten. Ich zog den unglücklichen Säckel aus meiner Brust hervor, und mit einer Art Wut, die, wie eine flackernde Feuersbrunst, sich in mir durch sich selbst vermehrte, zog ich Gold daraus und Gold und Gold und immer mehr Gold und streute es auf den Estrich und schritt darüber hin und ließ es klirren und warf, mein armes Herz an dem Glanze, an dem Klange weidend, immer des Metalles mehr zu dem Metalle, bis ich ermüdet selbst auf das reiche Lager sank und schwelgend darin wühlte, mich darüber wälzte. So verging der Tag, der Abend, ich schloss meine Tür nicht auf, die Nacht fand mich liegend auf dem Gold, und darauf übermannte mich der Schlaf.

Da träumt' es mir von Dir, es ward mir, als stünde ich hinter der Glastüre Deines kleinen Zimmers und sähe Dich von da an Deinem Arbeitstisch zwischen einem Skelett und einem Bund getrockneter Pflanzen sitzen, vor Dir waren Haller, Humboldt und Linné aufgeschlagen, auf Deinem Sofa lagen ein Band Goethe und der »Zauberring«, ich betrachtete Dich lang und jedes Ding in Deiner Stube und dann Dich wieder, Du rührtest Dich aber nicht, Du holtest auch nicht Atem, Du warst tot.

Ich erwachte. Es schien noch sehr früh zu sein. Meine Uhr stand. Ich war wie zerschlagen, durstig und hungrig auch noch; ich hatte seit dem vorigen Morgen nichts gegessen. Ich stieß von mir mit Unwillen und Überdruss dieses Gold, an dem ich kurz vorher mein törichtes Herz gesättiget; nun wusst ich verdrießlich nicht, was ich damit anfangen sollte. Es durfte nicht so liegen bleiben – ich versuchte, ob es der Beutel wieder verschlingen wollte – Nein. Keines meiner Fenster öffnete sich über die See. Ich musste mich bequemen, es mühsam und mit saurm Schweiß zu einem großen Schrank, der in einem Kabinett stand, zu schleppen, und es darin zu verpacken. Ich ließ nur einige Handvoll da liegen. Nachdem ich mit der Arbeit fertig geworden, legt ich mich erschöpft in einen Lehnstuhl und erwartete, dass sich Leute im Haus zu regen anfingen. Ich ließ, sobald es möglich war, zu essen bringen und den Wirt zu mir kommen.

Ich besprach mit diesem Manne die künftige Einrichtung meines Hauses. Er empfahl mir für den näheren Dienst um meine Person einen gewissen Bendel, dessen treue und verständige Physiognomie mich gleich gewann. Derselbe war's, dessen Anhänglichkeit mich seither tröstend durch das Elend des Lebens begleitete und mir mein düstres Los ertragen half. Ich brachte den ganzen Tag auf meinen Zimmern mit herrenlosen Knechten, Schustern, Schneidern und Kaufleuten zu, ich richtete mich ein und kaufte besonders sehr viele Kostbarkeiten und Edelsteine, um nur etwas des vielen aufgespeicherten Goldes los zu werden; es schien mir aber gar nicht, als könne der Haufen sich vermindern.

Ich schwebte indes über meinen Zustand in den ängstigendsten Zweifeln. Ich wagte keinen Schritt aus meiner Tür und ließ abends vierzig Wachskerzen in meinem Saal anzünden, bevor ich aus dem Dunkel heraus kam. Ich gedachte mit Grauen des fürchterlichen Auftrittes mit den Schulknaben. Ich beschloss, soviel Mut ich auch dazu bedurfte, die öffentliche Meinung noch einmal zu prüfen. – Die Nächte waren zu dieser Zeit mondhell. Abends spät warf ich einen weiten Mantel um, drückte mir den Hut tief in die Augen, und schlich, zitternd wie ein Verbrecher, aus dem Hause. Erst auf einem entlegenen Platz trat ich aus dem Schatten der Häuser, in deren Schutz ich so weit gekommen war, ins Mondlicht; gefasst, mein Schicksal aus dem Munde der Vorübergehenden zu vernehmen.

Erspare mir, lieber Freund, die schmerzliche Wiederholung all dessen, was ich erdulden musste. Die Frauen bezeugten oft das tiefste Mitleid, das ich ihnen einflößte; Äußerungen, die mir die Seele nicht minder durchbohrten, als der Hohn der Jugend und die hochmütige Verachtung der Männer, besonders solcher dicken, wohlbeleibten, die selbst einen breiten Schatten warfen. Ein schönes, holdes Mädchen, die, wie es schien, ihre Eltern begleitete, indem diese bedächtig nur vor ihre Füße sahen, wandte von ungefähr ihr leuchtendes Auge auf mich; sie erschrak sichtlich, als sie meine Schattenlosigkeit bemerkte, verhüllte ihr schönes Antlitz in ihren Schleier, ließ den Kopf sinken, und ging lautlos vorüber.

Ich ertrug es länger nicht. Salzige Ströme brachen aus meinen Augen, und mit durchschnittenem Herzen zog ich mich schwankend ins Dunkel zurück. Ich musste mich an den Häusern halten, um meine Schritte zu sichern, und erreichte langsam und spät meine Wohnung. Ich brachte die Nacht schlaflos zu. Am andern Tag war meine erste Sorge, nach dem Mann im grauen Rock überall suchen zu lassen. Vielleicht sollte es mir gelingen, ihn wieder zu finden, und wie glücklich! wenn ihn, wie mich, der törichte Handel gereuen sollte. Ich ließ Bendel zu mir kommen, er schien Gewandtheit und Geschick zu besitzen – ich schilderte ihm genau den Mann, in dessen Besitz ein Schatz sich befand, ohne den mir das Leben nur eine Qual sei. Ich sagte ihm die Zeit, den Ort, wo ich ihn gesehen, beschrieb ihm alle, die zugegen gewesen und fügte dieses Zeichen noch hinzu: er solle sich nach einem Dollondschen Fernrohr, nach einem golddurchwirkten türkischen Teppich, nach einem Prachtlustzelt, und endlich nach den schwarzen Reithengsten genau erkundigen, deren Geschichte, ohne zu bestimmen wie, mit der des rätselhaften Mannes zusammenhinge, welcher allen unbedeutend geschienen, und dessen Erscheinung die Ruhe und das Glück meines Lebens zerstört hatte.

Wie ich ausgeredet, holt ich Gold her, eine Last, wie ich sie nur zu tragen vermochte, und legte Edelsteine und Juwelen noch hinzu für einen größern Wert. »Bendel«, sprach ich, »dieses ebnet viele Wege und macht vieles leicht, was unmöglich schien; sei nicht karg damit, wie ich es nicht bin, sondern geh und erfreue deinen Herrn mit Nachrichten, auf denen seine alleinige Hoffnung beruht.«

Er ging. Spät kam er und traurig zurück. Keiner von den Leuten des Herrn John, keiner von seinen Gästen, er hatte alle gesprochen, wusste sich nur entfernt an den Mann im grauen Rock zu erinnern. Das neue Teleskop war da, und keiner wusste, wo er hergekommen; der Teppich, das Zelt waren da noch auf demselben Hügel ausgebreitet und aufgeschlagen, die Knechte rühmten den Reichtum ihres Herrn, und keiner wusste, woher diese neuen Kostbarkeiten ihm zugekommen. Er selbst hatte sein Wohlgefallen daran, und ihn kümmerte es nicht, dass er nicht wisse, woher er sie habe; die Pferde hatten die jungen Herren, die sie geritten, in ihren Ställen, und sie priesen die Freigebigkeit des Herrn John, der sie ihnen an jenem Tage geschenkt. So viel erhellte aus der ausführlichen Erzählung Bendels, dessen rascher Eifer und verständige Führung, auch bei so fruchtlosem Erfolg, mein verdientes Lob erhielten. Ich winkte ihm düster, mich allein zu lassen.

»Ich habe«, hub er wieder an, »meinem Herrn Bericht abgestattet über die Angelegenheit, die ihm am wichtigsten war. Mir bleibt noch ein Auftrag auszurichten, den mir heute früh jemand gegeben, welchem ich vor der Tür begegnete, da ich zu dem Geschäfte ausging, wo ich so unglücklich gewesen. Die eigenen Worte des Mannes waren: ›Sagen Sie dem Herrn Peter Schlemihl, er würde mich hier nicht mehr sehen, da ich übers Meer gehe, und ein günstiger Wind mich soeben zum Hafen ruft. Aber über Jahr und Tag werde ich die Ehre haben, ihn selber aufzusuchen und ein anderes, ihm dann vielleicht annehmliches Geschäft vorzuschlagen. Empfehlen Sie mich ihm untertänigst und versichern ihn meines Dankes.‹ Ich frug ihn, wer er wäre, er sagte aber, Sie kennten ihn schon.«

»Wie sah der Mann aus?« rief ich voller Ahnung. Und Bendel beschrieb mir den Mann im grauen Rocke Zug für Zug, Wort für Wort, wie er getreu in seiner vorigen Erzählung des Mannes erwähnt, nach dem er sich erkundigt. –

»Unglücklicher!« schrie ich händeringend, »das war er ja selbst!« und ihm fiel es wie Schuppen von den Augen. – »Ja, er war es, war es wirklich!« rief er erschreckt aus, »und ich Verblendeter, Blödsinniger habe ihn nicht erkannt, ihn nicht erkannt und meinen Herrn verraten!«

Er brach, heiß weinend, in die bittersten Vorwürfe gegen sich selber aus, und die Verzweiflung, in der er war, musste mir Mitleid einflößen. Ich sprach ihm Trost zu, versicherte ihn wiederholt, ich setzte keinen Zweifel in seine Treue und schickte ihn alsbald zum Hafen, um, womöglich, die Spuren des seltsamen Mannes zu verfolgen. Aber an diesem selben Morgen waren sehr viele Schiffe, die widrige Winde im Hafen zurückgehalten, ausgelaufen, alle nach anderen Weltstrichen, alle nach anderen Küsten bestimmt, und der graue Mann war spurlos wie ein Schatten verschwunden.

III

Was hülfen Flügel dem in eisernen Ketten fest Angeschmiedeten? Er müsste dennoch, und schrecklicher, verzweifeln. Ich lag, wie Faffner in seinem Hort, fern von jedem menschlichen Zuspruch, bei meinem Golde darbend, aber ich hatte nicht das Herz nach ihm, sondern ich fluchte ihm, um dessentwillen ich mich von allem Leben abgeschnitten sah. Bei mir allein mein düstres Geheimnis hegend, fürchtete ich mich vor dem letzten meiner Knechte, den ich zugleich beneiden musste; denn er hatte einen Schatten, er durfte sich sehen lassen in der Sonne. Ich vertrauerte einsam in meinen Zimmern die Tag' und Nächte, und Gram zehrte an meinem Herzen.

Noch einer härmte sich unter meinen Augen ab, mein treuer Bendel hörte nicht auf, sich mit stillen Vorwürfen zu martern, dass er das Zutrauen seines gütigen Herrn betrogen und jenen nicht erkannt, nach dem er ausgeschickt war, und mit dem er mein trauriges Schicksal in enger Verflechtung denken musste. Ich aber konnte ihm keine Schuld geben, ich erkannte in dem Ereignis die fabelhafte Natur des Unbekannten.

Nichts unversucht zu lassen, schickt ich einst Bendel mit einem kostbaren brillantenen Ring zu dem berühmtesten Maler der Stadt, den ich, mich zu besuchen, einladen ließ. Er kam, ich entfernte meine Leute, verschloss die Tür, setzte mich zu dem Mann, und, nachdem ich seine Kunst gepriesen, kam ich mit schwerem Herzen zur Sache, ich ließ ihn zuvor das strengste Stillschweigen geloben.

»Herr Professor«, fuhr ich fort, »könnten Sie wohl einem Menschen, der auf die unglücklichste Weise von der Welt um seinen Schatten gekommen ist, einen falschen Schatten malen?« – – »Sie meinen einen Schlagschatten?« – »den mein ich allerdings.« – »Aber«, frug er mich weiter, »durch welche Ungeschicklichkeit, durch welche Nachlässigkeit konnte er denn seinen Schlagschatten verlieren?« – »Wie es kam«, erwiderte ich, »mag nun sehr gleichgültig sein, doch so viel«, log ich ihm unverschämt vor: »In Russland, wo er im vorigen Winter eine Reise tat, fror ihm einmal, bei einer außerordentlichen Kälte, sein Schatten dergestalt am Boden fest, dass er ihn nicht wieder los bekommen konnte.«

»Der falsche Schlagschatten, den ich ihm malen könnte«, erwiderte der Professor, »würde doch nur ein solcher sein, den er bei der leisesten Bewegung wieder verlieren müsste – zumal wer an dem eignen angebornen Schatten so wenig fest hing, wie aus Ihrer Erzählung sich entnehmen lässt; wer keinen Schatten hat, gehe nicht in die Sonne, das ist das Vernünftigste und Sicherste.« Er stand auf und entfernte sich, indem er auf mich einen durchbohrenden Blick warf, den der meine nicht ertragen konnte. Ich sank in meinen Sessel zurück, und verhüllte mein Gesicht in meine Hände.

So fand mich noch Bendel, als er herein trat. Er sah den Schmerz seines Herrn und wollte sich still, ehrerbietig zurückziehen. – Ich blickte auf – ich erlag der Last meines Kummers, ich musste ihn mitteilen. »Bendel«, rief ich ihm zu, »Bendel! Du Einziger, der du meine Leiden siehst und ehrst, sie nicht erforschen zu wollen, sondern still und fromm mitzufühlen scheinst, komm zu mir, Bendel, und sei der Nächste meinem Herzen. Die Schätze meines Goldes hab ich vor dir nicht verschlossen, nicht verschließen will ich vor dir die Schätze meines Grams. – Bendel, verlass' mich nicht. Bendel, du siehst mich reich, freigebig, gütig, du wähnst, es sollte die Welt mich verherrlichen, und du siehst mich die Welt fliehn und mich vor ihr verschließen. Bendel, sie hat gerichtet, die Welt, und mich verstoßen, und auch du vielleicht wirst dich von mir abwenden, wenn du mein schreckliches Geheimnis erfährst: Bendel, ich bin reich, freigebig, gütig, aber – o Gott! – ich habe keinen Schatten!« –

»Keinen Schatten?« rief der gute Junge erschreckt aus, und die hellen Tränen stürzten ihm aus den Augen. – »Weh mir, dass ich geboren ward, einem schattenlosen Herrn zu dienen!« Er schwieg, und ich hielt mein Gesicht in meinen Händen. –

»Bendel«, setzt ich spät und zitternd hinzu, »nun hast du mein Vertrauen, nun kannst du es verraten. Geh hin und zeuge wider mich.« – Er schien in schwerem Kampf mit sich selber, endlich stürzte er vor mir nieder und ergriff meine Hand, die er mit seinen Tränen benetzte. »Nein«, rief er aus, »was die Welt auch meine, ich kann und werde um Schattens willen meinen gütigen Herrn nicht verlassen, ich werde recht und nicht klug handeln, ich werde bei Ihnen bleiben, Ihnen meinen Schatten borgen, Ihnen helfen, wo ich kann, und wo ich nicht kann, mit Ihnen weinen.« Ich fiel ihm um den Hals, ob solcher ungewohnten Gesinnung staunend; denn ich war von ihm überzeugt, dass er es nicht um Gold tat.

Seitdem änderten sich etwas mein Schicksal und meine Lebensweise. Es ist unbeschreiblich, wie vorsorglich Bendel mein Gebrechen zu verhehlen wusste. Überall war er vor mir und mit mir, alles vorhersehend, Anstalten treffend, und wo Gefahr unversehens drohte, mich schnell mit seinem Schatten überdeckend, denn er war größer und stärker als ich. So wagt ich mich wieder unter Menschen und begann eine Rolle in der Welt zu spielen. Ich musste freilich viele Eigenheiten und Launen scheinbar annehmen. Solche stehen aber dem Reichen gut, und solange die Wahrheit nur verborgen blieb, genoss ich alle Ehre und Achtung, die meinem Gold zukam. Ich sah ruhiger dem über Jahr und Tag verheißenen Besuch des rätselhaften Unbekannten entgegen.

Ich fühlte sehr wohl, dass ich mich nicht lange an einem Ort aufhalten durfte, wo man mich schon ohne Schatten gesehen, und wo ich leicht verraten werden konnte; auch dacht ich vielleicht nur allein noch daran, wie ich mich bei Herrn John gezeigt, und es war mir eine drückende Erinnerung, demnach wollt ich hier bloß Probe halten, um anderswo leichter und zuversichtlicher auftreten zu können – doch fand sich, was mich eine Zeitlang an meiner Eitelkeit festhielt: das ist im Menschen, wo der Anker am zuverlässigsten Grund fasst.

Eben die schöne Fanny, der ich am dritten Ort wieder begegnete, schenkte mir, ohne sich zu erinnern, mich jemals gesehen zu haben, einige Aufmerksamkeit, denn jetzt hatt ich Witz und Verstand. – Wenn ich redete, hörte man zu, und ich wusste selber nicht, wie ich zu der Kunst gekommen war, das Gespräch so leicht zu führen und zu beherrschen. Der Eindruck, den ich auf die Schöne gemacht zu haben einsah, machte aus mir, was sie eben begehrte, einen Narren, und ich folgte ihr seither mit tausend Mühen durch Schatten und Dämmerung, wo ich nur konnte. Ich war nur eitel darauf, sie über mich eitel zu machen, und konnte mir, selbst mit dem besten Willen, nicht den Rausch aus dem Kopf ins Herz zwingen.

Aber wozu die ganz gemeine Geschichte Dir lang und breit wiederholen? – Du selber hast sie mir oft genug von andern Ehrenleuten erzählt. – Zu dem alten, wohlbekannten Spiele, worin ich gutmütig eine abgedroschene Rolle übernommen, kam freilich eine ganz eigens gedichtete Katastrophe hinzu, mir und ihr und allen unerwartet.

Da ich an einem schönen Abend nach meiner Gewohnheit eine Gesellschaft in einem Garten versammelt hatte, wandelte ich mit der Herrin Arm in Arm, in einiger Entfernung von den übrigen Gästen, und bemühte mich, ihr Redensarten vorzudrechseln. Sie sah sittig vor sich nieder und erwiderte leise den Druck meiner Hand; da trat unversehens hinter uns der Mond aus den Wolken hervor – und sie sah nur ihren Schatten vor sich hinfallen. Sie fuhr zusammen und blickte bestürzt mich an, dann wieder auf die Erde, mit dem Auge meinen Schatten begehrend; und was in ihr vorging, malte sich so sonderbar in ihren Mienen, dass ich in ein lautes Gelächter hätte ausbrechen mögen, wenn es mir nicht selber eiskalt über den Rücken gelaufen wäre.

Ich ließ sie aus meinem Arm in eine Ohnmacht sinken, schoss wie ein Pfeil durch die entsetzten Gäste, erreichte die Tür, warf mich in den ersten Wagen, den ich da haltend fand, und fuhr zur Stadt zurück, wo ich diesmal zu meinem Unheil den vorsichtigen Bendel gelassen hatte. Er erschrak, als er mich sah, ein Wort entdeckte ihm alles. Es wurden auf der Stelle Postpferde geholt. Ich nahm nur einen meiner Leute mit mir, einen abgefeimten Spitzbuben, namens Rascal, der sich mir durch seine Gewandtheit notwendig zu machen gewusst, und der nichts vom heutigen Vorfall ahnen konnte. Ich legte in derselben Nacht noch dreißig Meilen zurück. Bendel blieb hinter mir, mein Haus aufzulösen, Gold zu spenden und mir das Nötigste nachzubringen. Als er mich am andern Tag einholte, warf ich mich in seine Arme und schwur ihm, nicht etwa keine Torheit mehr zu begehen, sondern nur künftig vorsichtiger zu sein. Wir setzten unsre Reise ununterbrochen fort, über die Grenze und das Gebirg, und erst am andern Abhang, durch das hohe Bollwerk von jenem Unglücksboden getrennt, ließ ich mich bewegen, in einem nah gelegenen und wenig besuchten Badeort von den überstandenen Mühseligkeiten auszurasten.

IV

Ich werde in meiner Erzählung schnell über eine Zeit hineilen müssen, bei der ich wie gerne! verweilen würde, wenn ich ihren lebendigen Geist in der Erinnerung herauf zu beschwören vermöchte. Aber die Farbe, die sie belebte, und nur wieder beleben kann, ist in mir verloschen, und wenn ich in meiner Brust wiederfinden will, was sie damals so mächtig erhob, die Schmerzen und das Glück, den frommen Wahn, – da schlag ich vergebens an einen Felsen, der keinen lebendigen Quell mehr gewährt, und der Gott ist von mir gewichen. Wie verändert blickt sie mich jetzt an, diese vergangene Zeit! – Ich sollte dort in dem Bade eine heroische Rolle tragieren, schlecht einstudiert, und ein Neuling auf der Bühne, vergaff ich mich aus dem Stücke heraus in ein Paar blaue Augen. Die Eltern, vom Spiele getäuscht, bieten alles auf, den Handel nur schnell fest zu machen, und die gemeine Posse beschließt eine Verhöhnung. Und das ist alles, alles! – Das kommt mir albern und abgeschmackt vor und schrecklich wiederum, dass so mir vorkommen kann, was damals so reich, so groß, die Brust mir schwellte. Mina, wie ich damals weinte, als ich dich verlor, so wein ich jetzt, dich auch in mir verloren zu haben. Bin ich denn so alt worden? – O traurige Vernunft! Nur noch ein Pulsschlag jener Zeit, ein Moment jenes Wahns, – aber nein! einsam auf dem hohen, öden Meere deiner bittern Flut, und längst aus dem letzten Pokal der Champagner Elfe entsprüht!

Ich hatte Bendel mit einigen Goldsäcken voraus geschickt, um mir im Städtchen eine Wohnung nach meinen Bedürfnissen einzurichten. Er hatte dort Geld ausgestreut und sich über den vornehmen Fremden, dem er diente, etwas unbestimmt ausgedrückt, denn ich wollte nicht genannt sein, das brachte die guten Leute auf sonderbare Gedanken. Sobald mein Haus zu meinem Empfang bereit war, kam Bendel wieder zu mir und holte mich dahin ab. Wir machten uns auf die Reise.

Ungefähr eine Stunde vom Ort, auf einem sonnigen Plan, ward uns der Weg durch eine festlich geschmückte Menge versperrt. Der Wagen hielt. Musik, Glockengeläut, Kanonenschüsse wurden gehört, ein lautes Vivat durchdrang die Luft – vor dem Schlage des Wagens erschien in weißen Kleidern ein Chor Jungfrauen von ausnehmender

Schönheit, die aber vor der Einen, wie die Sterne der Nacht vor der Sonne, verblassten. Sie trat aus der Mitte der Schwestern hervor; die hohe zarte Bildung kniete verschämt errötend vor mir nieder und hielt mir auf seidenem Kissen einen aus Lorbeer, Ölzweigen und Rosen geflochtenen Kranz entgegen, indem sie von Majestät, Ehrfurcht und Liebe einige Worte sprach, die ich nicht verstand, aber deren zauberischer Silberklang mein Ohr und Herz berauschte, – es war mir, als wäre schon einmal die himmlische Erscheinung an mir vorüber gewallt. Der Chor fiel ein und sang das Lob eines guten Königs und das Glück seines Volkes.

Und dieser Auftritt, lieber Freund, mitten in der Sonne! – Sie kniete noch immer zwei Schritte vor mir, und ich, ohne Schatten, konnte die Kluft nicht überspringen, nicht wieder vor dem Engel auf die Knie fallen. Oh, was hätt ich nicht da für einen Schatten gegeben! Ich musste meine Scham, meine Angst, meine Verzweiflung tief in den Grund meines Wagens verbergen. Bendel besann sich endlich für mich, er sprang von der andern Seite aus dem Wagen heraus, ich rief ihn noch zurück und reichte ihm aus meinem Kästchen, das mir eben zur Hand lag, eine reiche diamantene Krone, die die schöne Fanny hatte zieren sollen. Er trat vor und sprach im Namen seines Herrn, welcher solche Ehrenbezeugungen nicht annehmen könne noch wolle; es müsse hier ein Irrtum vorliegen; jedoch seien die guten Einwohner der Stadt für ihren guten Willen bedankt. Er nahm indes den dargehaltenen Kranz von seinem Ort und legte den brillanten Reif an dessen Stelle; dann reichte er ehrerbietig der schönen Jungfrau die Hand zum Aufstehen, entfernte mit einem Wink Geistlichkcit, Magistratus und alle Deputationen. Niemand ward weiter vorgelassen. Er hieß den Haufen sich teilen und den Pferden Raum geben, schwang sich wieder in den Wagen, und fort ging's weiter in gestrecktem Galopp, unter einer aus Laubwerk und Blumen erbauten Pforte hinweg, dem Städtchen zu. – Die Kanonen wurden immer frischweg abgefeuert. – Der Wagen hielt vor meinem Haus; ich sprang behänd in die Tür, die Menge teilend, die die Begierde, mich zu sehen, herbeigerufen hatte. Der Pöbel schrie Vivat unter meinem Fenster, und ich ließ doppelte Dukaten daraus regnen. Am Abend war die Stadt freizügig erleuchtet. –

Und ich wusste immer noch nicht, was das alles bedeuten sollte und für wen ich angesehen wurde. Ich schickte Rascaln auf Kundschaft aus. Er ließ sich denn erzählen, was für bereits sichere Nachrichten man gehabt, der gute König von Preußen reise unter dem Namen eines Grafen durchs Land; wie mein Adjutant erkannt worden sei, und wie er sich und mich verraten habe; wie groß endlich die Freude gewesen, als man die Gewissheit gehabt, mich im Orte selbst zu besitzen. Nun sah man freilich ein, da ich offenbar das strengste Inkognito beobachten wolle, wie sehr man Unrecht gehabt, den Schleier so zudringlich zu lüften. Ich hätte aber so huldreich, so gnadenvoll gezürnt – ich würde gewiss dem guten Herzen verzeihen müssen.

Meinem Schlingel kam die Sache so spaßhaft vor, dass er mit strafenden Reden sein Möglichstes tat, die guten Leute einstweilen in ihrem Glauben zu bestärken. Er stattete mir einen sehr komischen Bericht ab, und da er mich dadurch erheitert sah, gab er mir selbst seine verübte Bosheit zum besten. – Muss ich's bekennen? Es schmeichelte mir doch, sei es auch nur so, für das verehrte Haupt angesehen worden zu sein.

Ich hieß für den morgigen Abend unter den Bäumen, die den Raum vor meinem Hause beschatteten, ein Fest bereiten und die ganze Stadt dazu einladen. Der geheimnisreichen Kraft meines Säckels, Bendels Bemühungen und der behänden Erfindsamkeit Rascals gelang es, selbst die Zeit zu besiegen. Es ist wirklich erstaunlich, wie reich und schön sich alles in den wenigen Stunden anordnete. Die Pracht und der Überfluss, die da sich erzeugten; auch die sinnreiche Beleuchtung war so weise verteilt, dass ich mich ganz sicher fühlte. Es blieb mir nichts zu erinnern, ich musste meine Diener loben.

Es dunkelte der Abend. Die Gäste erschienen und wurden mir vorgestellt. Es ward die Majestät nicht mehr berührt; aber ich hieß in tiefer Ehrfurcht und Demut: Herr Graf. Was sollt ich tun? Ich ließ mir den Grafen gefallen und blieb von Stund an der Graf Peter. Mitten im festlichen Gewühle begehrte meine Seele nur nach der Einen. Spät erschien sie, sie, die die Krone war und trug. Sie folgte sittsam ihren Eltern und schien nicht zu wissen, dass sie die Schönste sei. Es wurden mir der Herr Forstmeister, seine Frau und seine Tochter vorgestellt.

Ich wusste den Alten viel Angenehmes und Verbindliches zu sagen; vor der Tochter stand ich wie ein ausgescholtener Knabe da und vermochte kein Wort hervor zu lallen. Ich bat sie endlich stammelnd, dies Fest zu würdigen, das Amt, dessen Zeichen sie schmückte, darin zu verwalten. Sie bat verschämt mit einem rührenden Blick um Schonung; aber verschämter vor ihr, als sie selbst, brachte ich ihr als erster Untertan meine Huldigung in tiefer Ehrfurcht, und der Wink des Grafen ward allen Gästen ein Gebot, dem nachzuleben sich jeder freudig beeiferte. Majestät, Unschuld und Grazie beherrschten, mit der Schönheit im Bunde, ein frohes Fest. Die glücklichen Eltern Minas glaubten ihnen nur zu Ehren ihr Kind erhöht; ich selber war in einem unbeschreiblichen Rausch. Ich ließ alles, was ich noch von den Juwelen hatte, die ich damals, um beschwerliches Gold los zu werden, gekauft, alle Perlen, alles Edelgestein in zwei verdeckte Schüsseln legen und bei Tische im Namen der Königin, ihren Gespielinnen und allen Damen herumreichen; Gold ward indessen ununterbrochen über die gezogenen Schranken unter das jubelnde Volk geworfen.

Bendel am andern Morgen eröffnete mir im Vertrauen, der Verdacht, den er längst gegen Rascals Redlichkeit gehegt, sei nunmehr zur Gewissheit worden. Er habe gestern ganze Säcke Goldes unterschlagen. »Lass uns«, erwiderte ich, »dem armen Schelm die kleine Beute gönnen; ich spende gern allen, warum nicht auch ihm? Gestern hat er mir, haben mir alle neuen Leute, die du mir gegeben, redlich gedient, sie haben mir froh ein frohes Fest begehen helfen.«

Es war nicht weiter die Rede davon. Rascal blieb der erste meiner Dienerschaft, Bendel war aber mein Freund und mein Vertrauter. Dieser war gewohnt worden, meinen Reichtum als unerschöpflich zu denken, und er spähte nicht nach dessen Quellen; er half mir vielmehr, in meinen Sinn eingehend, Gelegenheiten ersinnen, ihn darzutun und Gold zu vergeuden. Von jenem Unbekannten, dem blassen Schleicher, wusst er nur so viel: Ich dürfe allein durch ihn von dem Fluch erlöst werden, der auf mir laste, und fürchte ihn, auf dem meine einzige Hoffnung ruhe. Übrigens sei ich davon überzeugt, er könne mich überall auffinden, ich ihn nirgends, darum ich, den versprochenen Tag erwartend, jede vergebliche Nachsuchung eingestellt. Die Pracht meines Festes und mein Benehmen dabei erhielten anfangs die starkgläubigen Einwohner der Stadt bei ihrer vorgefassten Meinung. Es ergab sich freilich sehr bald aus den Zeitungen, dass die ganze fabelhafte Reise des Königs von Preußen ein bloßes ungegründetes Gerücht gewesen. Ein König war ich aber nun einmal und musste schlechterdings ein König bleiben, und zwar einer der reichsten und königlichsten, die es immer geben mag. Nur wusste man nicht recht, welcher. Die Welt hat nie Grund gehabt, über Mangel an Monarchen zu klagen, am wenigsten in unsern Tagen; die guten Leute, die noch keinen mit eigenen Augen gesehen, rieten mit gleichem Glück bald auf diesen, bald auf jenen – Graf Peter blieb immer, der er war. –

Einst erschien unter den Badegästen ein Handelsmann, der Bankrott gemacht hatte, um sich zu bereichern, der allgemeine Achtung genoss und einen breiten, obgleich etwas blassen Schatten von sich warf. Er wollte hier das Vermögen, das er gesammelt, zum Prunk ausstellen, und es fiel sogar ihm ein, mit mir wetteifern zu wollen. Ich sprach meinem Säckel zu und hatte sehr bald den armen Teufel so weit, dass er, um sein Ansehen zu retten, abermals Bankrott machen musste und über das Gebirge ziehen. So ward ich ihn los. – Ich habe in dieser Gegend viele Taugenichtse und Müßiggänger gemacht!

Bei der königlichen Pracht und Verschwendung, womit ich mir alles unterwarf, lebt ich in meinem Hause sehr einfach und zurückgezogen. Ich hatte mir die größte Vorsicht zur Regel gemacht, es durfte, unter keinem Vorwand, kein anderer, als Bendel, die Zimmer, die ich bewohnte, betreten. Solange die Sonne schien, hielt ich mich mit ihm darin verschlossen, und es hieß: der Graf arbeite in seinem Kabinett. Mit diesen Arbeiten standen die häufigen Kuriere in Verbindung, die ich um jede Kleinigkeit abschickte und erhielt. – Ich nahm nur am Abend unter meinen Bäumen oder in meinem nach Bendels Angabe geschickt und reich erleuchteten Saale Gesellschaft an. Wenn ich ausging, wobei mich stets Bendel mit Argusaugen bewachen musste, so war es nur nach dem Förstergarten und um der Einen willen; denn meines Lebens innerlichstes Herz war meine Liebe.

O mein guter Chamisso, ich will hoffen, Du habest noch nicht vergessen, was Liebe sei! Ich lasse Dir hier vieles zu ergänzen. Mina war wirklich ein liebenswertes, gutes, frommes Kind. Ich hatte ihre ganze Phantasie an mich gefesselt, sie wusste in ihrer Demut nicht, womit sie wert gewesen, dass ich nur nach ihr geblickt; und sie vergalt Liebe um Liebe mit der vollen jugendlichen Kraft eines unschuldigen Herzens. Sie liebte wie ein Weib, ganz hin sich opfernd; selbstvergessen, hingegeben den nur meinend, der ihr Leben war, unbekümmert, sollte sie selbst zu Grunde gehen, das heißt, sie liebte wirklich. –

Ich aber – o welch schreckliche Stunden – schrecklich! und würdig dennoch, dass ich sie zurückwünsche – hab ich oft an Bendels Brust verweint, als nach dem ersten bewusstlosen Rausch ich mich besonnen, mich selbst scharf angeschaut, der ich, ohne Schatten, mit tückischer Selbstsucht diesen Engel verderbend, die reine Seele an mich gelogen und gestohlen! Dann beschloss ich, mich ihr selber zu verraten; dann gelobt ich mit teuren Eidschwüren, mich von ihr zu reißen und zu entfliehen; dann brach ich wieder in Tränen aus und verabredete mit Bendeln, wie ich sie am Abend im Förstergarten besuchen wolle. –

Zu andern Zeiten log ich mir selber vom nahe bevorstehenden Besuch des grauen Unbekannten große Hoffnungen vor und weinte wieder, wenn ich daran zu glauben vergebens versucht hatte. Ich hatte den Tag ausgerechnet, wo ich den Furchtbaren wieder zu sehen erwartete; denn er hatte gesagt, in Jahr und Tag, und ich glaubte an sein Wort.

Die Eltern waren gute, ehrbare, alte Leute, die ihr einziges Kind sehr liebten, das ganze Verhältnis überraschte sie, als es schon bestand, und sie wussten nicht, was sie dabei tun sollten. Sie hatten früher nicht geträumt, der Graf Peter könne nur an ihr Kind denken, nun liebte er sie gar und ward wieder geliebt. – Die Mutter war wohl eitel genug, an die Möglichkeit einer Verbindung zu denken und darauf hinzuarbeiten; der gesunde Menschenverstand des Alten gab solchen überspannten Vorstellungen keinen Raum. Beide waren überzeugt von der Reinheit meiner Liebe – sie konnten nichts tun, als für ihr Kind beten.

Es fällt mir ein Brief in die Hand, den ich noch aus dieser Zeit von Mina habe. – Ja, das sind ihre Züge! Ich will Dir ihn abschreiben.

»Bin ein schwaches, törichtes Mädchen, könnte mir einbilden, dass mein Geliebter, weil ich ihn innig, innig liebe, dem armen Mädchen nicht weh tun möchte. – Ach, Du bist so gut, so unaussprechlich gut;

aber missdeute mich nicht. Du sollst mir nichts opfern, mir nichts opfern wollen; o Gott! ich könnte mich hassen, wenn Du das tätest. Nein – Du hast mich unendlich glücklich gemacht, Du hast mich Dich lieben gelehrt. Ziehe hin! – Weiß doch mein Schicksal, Graf Peter gehört nicht mir, gehört der Welt an. Will stolz sein, wenn ich höre: das ist er gewesen, und das war er wieder, und das hat er vollbracht; da haben sie ihn angebetet, und da haben sie ihn vergöttert. Siehe, wenn ich das denke, zürne ich Dir, dass Du bei einem einfältigen Kind Deiner hohen Schicksale vergessen kannst. – Ziehe hin, sonst macht der Gedanke mich noch unglücklich, die ich, ach! durch Dich so glücklich, so selig bin. – Hab ich nicht auch einen Ölzweig und eine Rosenknospe in Dein Leben geflochten, wie in den Kranz, den ich Dir überreichen durfte? Habe Dich im Herzen, mein Geliebter, fürchte nicht, von mir zu gehen – werde sterben, ach! so selig, so unaussprechlich selig durch Dich.« –

Du kannst Dir denken, wie mir die Worte durchs Herz schneiden mussten. Ich erklärte ihr, ich sei nicht das, wofür man mich anzusehen schien; ich sei nur ein reicher, aber unendlich elender Mann. Auf mir ruhe ein Fluch, der das einzige Geheimnis zwischen ihr und mir sein solle, weil ich noch nicht ohne Hoffnung sei, dass er gelöst werde. Dies sei das Gift meiner Tage: dass ich sie mit in den Abgrund reißen könne, sie, die das einzige Licht, das einzige Glück, das einzige Herz meines Lebens sei. Dann weinte sie wieder, dass ich unglücklich war. Ach, sie war so liebevoll, so gut! Um eine Träne nur mir zu erkaufen, hätte sie, mit welcher Seligkeit, sich selbst ganz hingeopfert.

Sie war indes weit davon entfernt, meine Worte richtig zu deuten, sie ahnte nur in mir irgendeinen Fürsten, den ein schwerer Bann getroffen, irgendein hohes, geächtetes Haupt, und ihre Einbildungskraft malte sich geschäftig unter heroischen Bildern den Geliebten herrlich aus.

Einst sagte ich ihr: »Mina, der letzte Tag im künftigen Monat kann mein Schicksal ändern und entscheiden – geschieht es nicht, so muss ich sterben, weil ich dich nicht unglücklich machen will.« – Sie verbarg weinend ihr Haupt an meiner Brust. »Ändert sich dein Schicksal, lass mich nur dich glücklich wissen, ich habe keinen Anspruch an dich. – Bist du elend, binde mich an dein Elend, dass ich es dir tragen helfe.« –

»Mädchen, Mädchen, nimm es zurück, das rasche Wort, das törichte, das deinen Lippen entflohen – und kennst du es, dieses Elend, kennst du ihn, diesen Fluch? Weißt du, wer dein Geliebter – – was er –? – Siehst du mich nicht krampfhaft zusammenschaudern, und vor dir ein Geheimnis haben?« Sie fiel schluchzend mir zu Füßen, und wiederholte mit Eidschwur ihre Bitte. –

Ich erklärte mich dem hereintretenden Forstmeister, meine Absicht sei, am ersten des nächstkünftigen Monats um die Hand seiner Tochter anzuhalten – ich setzte diese Zeit fest, weil sich bis dahin manches ereignen dürfte, was Einfluss auf mein Schicksal haben könnte. Unwandelbar sei nur meine Liebe zu seiner Tochter. –

Der gute Mann erschrak ordentlich, als er solche Worte aus dem Mund des Grafen Peter vernahm. Er fiel mir um den Hals und ward wieder ganz verschämt, sich vergessen zu haben. Nun fiel es ihm ein, zu zweifeln, zu erwägen und zu forschen; er sprach von Mitgift, von Sicherheit, von Zukunft für sein liebes Kind. Ich dankte ihm, mich daran zu mahnen. Ich sagte ihm, ich wünsche in dieser Gegend, wo ich geliebt zu sein schien, mich anzusiedeln, und ein sorgenfreies Leben zu führen. Ich bat ihn, die schönsten Güter, die im Land ausgeboten wurden, im Namen seiner Tochter zu kaufen, und die Bezahlung mir anzuweisen. Es könne darin ein Vater dem Liebenden am besten dienen. – Es gab ihm viel zu tun, denn überall war ihm ein Fremder zuvorgekommen; er kaufte auch nur für ungefähr eine Million.

Dass ich ihn damit beschäftigte, war im Grunde eine unschuldige List, um ihn zu entfernen, und ich hatte schon ähnliche ihm gegenüber gebraucht, denn ich muss gestehen, dass er etwas lästig war. Die gute Mutter war dagegen etwas taub und nicht, wie er, auf die Ehre eifersüchtig, den Herrn Grafen zu unterhalten.

Die Mutter kam hinzu, die glücklichen Leute drangen in mich, den Abend länger unter ihnen zu bleiben; ich durfte keine Minute weilen: ich sah schon den aufgehenden Mond am Horizont dämmern. – Meine Zeit war um. –

Am nächsten Abend ging ich wieder zum Förstergarten. Ich hatte den Mantel weit über die Schulter geworfen, den Hut tief in die Au-

123

gen gedrückt, ich ging auf Mina zu; wie sie aufsah, und mich anblickte, machte sie eine unwillkürliche Bewegung; da stand mir wieder klar vor der Seele die Erscheinung jener schaurigen Nacht, wo ich mich im Mondschein ohne Schatten gezeigt. Sie war es wirklich. Hatte sie mich aber auch jetzt erkannt? Sie war still und gedankenvoll – mir lag es zentnerschwer auf der Brust – ich stand von meinem Sitz auf. Sie warf sich still weinend an meine Brust. Ich ging.

Nun fand ich sie öfters in Tränen, mir ward's finster und finsterer um die Seele – nur die Eltern schwammen in überschwänglicher Glückseligkeit; der verhängnisvolle Tag rückte heran, bang und dumpf, wie eine Gewitterwolke. Der Vorabend war da – ich konnte kaum mehr atmen. Ich hatte vorsorglich einige Kisten mit Gold gefüllt, ich wachte die zwölfte Stunde heran. – Sie schlug. –

Nun saß ich da, das Auge auf die Zeiger der Uhr gerichtet, die Sekunden, die Minuten zählend, wie Dolchstiche. Bei jedem Lärm, der sich regte, fuhr ich auf, der Tag brach an. Die bleiernen Stunden verdrängten einander, es ward Mittag, Abend, Nacht; es rückten die Zeiger, welkte die Hoffnung; es schlug elf, und nichts erschien, die letzten Minuten der letzten Stunde fielen, und nichts erschien, es schlug der erste Schlag, der letzte Schlag der zwölften Stunde, und ich sank hoffnungslos in unendlichen Tränen auf mein Lager zurück. Morgen sollt ich – auf immer schattenlos, um die Hand der Geliebten anhalten; ein banger Schlaf drückte mir gegen den Morgen die Augen zu.

V

Es war noch früh, als mich Stimmen weckten, die sich in meinem Vorzimmer, in heftigem Wortwechsel, erhoben. Ich horchte auf. –

Bendel verbot meine Tür; Rascal schwur hoch und teuer, keine Befehle von seinesgleichen anzunehmen, und bestand darauf, in meine Zimmer einzudringen. Der gütige Bendel verwies ihm, dass solche Worte, falls sie zu meinen Ohren kämen, ihn um einen vorteilhaften Dienst bringen würden. Rascal drohte Hand an ihn zu legen, wenn er ihm den Eingang noch länger vertreten wollte.

Ich hatte mich halb angezogen, ich riss zornig die Tür auf und fuhr auf Rascaln zu – »Was willst du Schurke – –« er trat zwei Schritte zurück und antwortete ganz kalt: »Sie untertänigst bitten, Herr Graf, mich doch einmal Ihren Schatten sehen zu lassen, – die Sonne scheint eben so schön auf dem Hofe.« –

Ich war wie vom Donner gerührt. Es dauerte lange, bis ich die Sprache wieder fand. – »Wie kann ein Knecht gegen seinen Herrn – ?« Er fiel mir ganz ruhig in die Rede: »Ein Knecht kann ein sehr ehrlicher Mann sein und einem Schattenlosen nicht dienen wollen, ich fordre meine Entlassung.« Ich musste andere Saiten aufziehen. »Aber, Rascal, lieber Rascal, wer hat dich auf die unglückliche Idee gebracht, wie kannst du denken – –?« er fuhr im selben Ton fort: »Es wollen Leute behaupten, Sie hätten keinen Schatten – und kurz, Sie zeigen mir Ihren Schatten, oder geben mir meine Entlassung.«

Bendel, bleich und zitternd, aber besonnener als ich, machte mir ein Zeichen, ich nahm zu dem alles beschwichtigenden Golde meine Zuflucht – auch das hatte seine Macht verloren – er warf's mir vor die Füße: »Von einem Schattenlosen nehme ich nichts an.« Er kehrte mir den Rücken und ging, den Hut auf dem Kopf, ein Liedchen pfeifend, langsam aus dem Zimmer. Ich stand mit Bendel da wie versteinert, gedanken- und regungslos ihm nachsehend.

Schwer aufseufzend und den Tod im Herzen, schick ich mich endlich an, mein Wort zu lösen und, wie ein Verbrecher vor seinen Richtern, im Förstergarten zu erscheinen. Ich stieg in der dunklen Laube ab, welche nach mir benannt war, und wo sie mich auch diesmal erwarten mussten. Die Mutter kam mir sorgenfrei und freudig entgegen.

Mina saß da, bleich und schön, wie der erste Schnee, der manchmal im Herbst die letzten Blumen küsst und gleich in bittres Wasser zerfließen wird. Der Forstmeister, ein beschriebenes Blatt in der Hand, ging heftig auf und ab und schien vieles in sich zu unterdrücken, was, mit fliegender Röte und Blässe wechselnd, sich auf seinem sonst unbeweglichen Gesicht malte. Er kam auf mich zu, als ich hereintrat, und verlangte mit oft unterbrochenen Worten, mich allein zu sprechen. Der Gang, auf den er mich, ihm zu folgen, einlud, führte in einen freien, besonnten Teil des Gartens – ich ließ mich stumm auf einen Sitz nieder, und es folgte ein langes Schweigen, das selbst die gute Mutter nicht zu unterbrechen wagte.

Der Forstmeister stürmte immer noch ungleichen Schrittes die Laube auf und ab, er stand mit einem Mal vor mir still, blickte aufs Papier, das er hielt, und fragte mich mit prüfendem Blick: »Sollte Ihnen, Herr Graf, ein gewisser Peter Schlemihl wirklich nicht unbekannt sein?« Ich schwieg – »ein Mann von vorzüglichem Charakter und von besonderen Gaben –« Er erwartete eine Antwort. – »Und wenn ich selber der Mann wäre?« – »dem«, fügte er heftig hinzu, »sein Schatten abhanden gekommen ist!!« – »O meine Ahnung, meine Ahnung!« rief Mina aus, »ja, ich weiß es längst, er hat keinen Schatten!« und sie warf sich in die Arme der Mutter, welche erschreckt, sie krampfhaft an sich schließend, ihr Vorwürfe machte, dass sie zum Unheil solch ein Geheimnis in sich verschlossen. Sie aber war, wie Arethusa, in einen Tränenquell verwandelt, der beim Klang meiner Stimme häufiger floss und bei meinem Nahen stürmisch aufbrauste.

»Und Sie haben«, hub der Forstmeister grimmig wieder an, »und Sie haben mit unerhörter Frechheit diese und mich zu betrügen keinen Anstand genommen; und Sie geben vor, sie zu lieben, die Sie so weit heruntergebracht haben? Sehen Sie, wie sie da weint und ringt. O schrecklich! schrecklich!« –

Ich hatte dergestalt alle Besinnung verloren, dass ich, wie irre redend, anfing: Es wäre doch am Ende ein Schatten, nichts als ein Schatten, man könne auch ohne das fertig werden, und es wäre nicht der Mühe wert, solchen Lärm darum zu machen. Aber ich fühlte so sehr den Ungrund von dem, was ich sprach, dass ich von selbst aufhörte, ohne dass er mich einer Antwort gewürdigt. Ich fügte noch hinzu: was man einmal verloren, könne man ein andermal wiederfinden.

Er fuhr mich zornig an. – »Gestehen Sie mir's, mein Herr, gestehen Sie mir's, wie sind Sie um Ihren Schatten gekommen?« Ich musste wieder lügen: »Es trat mir dereinst ein ungeschlachter Mann so flämisch in meinen Schatten, dass er ein großes Loch darein riss – ich habe ihn nur zum Ausbessern gegeben, denn Gold vermag viel, ich habe ihn schon gestern wieder bekommen sollen.« –

»Wohl, mein Herr, ganz wohl!« erwiderte der Forstmeister, »Sie werben um meine Tochter, das tun auch andere, ich habe als ein Vater für sie zu sorgen, ich gebe Ihnen drei Tage Frist, binnen welcher Sie sich nach einem Schatten umtun mögen; erscheinen Sie binnen drei Tagen vor mir mit einem wohlangepassten Schatten, so sollen Sie mir willkommen sein: am vierten Tage aber – das sag ich Ihnen – ist meine Tochter die Frau eines andern.« – Ich wollte noch versuchen, ein Wort an Mina zu richten, aber sie schloss sich, heftiger schluchzend, fester an ihre Mutter, und diese winkte mir stillschweigend, mich zu entfernen. Ich schwankte hinweg, und mir war's, als schlösse sich hinter mir die Welt zu.

Der liebevollen Aufsicht Bendels entsprungen, durchschweifte ich in irrem Lauf Wälder und Fluren. Angstschweiß troff von meiner Stirn, ein dumpfes Stöhnen entrang sich meiner Brust, in mir tobte Wahnsinn. –

Ich weiß nicht, wie lange es so gedauert haben mochte, als ich mich auf einer sonnigen Heide beim Ärmel angehalten fühlte. – Ich stand still und sah mich um – – es war der Mann im grauen Rock, der sich nach mir außer Atem gelaufen zu haben schien. Er nahm sogleich das Wort:

»Ich hatte mich auf den heutigen Tag angemeldet, Sie haben die Zeit nicht erwarten können. Es steht aber alles noch gut, Sie nehmen Rat an, tauschen Ihren Schatten wieder ein, der Ihnen zu Gebote steht, und kehren sogleich wieder um. Sie sollen in dem Förstergarten willkommen sein, und alles ist nur ein Scherz gewesen; den Rascal, der Sie verraten hat und um ihre Braut wirbt, nehm ich auf mich, der Kerl ist reif.« Ich stand noch wie im Schlafe da. – »Auf den heutigen Tag angemeldet –?« ich überdachte noch einmal die Zeit – er hatte Recht, ich hatte mich stets um einen Tag verrechnet. Ich suchte mit der rechten Hand nach dem Säckel auf meiner Brust – er erriet meine Meinung und trat zwei Schritte zurück. »Nein, Herr Graf, der ist in zu guten Händen, den behalten Sie.« – Ich sah ihn mit stieren Augen, verwundert fragend an, er fuhr fort: »Ich erbitte mir bloß eine Kleinigkeit zum Andenken, Sie sind nur so gut und unterschreiben mir den Zettel da.« – Auf dem Pergament standen die Worte: »Kraft dieser meiner Unterschrift vermache ich dem Inhaber dieses meine Seele nach ihrer natürlichen Trennung von meinem Leibe.«

Ich sah mit stummem Staunen die Schrift und den grauen Unbekannten abwechselnd an. – Er hatte unterdessen mit einer neu geschnittenen Feder einen Tropfen Bluts aufgefangen, der mir aus einem frischen Dornenriss auf die Hand floss, und hielt sie mir hin. –

»Wer sind Sie denn?« frug ich ihn endlich. »Was tut's«, gab er mir zur Antwort, »und sieht man es mir nicht an? Ein armer Teufel, gleichsam so eine Art von Gelehrten und Physikus, der von seinen Freunden für vortreffliche Künste schlechten Dank erntet und für sich selber auf Erden keinen andern Spaß hat, als sein bisschen Experimentieren – aber unterschreiben Sie doch. Rechts, da unten: Peter Schlemihl.«

Ich schüttelte den Kopf und sagte: »Verzeihen Sie, mein Herr, das unterschreibe ich nicht.« – »Nicht?« wiederholte er verwundert, »und warum nicht?« –

»Es scheint mir doch gewissermaßen bedenklich, meine Seele gegen meinen Schatten einzutauschen.« – – »So, so!« wiederholte er, »bedenklich«, und er brach in ein lautes Gelächter gegen mich aus. »Und, wenn ich fragen darf, was ist denn das für ein Ding, Ihre Seele? haben Sie es je gesehen, und was denken Sie damit anzufangen, wenn Sie einst tot sind? Seien Sie doch froh, einen Liebhaber zu finden, der Ihnen bei Lebenszeit noch den Nachlass dieses X, dieser galvanischen Kraft oder polarisierenden Wirksamkeit, und was alles das närrische Ding sein soll, mit etwas Wirklichem bezahlen will, nämlich mit Ihrem leibhaftigen Schatten, durch den Sie zur Hand Ihrer Geliebten und zur Erfüllung all Ihrer Wünsche gelangen können. Wollen Sie lieber selbst das arme junge Blut dem niederträchtigen Schurken, dem Rascal, zustoßen und ausliefern? – Nein, das müssen Sie doch mit eigenen Augen ansehen; kommen Sie, ich leihe Ihnen die Tarnkappe hier«, (er zog etwas aus der Tasche) »und wir wallfahrten ungesehen zum Förstergarten.« –

Ich muss gestehen, dass ich mich überaus schämte, von diesem Manne ausgelacht zu werden. Er war mir von Herzensgrunde verhasst, und ich glaube, dass mich dieser persönliche Widerwille mehr als Grundsätze oder Vorurteile abhielt, meinen Schatten, so notwendig er mir auch war, mit der begehrten Unterschrift zu erkaufen. Auch war mir der Gedanke unerträglich, den Gang, den er mir antrug, in seiner Gesellschaft zu unternehmen. Diesen hässlichen Schleicher, diesen hohnlächelnden Kobold, zwischen mich und meine Geliebte, zwei blutig zerrissene Herzen, spöttisch hintreten zu sehen, empörte mein innigstes Gefühl. Ich nahm, was geschehen war, als verhängt an, mein Elend als unabwendbar, und mich zu dem Manne kehrend, sagte ich ihm:

»Mein Herr, ich habe Ihnen meinen Schatten für diesen an sich sehr vorzüglichen Säckel verkauft, und es hat mich genug gereut. Kann der Handel zurückgehen, in Gottes Namen!« Er schüttelte den Kopf und zog ein sehr finsteres Gesicht. Ich fuhr fort: – »So will ich Ihnen auch weiter nichts von meiner Habe verkaufen, sei es auch um den angebotenen Preis meines Schattens, und unterschreibe also nichts. Daraus lässt sich auch entnehmen, dass die Verkappung, zu der Sie mich einladen, ungleich belustigender für Sie als für mich ausfallen müsste; halten Sie mich also für entschuldigt, und da es einmal nicht anders ist, – lasst uns scheiden!« –

»Es tut mir leid, Monsieur Schlemihl, dass Sie eigensinnig das Geschäft von der Hand weisen, das ich Ihnen freundschaftlich anbot. Indessen, vielleicht bin ich ein andermal glücklicher. Auf baldiges Wiedersehen! – A propos, erlauben Sie mir noch, Ihnen zu zeigen, dass ich die Sachen, die ich kaufe, keineswegs verschimmeln lasse, sondern in Ehren halte, und dass sie bei mir gut aufgehoben sind.« –

Er zog sogleich meinen Schatten aus seiner Tasche und, ihn mit einem geschickten Wurf auf der Heide entfaltend, breitete er ihn auf der Sonnenseite zu seinen Füßen aus, so, dass er zwischen den beiden ihm aufwartenden Schatten, dem meinen und dem seinen, daher ging, denn meiner musste ihm gleichfalls gehorchen und nach allen seinen

Bewegungen sich richten und bequemen. Als ich nach so langer Zeit einmal meinen armen Schatten wiedersah, und ihn zu solchem schnöden Dienst herabgewürdigt fand, eben als ich um seinetwillen in so namenloser Not war, da brach mir das Herz, und ich fing bitterlich zu weinen an. Der Verhasste stolzierte mit dem mir abgejagten Raube, und erneuerte unverschämt seinen Antrag:

»Noch ist er für Sie zu haben, ein Federzug, und Sie retten damit die arme unglückliche Mina aus des Schusters Klauen in des hochgeehrten Herrn Grafen Arme – wie gesagt, nur ein Federzug.« Meine Tränen brachen mit erneuter Kraft hervor, aber ich wandte mich weg, und winkte ihm, sich zu entfernen.

Bendel, der voller Sorgen meine Spuren bis hierher verfolgt hatte, traf in diesem Augenblick ein. Als mich die treue, fromme Seele weinend fand und meinen Schatten, denn er war nicht zu verkennen, in der Gewalt des wunderlichen grauen Unbekannten sah, beschloss er gleich, sei es auch mit Gewalt, mich in den Besitz meines Eigentums wieder einzusetzen, und da er selbst mit dem zarten Ding nicht umzugehen verstand, griff er gleich den Mann mit Worten an und, ohne vieles Fragen, gebot er ihm stracks, mir das Meine unverzüglich verabfolgen zu lassen. Dieser, statt aller Antwort, kehrte dem unschuldigen Burschen den Rücken und ging. Bendel aber hob den Kreuzdornknüttel, den er trug, und, ihm auf den Fersen folgend, ließ er ihn schonungslos unter wiederholtem Befehl, den Schatten herzugeben, die volle Kraft seines nervichten Armes fühlen. Jener, als sei er solche Behandlung gewohnt, bückte den Kopf, wölbte die Schultern und zog stillschweigend ruhigen Schrittes seinen Weg über die Heide fort, mir meinen Schatten und meinen treuen Diener zugleich entführend. Ich hörte lange noch den dumpfen Schall durch die Einöde dröhnen, bis er sich endlich in der Weite verlor. Einsam war ich wie zuvor mit meinem Unglück.

VI

Allein zurückgeblieben auf der öden Heide, ließ ich unendlichen Tränen freien Lauf, mein armes Herz von namenloser banger Last erleichternd. Aber ich sah meinem überschwänglichen Elend keine Grenzen, keinen Ausgang, kein Ziel, und ich sog besonders mit grimmigem Durst an dem neuen Gift, das der Unbekannte in meine Wunden gegossen. Als ich Minas Bild vor meine Seele rief, und die geliebte, süße Gestalt bleich und in Tränen mir erschien, wie ich sie zuletzt in meiner Schmach gesehen, da trat frech und höhnend Rascals Schemen zwischen sie und mich, ich verhüllte mein Gesicht und floh durch die Einöde, aber die scheußliche Erscheinung gab mich nicht frei, sondern verfolgte mich im Laufe, bis ich atemlos zu Boden sank und die Erde mit erneuertem Tränenquell befeuchtete.

Und alles um einen Schatten! Und diesen Schatten hätte mir ein Federzug wieder erworben. Ich überdachte den befremdenden Antrag und meine Weigerung. Es war wüst in mir, ich hatte weder Urteil noch Fassungsvermögen mehr.

Der Tag verging. Ich stillte meinen Hunger mit wilden Früchten, meinen Durst im nächsten Bergstrom; die Nacht brach herein, ich lagerte mich unter einem Baum. Der feuchte Morgen weckte mich aus einem schweren Schlaf, in dem ich mich selber wie im Tode röcheln hörte. Bendel musste meine Spur verloren haben, und es freute mich, es zu denken. Ich wollte nicht unter die Menschen zurückkehren, vor welchen ich schreckhaft floh, wie das scheue Wild des Gebirges. So verlebte ich drei bange Tage.

Ich befand mich am Morgen des vierten auf einer sandigen Ebene, welche die Sonne beschien, und saß auf Felsentrümmern in ihrem Strahl, denn ich liebte jetzt, ihren lang entbehrten Anblick zu genießen. Ich nährte still mein Herz mit seiner Verzweiflung. Da schreckte mich ein leises Geräusch auf, ich warf, zur Flucht bereit, den Blick um mich her, ich sah niemand: aber es kam auf dem sonnigen Sand an mir vorbei geglitten ein Menschenschatten, dem meinigen nicht unähnlich, welcher, allein daher wandelnd, von seinem Herrn abgekommen zu sein schien. Da erwachte in mir ein mächtiger Trieb: Schatten, dacht ich, suchst du deinen Herrn? der will ich sein. Und ich sprang hinzu, mich seiner zu bemächtigen; ich dachte nämlich, dass, wenn es mir glückte, in seine Spur zu treten, so, dass er mir an die Füße käme, er wohl daran hängen bleiben würde und sich mit der Zeit an mich gewöhnen.

Der Schatten, auf meine Bewegung, nahm vor mir die Flucht, und ich musste auf den leichten Flüchtling eine angestrengte Jagd beginnen, zu der mich allein der Gedanke, mich aus der furchtbaren Lage, in der ich war, zu retten, mit hinreichenden Kräften ausrüsten konnte. Er floh einem freilich noch entfernten Walde zu, in dessen Schatten ich ihn notwendig hätte verlieren müssen, – ich sah's, ein Schreck durchzuckte mir das Herz, fachte meine Begierde an, beflügelte meinen Lauf – ich gewann sichtbar auf den Schatten, ich kam ihm nach und nach näher, ich musste ihn erreichen. Nun hielt er plötzlich an und kehrte sich nach mir um. Wie der Löwe auf seine Beute, so schoss ich mit einem gewaltigen Sprung hinzu, um ihn in Besitz zu nehmen – und traf unerwartet und hart auf körperlichen Widerstand. Es wurden mir unsichtbar die unerhörtesten Rippenstöße erteilt, die wohl je ein Mensch gefühlt hat.

Die Wirkung des Schreckens war in mir, die Arme krampfhaft zuzuschlagen und fest zu drücken, was ungesehen vor mir stand. Ich stürzte in der schnellen Handlung vorwärts gestreckt auf den Boden; rückwärts aber unter mir ein Mensch, den ich umfasst hielt, und der jetzt erst sichtbar erschien.

Nun ward mir auch das ganze Ereignis sehr natürlich erklärbar. Der Mann musste das unsichtbare Vogelnest, welches den, der es hält, nicht aber seinen Schatten, unsichtbar macht, erst getragen und jetzt weggeworfen haben. Ich spähte umher, entdeckte gar bald den Schatten des unsichtbaren Nestes selbst, sprang auf und hinzu, und verfehlte nicht den teuern Raub. Ich hielt unsichtbar, schattenlos das Nest in Händen.

Der schnell sich aufrichtende Mann, sich sogleich nach seinem beglückten Bezwinger umsehend, erblickte auf der weiten sonnigen Ebene weder ihn, noch dessen Schatten, nach dem er besonders ängstlich umher lauschte. Denn dass ich an und für mich schattenlos war, hatte er vorher nicht Muße gehabt zu bemerken und konnte es nicht vermuten. Als er sich überzeugt, dass jede Spur verschwunden, kehrte er in der höchsten Verzweiflung die Hand gegen sich selber und raufte sich das Haar aus. Mir aber gab der errungene Schatz die Möglichkeit und die Begierde zugleich, mich wieder unter die Menschen zu mischen. Es fehlte mir nicht an Vorwand gegen mich selber, meinen schnöden Raub zu beschönigen, oder vielmehr, ich bedurfte solches nicht, und jedem Gedanken der Art zu entweichen eilte ich hinweg, nach dem Unglücklichen nicht zurückschauend, dessen ängstliche Stimme ich mir noch lange nachschallen hörte. So wenigstens kamen mir damals alle Umstände dieses Ereignisses vor.

Ich brannte darauf zum Förstergarten zu gehen und selbst die Wahrheit dessen zu erkennen, was mir jener Verhasste verkündigt hatte; ich wusste aber nicht, wo ich war, ich bestieg, um mich in der Gegend umzuschauen, den nächsten Hügel, ich sah von seinem Gipfel das nahe Städtchen und den Förstergarten zu meinen Füßen liegen. – Heftig klopfte mir das Herz, und Tränen einer andern Art, als die ich bis dahin vergossen, traten mir in die Augen: ich sollte sie wiedersehen. – Bange Sehnsucht beschleunigte meine Schritte auf dem richtigsten Pfad hinab. Ich kam ungesehen an einigen Bauern vorbei, die aus der Stadt kamen. Sie sprachen von mir, Rascaln und dem Förster; ich wollte nichts hören, ich eilte vorüber.

Ich trat in den Garten, alle Schauer der Erwartung in der Brust – mir schallte es wie ein Lachen entgegen, mich schauderte, ich warf einen schnellen Blick um mich her; ich konnte niemanden entdecken. Ich schritt weiter vor, mir war's, als vernähme ich neben mir ein Geräusch wie von Menschentritten; es war aber nichts zu sehen: ich dachte mich von meinem Ohr getäuscht. Es war noch früh, niemand in Graf Peters Laube, noch leer der Garten; ich durchschweifte die bekannten Gänge, ich drang bis zum Wohnhaus vor. Dasselbe Geräusch verfolgte mich vernehmlicher. Ich setzte mich mit angstvollem Herzen auf eine Bank, die im sonnigen Raume der Haustür gegenüber stand. Es ward mir, als hörte ich den ungesehenen Kobold sich hohnlachend neben mich setzen. Der Schlüssel ward in der Tür gedreht, sie ging auf, der Forstmeister trat heraus, mit Papieren in der Hand. Ich fühlte Nebel über meinen Kopf ziehn, ich sah mich um, und – Entsetzen! – der Mann im grauen Rock saß neben mir, mit satanischem Lächeln auf mich blickend. – Er hatte mir seine Tarnkappe mit über den Kopf gezogen, zu seinen Füßen lagen sein und mein Schatten friedlich nebeneinander; er spielte nachlässig mit dem bekannten Pergament, das er in der Hand hielt, und, während der Forstmeister mit den Papieren beschäftigt im Schatten der Laube auf und ab ging – beugte er sich vertraulich zu meinem Ohr und flüsterte mir die Worte: »So hätten Sie doch meine Einladung angenommen, und da säßen wir einmal zwei Köpfe unter einer Kappe! – Schon recht! schon recht! Nun geben Sie mir aber auch mein Vogelnest zurück, Sie brauchen es nicht mehr und sind ein zu ehrlicher Mann, um es mir vorenthalten zu wollen – doch keinen Dank dafür, ich versichere Sie, dass ich es Ihnen von Herzen gern geliehen habe.« – Er nahm es unweigerlich aus meiner Hand, steckte es in die Tasche und lachte mich abermals aus und zwar so laut, dass sich der Forstmeister nach dem Geräusch umsah. – Ich saß wie versteinert da.

»Sie müssen mir doch gestehen«, fuhr er fort, »dass so eine Kappe viel bequemer ist. Sie deckt nicht nur ihren Mann, sondern auch seinen Schatten mit und noch so viele andere, als er mitzunehmen Lust hat. Sehen Sie, heute führ ich wieder ihrer zwei.« – Er lachte wieder. »Merken Sie sich's, Schlemihl, was man anfangs mit Gutem nicht will, das muss man am Ende doch gezwungen. Ich dächte noch, Sie kauften mir das Ding ab, nähmen die Braut zurück (denn noch ist es Zeit), und wir ließen den Rascal am Galgen baumeln, das wird uns ein Leichtes, so lange es am Stricke nicht fehlt. – Hören Sie, ich gebe Ihnen noch meine Mütze zu dem Kauf.«

Die Mutter trat heraus und das Gespräch begann. – »Was macht Mina?« – »Sie weint.« – »Einfältiges Kind! es ist doch nicht zu ändern!« – »Freilich nicht; aber sie so früh einem andern zu geben – O Mann, du bist grausam gegen dein eigenes Kind.« – »Nein, Mutter, das siehst du sehr falsch. Wenn sie, noch bevor sie ihre doch kindischen Tränen ausgeweint hat, sich als die Frau eines sehr reichen und geehrten Mannes findet, wird sie getröstet aus ihrem Schmerz wie aus einem Traum erwachen und Gott und uns danken, das wirst du sehen!« – »Gott gebe es!« – »Sie besitzt freilich jetzt sehr ansehnliche Güter; aber nach dem Aufsehen, das die unglückliche Geschichte mit dem Abenteurer gemacht hat, glaubst du, dass sich sobald eine andere, für sie so passende Partie, als der Herr Rascal, finden möchte?

Weißt du, was für ein Vermögen er besitzt, der Herr Rascal? Er hat für sechs Millionen Güter hier im Land, frei von allen Schulden, bar bezahlt. Ich habe die Dokumente in Händen gehabt! Er war's, der mir überall das Beste vorweg genommen hat; und außerdem im Portefeuille Papiere auf Thomas John für circa viereinhalb Millionen.« – »Er muss sehr viel gestohlen haben.« – »Was sind das wieder für Reden! Er hat weislich gespart, wo verschwendet wurde.« – »Ein Mann, der die Livree getragen hat.« – »Dummes Zeug! er hat doch einen untadligen Schatten.« – »Du hast Recht, aber – «

Der Mann im grauen Rock lachte und sah mich an. Die Tür ging auf, und Mina trat heraus. Sie stützte sich auf den Arm einer Kammerfrau, stille Tränen flossen auf ihre schönen blassen Wangen. Sie setzte sich in einen Sessel, der für sie unter den Linden bereitet war, und ihr Vater nahm einen Stuhl neben ihr. Er fasste zärtlich ihre Hand, und redete sie, die heftiger zu weinen anfing, mit zarten Worten an:

»Du bist mein gutes, liebes Kind, du wirst auch vernünftig sein, wirst nicht deinen alten Vater betrüben wollen, der nur dein Glück will; ich begreife es wohl, liebes Herz, dass es dich sehr erschüttert hat, du bist wunderbar deinem Unglück entkommen! Bevor wir den schändlichen Betrug entdeckt, hast du diesen Unwürdigen sehr geliebt; siehe, Mina, ich weiß es und mache dir keine Vorwürfe darüber. Ich selber, liebes Kind, habe ihn auch geliebt, solange ich ihn für einen großen Herrn angesehen habe. Nun siehst du selber ein, wie anders alles geworden. Was! ein jeder Pudel hat ja seinen Schatten, und mein liebes einziges Kind sollte einen Mann – Nein, du denkst auch gar nicht mehr an ihn. – Höre, Mina, nun wirbt ein Mann um dich, der die Sonne nicht scheut, ein geehrter Mann, der freilich kein Fürst ist, aber zehn Millionen, zehnmal mehr als du an Vermögen besitzt, ein Mann, der mein liebes Kind glücklich machen wird. Erwidere mir nichts, widersetze dich nicht, sei meine gute, gehorsame Tochter, lass deinen liebenden Vater für dich sorgen, deine Tränen trocknen. Versprich mir, dem Herrn Rascal deine Hand zu geben. – Sag', willst du mir dies versprechen?« –

Sie antwortete mit erstorbener Stimme: »Ich habe keinen Willen, keinen Wunsch fürder auf Erden. Geschehe mit mir, was mein Vater will.« Zugleich ward Herr Rascal angemeldet, und trat frech in den Kreis. Mina lag in Ohnmacht. Mein verhasster Gefährte blickte mich zornig an und flüsterte mir schnell die Worte zu: »Und das könnten Sie erdulden! Was fließt Ihnen denn statt Blut in den Adern?« Er ritzte mir mit einer raschen Bewegung eine leichte Wunde in die Hand, es floss Blut, er fuhr fort: »Wahrhaftig! rotes Blut! – So unterschreiben Sie!« Ich hatte das Pergament und die Feder in Händen.

VII

Ich werde mich Deinem Urteil bloß stellen, lieber Chamisso, und es nicht zu bestechen suchen. Ich selbst habe lange strenges Gericht an mir selber vollzogen, denn ich habe den quälenden Wurm in meinem Herzen genährt. Es schwebte immerwährend dieser ernste Moment meines Lebens vor meiner Seele, und ich vermocht es nur zweifelnden Blickes, mit Demut und Zerknirschung anzuschauen. – Lieber Freund, wer leichtsinnig nur den Fuß aus der geraden Straße setzt, der wird unversehens auf andere Pfade geführt, die abwärts und immer weiter abwärts ihn ziehen; er sieht dann umsonst die Leitsterne am Himmel schimmern, ihm bleibt keine Wahl, er muss unaufhaltsam den Abhang hinab und sich selbst der Nemesis opfern. Nach dem übereilten Fehltritt, der den Fluch auf mich geladen, hatt ich durch Liebe frevelnd in eines andern Wesens Schicksal mich gedrängt; was blieb mir übrig, als, wo ich Verderben gesäet, wo schnelle Rettung von mir geheischt ward, eben rettend blindlings hinzuzuspringen? Denn die letzte Stunde schlug. – Denk nicht so niedrig von mir, mein Adelbert, als zu meinen, es hätte mich irgend ein geforderter Preis zu teuer gedünkt, ich hätte mit irgendetwas, was nur mein war, mehr als eben mit Gold gekargt. – Nein, Adelbert; aber mit unüberwindlichem Hasse gegen diesen rätselhaften Schleicher auf krummen Wegen war meine Seele angefüllt. Ich mochte ihm Unrecht tun, doch empörte mich jede Gemeinschaft mit ihm. – Auch hier trat, wie so oft schon in mein Leben und wie überhaupt so oft in die Weltgeschichte, ein Ereignis an die Stelle einer Tat. Später habe ich mich mit mir selber versöhnt. Ich habe zuallererst die Notwendigkeit verehren lernen, und was ist mehr als die getane Tat, das geschehene Ereignis, ihr Eigentum! Dann hab ich auch diese Notwendigkeit als eine weise Fügung verehren lernen, die durch das gesamte große Getriebe weht, darin wir bloß als mitwirkende, getrieben treibende Räder eingreifen; was sein soll, muss geschehen, was sein sollte, geschah, und nicht ohne jene Fügung, die ich endlich noch in meinem Schicksale und dem Schicksal derer, die das meine mit angriff, verehren lernte.

Ich weiß nicht, ob ich es der Spannung meiner Seele, unter dem Drang so mächtiger Empfindungen, zuschreiben soll, ob der Erschöpfung meiner physischen Kräfte, die während der letzten Tage ungewohntes Darben geschwächt, ob endlich dem zerstörenden Aufruhr, den die Nähe dieses grauen Unholdes in meiner ganzen Natur erregte; genug, es befiel mich, als es an das Unterschreiben ging, eine tiefe Ohnmacht, und ich lag eine lange Zeit wie in den Armen des Todes.

Fußstampfen und Fluchen waren die ersten Töne, die mein Ohr trafen, als ich zum Bewusstsein zurückkehrte; ich öffnete die Augen, es war dunkel, mein verhasster Begleiter war scheltend um mich bemüht. »Heißt das nicht, sich wie ein altes Weib aufführen! – Man raffe sich auf und vollziehe frisch, was man beschlossen, oder hat man sich anders besonnen und will lieber greinen?« – Ich richtete mich mühsam auf von der Erde, wo ich lag, und schaute schweigend um mich. Es war später Abend, aus dem hellerleuchteten Försterhaus erscholl festliche Musik, einzelne Gruppen von Menschen wallten durch die Gänge des Gartens. Ein paar traten im Gespräch näher und nahmen Platz auf der Bank, worauf ich früher gesessen hatte. Sie unterhielten sich über die an diesem Morgen vollzogene Verbindung des reichen Herrn Rascal mit der Tochter des Hauses. – Es war also geschehen. – Ich streifte mit der Hand die Tarnkappe des sogleich mir verschwindenden Unbekannten von meinem Haupte weg und eilte stillschweigend, in die tiefste Nacht des Gebüsches mich versenkend, den Weg über Graf Peters Laube einschlagend, dem Ausgang des Gartens zu. Unsichtbar aber geleitete mich mein Plagegeist, mich mit scharfen Worten verfolgend. »Das ist also der Dank für die Mühe, die man auf sich genommen hat, Monsieur, der schwache Nerven hat, den lieben langen Tag hindurch zu pflegen. Und man soll den Narren im Spiele abgeben. Gut, Herr Trotzkopf, fliehn Sie nur vor mir, wir sind doch unzertrennlich. Sie haben mein Gold und ich Ihren Schatten; das lässt uns beiden keine Ruhe. – Hat man je gehört, dass ein Schatten von seinem Herrn gelassen hätte? Ihrer zieht mich Ihnen nach, bis Sie ihn wieder in Gnaden aufnehmen und ich ihn los bin. Was Sie versäumt haben, aus frischer Lust zu tun, werden Sie, nur zu spät, aus Überdruss und Langeweile nachholen müssen; man entgeht seinem Schicksal nicht.« Er sprach im selben Tone fort und fort; ich floh umsonst, er ließ nicht nach, und, immer gegenwärtig, redete er höhnend von Gold und Schatten. Ich konnte zu keinem eigenen Gedanken kommen.

Ich hatte durch menschenleere Straßen einen Weg zu meinem Hause eingeschlagen. Als ich davor stand und es ansah, konnte ich es kaum erkennen; hinter den eingeschlagenen Fenstern brannte kein Licht. Die Türen waren zu, kein Dienervolk regte sich mehr darin. Er lachte laut auf neben mir: »Ja, ja, so geht's! Aber Ihren Bendel finden Sie wohl daheim, den hat man jüngst vorsorglich so müde nach Hause geschickt, dass er es wohl seitdem gehütet haben wird.« Er lachte wieder. »Der wird Geschichten zu erzählen haben! – Wohlan denn! für heute gute Nacht, auf baldiges Wiedersehen!«

Ich hatte wiederholt geklingelt, es erschien Licht; Bendel frug von innen, wer geklingelt habe. Als der gute Mann meine Stimme erkannte, konnte er seine Freude kaum bändigen; die Tür flog auf, wir lagen weinend einander in den Armen. Ich fand ihn sehr verändert, schwach und krank; mir war aber das Haar ganz grau geworden.

Er führte mich durch die veröden Zimmer zu einem innern, verschont gebliebenen Gemach; er holte Speis' und Trank herbei, wir setzten uns, er fing wieder an zu weinen. Er erzählte mir, dass er letzthin den grau gekleideten dürren Mann, den er mit meinem Schatten angetroffen hatte, so lange und so weit geschlagen habe, bis er selbst meine Spur verloren und vor Müdigkeit hingesunken sei; dass nachher, wie er mich nicht wieder finden gekonnt, er nach Hause zurückgekehrt, wo bald darauf der Pöbel, auf Rascals Anstiften, herangestürmt, die Fenster eingeschlagen und seine Zerstörungslust getilgt. So hatten sie an ihrem Wohltäter gehandelt. Meine Dienerschaft war auseinander geflohen. Die örtliche Polizei hatte mich als verdächtig aus der Stadt verwiesen und mir eine Frist von vierundzwanzig Stunden gesetzt, um deren Gebiet zu verlassen. Zu dem, was mir von Rascals Reichtum und Vermählung bekannt war, wusste er noch vieles hinzuzufügen. Dieser Bösewicht, von dem alles ausgegangen, was hier gegen mich geschehen war, musste von Anbeginn mein Geheimnis besessen haben; es schien, er habe, vom Golde angezogen, sich an mich zu drängen gewusst und schon in der ersten Zeit einen Schlüssel zu jenem Goldschrank sich verschafft, wo er den Grund zu dem Vermögen gelegt, das noch zu vermehren er jetzt verschmähen konnte.

Das alles erzählte mir Bendel unter häufigen Tränen und weinte dann wieder vor Freude, dass er mich wiedersah, mich wieder hatte, und dass, nachdem er lang gezweifelt, wohin das Unglück mich gebracht haben möchte, er mich es ruhig und gefasst ertragen sah. Denn solche Gestaltung hatte nun die Verzweiflung in mir angenommen. Ich sah mein Elend riesengroß, unwandelbar vor mir, ich hatte ihm meine Tränen ausgeweint, es konnte kein Geschrei mehr aus meiner Brust pressen, ich trug ihm kalt und gleichgültig mein entblößtes Haupt entgegen.

»Bendel«, hub ich an, »du kennst mein Los. Nicht ohne früheres Verschulden trifft mich schwere Strafe. Du sollst länger nicht, unschuldiger Mann, dein Schicksal an das meine binden, ich will es nicht. Ich reite die Nacht noch fort, sattle mir ein Pferd, ich reite allein; du bleibst, ich will's. Es müssen hier noch einige Kisten Goldes liegen, das behalte du. Ich werde allein unstet in der Welt wandern; wann mir aber je eine heitere Stunde wieder lacht und das Glück mich versöhnt anblickt, dann will ich deiner getreu gedenken, denn ich habe an deiner treuen Brust in schweren, schmerzlichen Stunden geweint.«

Mit gebrochenem Herzen musste der Redliche diesem letzten Befehle seines Herrn, worüber er in der Seele erschrak, gehorchen; ich war seinen Bitten, seinen Vorstellungen taub, blind seinen Tränen; er führte mir das Pferd vor. Ich drückte noch einmal den Weinenden an meine Brust, schwang mich in den Sattel und entfernte mich unter dem Mantel der Nacht vom Grabe meines Lebens, unbekümmert, welchen Weg mein Pferd mich führen werde; denn ich hatte weiter auf Erden kein Ziel, keinen Wunsch, keine Hoffnung.

VIII

Es gesellte sich bald ein Fußgänger zu mir, welcher mich bat, nachdem er eine Weile neben meinem Pferde geschritten war, da wir doch denselben Weg hielten, einen Mantel, den er trug, hinten auf mein Pferd legen zu dürfen; ich ließ es stillschweigend geschehen. Er dankte mir mit leichtem Anstand für den leichten Dienst, lobte mein Pferd, nahm daraus Gelegenheit, das Glück und die Macht der Reichen hoch zu preisen, und ließ sich, ich weiß nicht wie, in eine Art von Selbstgespräch ein, bei dem er mich bloß zum Zuhörer hatte.

Er entfaltete seine Ansichten vom Leben und der Welt und kam sehr bald auf die Metaphysik, an die die Forderung erging, das Wort aufzufinden, das aller Rätsel Lösung sei. Er setzte die Aufgabe mit vieler Klarheit auseinander und schritt fürder zu deren Beantwortung.

Du weißt, mein Freund, dass ich deutlich erkannt habe, seitdem ich den Philosophen durch die Schule gelaufen, dass ich zur philosophischen Spekulation keineswegs berufen bin, und dass ich mir dieses Feld völlig abgesprochen habe; ich habe seither vieles auf sich beruhen lassen, vieles zu wissen und zu begreifen Verzicht geleistet, und bin, wie du es mir selber geraten, meinem geraden Sinn vertrauend, der Stimme in mir, so weit es in meiner Macht gewesen, auf dem eigenen Wege gefolgt. Nun schien mir dieser Redekünstler mit großem Talent ein fest gefügtes Gebäude aufzuführen, das in sich selbst begründet sich emportrug und wie durch innere Notwendigkeit bestand. Nur vermisst ich ganz in ihm, was ich eben darin hätte suchen wollen, und so ward es mir zu einem bloßen Kunstwerk, dessen zierliche Geschlossenheit und Vollendung dem Auge allein zur Ergötzung diente; aber ich hörte dem wohlberedten Manne gerne zu, der meine Aufmerksamkeit von meinen Leiden auf sich selbst abgelenkt, und ich hätte mich ihm willig ergeben, wenn er meine Seele wie meinen Verstand in Anspruch genommen hätte.

Mittlerweile war die Zeit hingegangen, und unbemerkt hatte schon die Morgendämmerung den Himmel erhellt; ich erschrak, als ich mit einem Mal aufblickte und im Osten die Pracht der Farben sich entfalten sah, die die nahe Sonne verkünden, und gegen sie war in dieser Stunde, wo die Schlagschatten mit ihrer ganzen Ausdehnung prunken, kein Schutz, kein Bollwerk in der offenen Gegend zu sehn! und ich war nicht allein! Ich warf einen Blick auf meinen Begleiter und erschrak wieder. – Es war kein anderer, als der Mann im grauen Rock. Er lächelte über meine Bestürzung und fuhr fort, ohne mich zu Wort kommen zu lassen: »Lasst doch, wie es einmal in der Welt Sitte ist, unsern wechselseitigen Vorteil uns auf eine Weile verbinden, zu scheiden haben wir immer noch Zeit. Die Straße hier längs dem Gebirge, obgleich Sie noch nicht daran gedacht haben, ist doch die einzige, die Sie vernünftiger Weise einschlagen können; hinab ins Tal dürfen Sie nicht, und über das Gebirg werden Sie noch weniger zurückkehren wollen, von wo Sie hergekommen sind – diese ist auch gerade meine Straße. – Ich sehe Sie schon vor der aufgehenden Sonne erblassen. Ich will Ihnen Ihren Schatten auf die Zeit unserer Gesellschaft leihen, und Sie dulden mich dafür in Ihrer Nähe; Sie haben Ihren Bendel nicht mehr bei sich; ich will Ihnen gute Dienste leisten. Sie lieben mich nicht, das tut mir leid. Sie können mich trotzdem benutzen. Der Teufel ist nicht so schwarz, wie man ihn malt. Gestern haben Sie mich geärgert, das ist wahr, heute will ich's Ihnen nicht nachtragen, und ich habe Ihnen schon den Weg bis hierher verkürzt, das müssen Sie zugestehen – Nehmen Sie nur einmal Ihren Schatten auf Probe wieder an.«

Die Sonne war aufgegangen, auf der Straße kamen uns Menschen entgegen; ich nahm, obgleich mit innerlichem Widerwillen, den Antrag an. Er ließ lächelnd meinen Schatten zur Erde gleiten, der alsbald seine Stelle auf des Pferdes Schatten einnahm und lustig neben mir hertrabte. Mir war sehr seltsam zumut. Ich ritt an einem Trupp Landleute vorbei, die vor einem wohlhabenden Mann ehrerbietig mit entblößtem Haupte Platz machten. Ich ritt weiter und blickte gierigen Auges und klopfenden Herzens seitwärts vom Pferd herab auf diesen sonst meinen Schatten, den ich jetzt von einem Fremden, ja von einem Feind, erborgt hatte.

Dieser ging unbekümmert neben mir her und pfiff eben ein Liedchen. Er zu Fuß, ich zu Pferd, ein Schwindel ergriff mich, die Versuchung war zu groß, ich wandte plötzlich die Zügel, drückte beide Sporen an, und so in voller Karriere einen Seitenweg eingeschlagen; aber ich entführte den Schatten nicht, der bei der Wendung vom Pferde glitt und seinen gesetzmäßigen Eigentümer auf der Landstraße erwartete. Ich musste beschämt umlenken; der Mann im grauen Rock, sobald er ungestört sein Liedchen zu Ende gebracht, lachte mich aus, setzte mir den Schatten wieder zurecht und belehrte mich, er würde erst an mir festhangen und bei mir bleiben wollen, wenn ich ihn wiederum als rechtmäßiges Eigentum besitzen würde. »Ich halte Sie«, fuhr er fort, »am Schatten fest, und Sie kommen mir nicht los. Ein reicher Mann, wie Sie, braucht einmal einen Schatten, das ist nicht anders, Sie sind nur darin zu tadeln, dass Sie es nicht früher eingesehen haben.« –

Ich setzte meine Reise auf derselben Straße fort; es fanden sich bei mir alle Bequemlichkeiten des Lebens und selbst ihre Pracht wieder ein; ich konnte mich frei und leicht bewegen, da ich einen, obgleich nur erborgten, Schatten besaß, und ich flößte überall die Ehrfurcht ein, die der Reichtum gebietet; aber ich hatte den Tod im Herzen. Mein wundersamer Begleiter, der sich selbst für den unwürdigen Diener des reichsten Mannes der Welt ausgab, war von einer außerordentlichen Dienstfertigkeit, über die Maßen gewandt und geschickt, der wahre Inbegriff eines Kammerdieners für einen reichen Mann, aber er wich nicht von meiner Seite und führte unaufhörlich das Wort gegen mich, stets die größte Zuversicht an den Tag legend, dass ich endlich, sei es auch nur, um ihn loszuwerden, den Handel mit dem Schatten abschließen würde. – Er war mir ebenso lästig wie verhasst. Ich konnte mich ordentlich vor ihm fürchten. Ich hatte mich von ihm abhängig gemacht. Er hielt mich, nachdem er mich in die Herrlichkeit der Welt, die ich floh, zurückgeführt hatte. Ich musste seine Beredsamkeit über mich ergehen lassen und fühlte schier, er habe Recht. Ein Reicher muss in der Welt einen Schatten haben, und sobald ich den Stand behaupten wollte, den er mich wieder geltend zu machen verleitet hatte, war nur ein Ausgang zu ersehen. Dieses aber stand bei mir fest, nachdem ich meine Liebe hingeopfert, nachdem mir das Leben verblasst war, wollt ich meine Seele nicht, sei es um alle Schatten der Welt, dieser Kreatur verschreiben. Ich wusste nicht, wie es enden sollte.

Wir saßen einst vor einer Höhle, welche die Fremden, die das Gebirg bereisen, zu besuchen pflegen. Man hört dort das Gebrause unterirdischer Ströme aus ungemessener Tiefe heraufschallen, und kein Grund scheint den Stein, den man hineinwirft, in seinem hallenden Fall aufzuhalten. Er malte mir, wie er öfters tat, mit verschwenderischer Einbildungskraft und im schimmernden Reize der glänzendsten Farben, sorgfältig ausgeführte Bilder von dem, was ich in der Welt, kraft meines Säckels, ausführen würde, wenn ich erst meinen Schatten wieder in meiner Gewalt hätte. Die Ellenbogen auf die Knie gestützt, hielt ich mein Gesicht in meinen Händen verborgen und hörte dem Falschen zu, das Herz zwiefach geteilt zwischen der Verführung und dem strengen Willen in mir. Ich konnte bei solchem innerlichen Zwiespalt länger nicht ausdauern und begann den entscheidenden Kampf:

»Sie scheinen, mein Herr, zu vergessen, dass ich Ihnen zwar erlaubt habe, unter gewissen Bedingungen in meiner Begleitung zu bleiben, dass ich mir aber meine völlige Freiheit vorbehalten habe.« – »Wenn Sie befehlen, so pack ich ein.« Die Drohung war ihm geläufig. Ich schwieg; er setzte sich gleich daran, meinen Schatten wieder zusammenzurollen. Ich erblasste, aber ich ließ es stumm geschehen. Es erfolgte ein langes Stillschweigen. Er nahm zuerst das Wort:

»Sie können mich nicht leiden, mein Herr, Sie hassen mich, ich weiß es; doch warum hassen Sie mich? Ist es etwa, weil Sie mich auf öffentlicher Straße angefallen und mir mein Vogelnest mit Gewalt zu rauben gemeint? oder ist es darum, dass Sie mein Gut, den Schatten, den Sie Ihrer bloßen Ehrlichkeit anvertraut glaubten, mir diebischer Weise zu entwenden gesucht haben? Ich meinerseits hasse Sie darum nicht; ich finde es ganz natürlich, dass Sie all Ihre Vorteile, List und Gewalt geltend zu machen suchen; dass Sie übrigens die allerstrengsten Grundsätze haben und wie die Ehrlichkeit selbst denken, ist eine Liebhaberei, wogegen ich auch nichts habe. – Ich denke in der Tat nicht so streng wie Sie; ich handle bloß, wie Sie denken. Oder habe ich Ihnen etwa irgendwann den Daumen auf die Gurgel gedrückt, um Ihre werteste Seele, zu der ich einmal Lust habe, an mich zu bringen? Hab ich von wegen meines ausgetauschten Säckels einen Diener auf Sie losgelassen? hab ich Ihnen damit durchzugehen versucht?« Ich hatte dagegen nichts zu erwidern; er fuhr fort: »Schon recht, mein Herr, schon recht! Sie können mich nicht leiden; auch das begreife ich wohl und verarge es Ihnen weiter nicht. Wir müssen scheiden, das ist klar, und auch Sie fangen an, mir sehr langweilig vorzukommen. Um sich also meiner ferneren beschämenden Gegenwart völlig zu entziehen, rate ich es Ihnen noch einmal: Kaufen Sie mir das Ding ab.« – Ich hielt ihm den Säckel hin: »Um den Preis.« – »Nein!« – Ich seufzte schwer auf und nahm wieder das Wort: »Auch ich dringe darauf, mein Herr, lasst uns scheiden, vertreten Sie mir länger nicht den Weg auf einer Welt, die hoffentlich geräumig genug ist für uns beide.« Er lächelte und erwiderte: »Ich gehe, mein Herr, zuvor aber will ich Sie unterrichten, wie Sie mir klingeln können, wenn Sie je Verlangen nach Ihrem untertänigsten Knecht tragen sollten: Sie brauchen nur Ihren Säckel zu schütteln, dass die ewigen Goldstücke darinnen rasseln, der Ton zieht mich augenblicklich an. Ein jeder denkt auf seinen Vorteil in dieser Welt; Sie sehen, dass ich auf Ihren zugleich bedacht bin, denn ich eröffne Ihnen offenbar eine neue Kraft. – O dieser Säckel! – Und hätten gleich die Motten Ihren Schatten schon aufgefressen, der würde noch ein starkes Band zwischen uns sein. Genug, Sie haben mich an meinem Gold, befehlen Sie auch in der Ferne über Ihren Knecht, Sie wissen, dass ich mich meinen Freunden dienstfertig genug erweisen kann, und dass die Reichen besonders gut mit mir stehen; Sie haben es selbst gesehen. – Nur Ihren Schatten, mein Herr – das lassen Sie sich gesagt sein – nie wieder, als unter einer einzigen Bedingung.« – Gestalten der alten Zeit traten vor meine Seele. Ich frug ihn schnell: »Hatten Sie eine Unterschrift vom Herrn John?« – Er lächelte. – »Mit einem so guten Freund hab ich es keineswegs nötig gehabt.« – »Wo ist er? bei Gott, ich will es wissen!« Er steckte zögernd die Hand in die Tasche, und daraus bei den Haaren hervorgezogen erschien Thomas Johns bleiche, entstellte Gestalt, und die blauen Leichenlippen bewegten sich zu schweren Worten: »Justo judicio Dei judicatus sum; Justo judicio Dei condemnatus sum.« Ich entsetzte mich und, schnell den klingenden Säckel in den Abgrund werfend, sprach ich zu ihm die letzten Worte: »So beschwör ich dich im Namen Gottes, Entsetzlicher! hebe dich von dannen und lass dich nie wieder vor meinen Augen blicken!« Er erhob sich finster und verschwand sogleich hinter den Felsenmassen, die den wild bewachsenen Ort begrenzten.

IX

Ich saß da ohne Schatten und ohne Geld; aber ein schweres Gewicht war von meiner Brust genommen, ich war heiter. Hätte ich nicht auch meine Liebe verloren, oder hätt ich mich nur bei deren Verlust vorwurfsfrei gefühlt, ich glaube, ich hätte glücklich sein können – ich wusste aber nicht, was ich anfangen sollte. Ich durchsuchte meine Taschen und fand noch einige Goldstücke darin; ich zählte sie und lachte. – Ich hatte meine Pferde unten im Wirtshause, ich schämte mich, dahin zurückzukehren, ich musste wenigstens den Untergang der Sonne abwarten; sie stand noch hoch am Himmel. Ich legte mich in den Schatten der nächsten Bäume und schlief ruhig ein.

Anmutige Bilder verwoben sich mir im luftigen Tanze zu einem gefälligen Traum. Mina, einen Blumenkranz in den Haaren, schwebte an mir vorüber und lächelte mich freundlich an. Auch der ehrliche Bendel war mit Blumen bekränzt und eilte mit freundlichem Gruße vorüber. Viele sah ich noch, und wie mich dünkt, auch Dich, Chamisso, im fernen Gewühl; ein helles Licht schien, es hatte aber keiner einen Schatten, und was seltsamer ist, es sah nicht übel aus, – Blumen und Lieder, Liebe und Freude, unter Palmenhainen. – Ich konnte die beweglichen, leicht verwehten, lieblichen Gestalten weder festhalten noch deuten; aber ich weiß, dass ich gern solchen Traum träumte und mich vor dem Erwachen in Acht nahm; ich wachte wirklich schon und hielt noch die Augen zu, um die weichenden Erscheinungen länger vor meiner Seele zu behalten.

Ich öffnete endlich die Augen, die Sonne stand noch am Himmel, aber im Osten; ich hatte die Nacht verschlafen. Ich nahm es für ein Zeichen, dass ich nicht zum Wirtshaus zurückkehren sollte. Ich gab leicht, was ich dort noch besaß, verloren und beschloss, eine Nebenstraße, die durch den waldbewachsenen Fuß des Gebirges führte, zu Fuß einzuschlagen, dem Schicksal es anheim stellend, was es mit mir vorhatte, zu erfüllen. Ich schaute nicht hinter mich zurück und dachte auch nicht daran, an Bendel, den ich reich zurückgelassen hatte, mich zu wenden, welches ich allerdings gekonnt hätte. Ich sah mich an als den neuen Charakter, den ich in der Welt bekleiden sollte: mein Anzug war sehr bescheiden. Ich hatte eine alte schwarze Kurtka an, die ich schon in Berlin getragen, und die mir, ich weiß nicht wie, zu dieser Reise erst wieder in die Hand gekommen war. Ich hatte sonst eine Reisemütze auf dem Kopf und ein Paar alte Stiefeln an den Füßen. Ich erhob mich, schnitt mir an selbiger Stelle einen Knotenstock zum Andenken und trat sogleich meine Wanderung an.

Ich begegnete im Wald einem alten Bauer, der mich freundlich begrüßte, und mit dem ich mich ins Gespräch einließ. Ich erkundigte mich, wie ein wissbegieriger Reisender, erst nach dem Weg, dann nach der Gegend und deren Bewohnern, den Erzeugnissen des Gebirges und derlei mehr. Er antwortete verständig und redselig auf meine Fragen. Wir kamen an das Bett eines Bergstroms, der über einen wieten Strich des Waldes seine Verwüstung verbreitet hatte. Mich schauderte innerlich vor dem sonnenhellen Raum; ich ließ den Landmann vorangehen. Er hielt aber mitten im gefährlichen Orte still und wandte sich zu mir, um mir die Geschichte dieser Verwüstung zu erzählen. Er bemerkte bald, was mir fehlte, und hielt mitten in seiner Rede ein: »Aber wie geht denn das zu, der Herr hat ja keinen Schatten!« – »Leider! leider!« erwiderte ich seufzend. »Es sind mir während einer bösen langen Krankheit, Haare, Nägel und Schatten ausgegangen. Seht, Vater, in meinem Alter, die Haare, die ich wieder gekriegt habe, ganz weiß, die Nägel sehr kurz, und der Schatten, der will noch nicht wieder wachsen.« – »Ei! ei!« versetzte der alte Mann kopfschüttelnd, »keinen Schatten, das ist bös! das war eine böse Krankheit, die der Herr gehabt hat.« Aber er hub seine Erzählung nicht wieder an, und beim nächsten Querweg, der sich darbot, ging er, ohne ein Wort zu sagen, von mir ab. – Bittere Tränen zitterten aufs neue auf meinen Wangen, und meine Heiterkeit war hin.

Ich setzte traurigen Herzens meinen Weg fort und suchte ferner keines Menschen Gesellschaft. Ich hielt mich im dunkelsten Walde, und musste manchmal, um über einen Strich, wo die Sonne schien, zu kommen, stundenlang darauf warten, dass mir keines Menschen Auge den Durchgang verbot. Am Abend suchte ich Herberge in den Dörfern zu nehmen. Ich ging eigentlich zu einem Bergwerk im Gebirge, wo ich Arbeit unter der Erde zu finden gedachte; denn, davon abgesehen, dass meine jetzige Lage mir gebot, für meinen Lebensunterhalt selbst zu sorgen, hatte ich dieses wohl erkannt, dass mich allein angestrengte Arbeit gegen meine zerstörenden Gedanken schützen könnte. Ein paar regnichte Tage förderten mich leicht auf dem Weg, aber auf Kosten meiner Stiefel, deren Sohlen für den Grafen Peter und nicht für den Fußknecht berechnet worden. Ich ging schon auf den bloßen Füßen. Ich musste ein Paar neue Stiefel anschaffen. Am nächsten Morgen besorgte ich dieses Geschäft mit vielem Ernst in einem Flecken, wo Kirmes war, und wo in einer Bude alte und neue Stiefel zu Kauf standen. Ich wählte und handelte lange. Ich musste auf ein Paar neue, die ich gern gehabt hätte, Verzicht leisten; mich schreckte die unbillige Forderung. Ich begnügte mich also mit alten, die noch gut und stark waren, und die mir der schöne blondlockige Knabe, der die Bude hielt, gegen gleich bare Bezahlung, freundlich lächelnd aushändigte, während er mir Glück auf dem Weg wünschte. Ich zog sie sofort an und ging zum nördlich gelegenen Tor aus dem Ort.

Ich war in meinen Gedanken sehr vertieft und sah kaum, wo ich den Fuß hinsetzte, denn ich dachte an das Bergwerk, wo ich am Abend noch hinzugelangen hoffte, und wo ich nicht recht wusste, wie ich mich ankündigen sollte. Ich war noch keine zweihundert Schritte gegangen, als ich bemerkte, dass ich vom Weg abgekommen war; ich sah mich danach um, ich befand mich in einem wüsten, uralten Tannenwald, woran die Axt nie gelegt worden zu sein schien. Ich drang noch einige Schritte vor, ich sah mich mitten unter öden Felsen, die nur mit Moos und Steinbrecharten bewachsen waren, und zwischen welchen Schnee- und Eisfelder lagen. Die Luft war sehr kalt, ich sah mich um, der Wald war hinter mir verschwunden. Ich machte noch einige Schritte – um mich herrschte die Stille des Todes, unabsehbar dehnte sich das Eis, worauf ich stand, und worauf ein dichter Nebel schwer ruhte; die Sonne stand blutig am Rande des Horizontes. Die Kälte war unerträglich. Ich wusste nicht, wie mir geschehen war, der starrende Frost zwang mich, meine Schritte zu beschleunigen, ich vernahm nur das Gebraus ferner Gewässer, ein Schritt, und ich war am Eisufer eines Ozeans. Unzählbare Herden von Seehunden stürzten sich vor mir rauschend in die Flut. Ich folgte diesem Ufer, ich sah wieder nackte Felsen, Land, Birken- und Tannenwälder, ich lief noch ein paar Minuten gerade vor mir hin. Es war erstickend heiß, ich sah mich um, ich stand zwischen schön gebauten Reisfeldern unter Maulbeerbäumen. Ich setzte mich in deren Schatten, ich sah nach meiner Uhr, ich hatte vor nicht einer Viertelstunde den Marktflecken verlassen, – ich glaubte zu träumen, ich biss mich in die Zunge, um mich zu wecken; aber ich wachte wirklich. – Ich schloss die Augen zu, um meine Gedanken zusammenzufassen. – Ich hörte vor mir seltsame Silben durch die Nase zählen; ich blickte auf: zwei Chinesen, an der asiatischen Gesichtsbildung unverkennbar, wenn ich auch ihrer Kleidung keinen Glauben beimessen wollte, redeten mich mit landesüblichen Begrüßungen in ihrer Sprache an; ich stand auf und trat zwei Schritte zurück. Ich sah sie nicht mehr, die Landschaft war ganz verändert: Bäume, Wälder, statt der Reisfelder. Ich betrachtete diese Bäume und die Kräuter, die um mich blühten; die ich kannte, waren südöstlich asiatische Gewächse; ich wollte auf den einen Baum zugehen, ein Schritt – und wiederum alles verändert. Ich trat nun an, wie ein Rekrut, der geübt wird, und schritt langsam, gesetzt einher. Wunderbar veränderliche Länder, Fluren, Auen, Gebirge, Steppen, Sandwüsten, entrollen sich vor meinem staunenden Blick: es war kein Zweifel, ich hatte Siebenmeilenstiefel an den Füßen.

X

Ich fiel in stummer Andacht auf meine Knie und vergoss Tränen des Dankes – denn klar stand plötzlich meine Zukunft vor meiner Seele. Durch frühe Schuld von der menschlichen Gesellschaft ausgeschlossen, ward ich zum Ersatz an die Natur, die ich stets geliebt, gewiesen, die Erde mir zu einem reichen Garten gegeben, das Studium zur Richtung und Kraft meines Lebens, zu ihrem Ziel die Wissenschaft. Es war kein Entschluss, den ich fasste. Ich habe nur seitdem, was da hell und vollendet im Urbild vor mein inneres Auge trat, getreu mit stillem, strengen, unausgesetzten Fleiß darzustellen gesucht, und meine Selbstzufriedenheit hat von dem Zusammenfallen des Dargestellten mit dem Urbild abgehangen.

Ich raffte mich auf, um ohne Zögern mit flüchtigem Überblick Besitz von dem Felde zu nehmen, wo ich künftig ernten wollte. – Ich stand auf den Höhen des Tibet, und die Sonne, die mir vor wenigen Stunden aufgegangen war, neigte sich hier schon am Abendhimmel, ich durchwanderte Asien von Osten gegen Westen, sie in ihrem Lauf einholend, und trat in Afrika ein. Ich sah mich neugierig darin um, indem ich es wiederholt in allen Richtungen durchmaß. Wie ich durch Ägypten die alten Pyramiden und Tempel angaffte, erblickte ich in der Wüste, unfern des hunderttorigen Theben, die Höhlen, wo christliche Einsiedler sonst wohnten. Es stand plötzlich fest und klar in mir, hier ist dein Haus. – Ich erkor eine der verborgensten, die zugleich geräumig, bequem und den Schakalen unzugänglich war, zu meinem künftigen Aufenthalte, und setzte meinen Stab weiter.

Ich trat bei den Herkules-Säulen nach Europa über, und nachdem ich seine südlichen und nördlichen Provinzen in Augenschein genommen, trat ich von Nordasien über den Polargletscher nach Grönland und Amerika über, durchschweifte die beiden Teile dieses Kontinents, und der Winter, der schon im Süden herrschte, trieb mich schnell vom Kap Hoorn nordwärts zurück.

Ich verweilte, bis es im östlichen Asien Tag wurde, und setzte erst nach einiger Ruh meine Wanderung fort. Ich verfolgte durch beide Amerika die Bergkette, die die höchsten bekannten Unebenheiten unserer Kugel in sich fasst. Ich schritt langsam und vorsichtig von Gipfel zu Gipfel, bald über flammende Vulkane, bald über beschneite Kuppeln, oft mit Mühe atmend, ich erreichte den Eliasberg und sprang über die Beringstraße nach Asien. – Ich verfolgte dessen westliche Küsten in ihren vielfachen Wendungen und untersuchte mit besonderer Aufmerksamkeit, welche der dort gelegenen Inseln mir zugänglich wären. Von der Halbinsel Malakka trugen mich meine Stiefel auf Sumatra, Java, Bali und Lombok, ich versuchte, selbst oft mit Gefahr, und dennoch immer vergebens, mir über die kleinern Inseln und Felsen, wovon dieses Meer starrt, einen Übergang nordwestlich nach Borneo und andern Inseln dieses Archipelagus zu bahnen. Ich musste die Hoffnung aufgeben. Ich setzte mich endlich auf die äußerste Spitze von Lombok nieder, und das Gesicht gegen Süden und Osten gewendet, weint ich wie am festverschlossenen Gitter meines Kerkers, dass ich doch so bald meine Begrenzung gefunden. Das merkwürdige, zum Verständnis der Erde und ihres sonnengewirkten Kleides, der Pflanzen- und Tierwelt, so wesentlich notwendige Neuholland und die Südsee mit ihren Zoophyten-Inseln waren mir untersagt, und so war, im Ursprunge schon, alles, was ich sammeln und erbauen sollte, bloßes Fragment zu bleiben verdammt. – O mein Adelbert, was ist es doch um die Bemühungen der Menschen!

Oft habe ich im strengsten Winter der südlichen Halbkugel vom Kap Hoorn aus jene zweihundert Schritte, die mich etwa von Van-Diemens-Land und Neuholland trennten, selbst unbekümmert um die Rückkehr, und sollte sich dieses schlechte Land über mich, wie der Deckel meines Sarges, schließen, über den Polargletscher westwärts zurückzulegen versucht, habe über Treibeis mit törichter Wagnis verzweiflungsvolle Schritte getan, der Kälte und dem Meere Trotz geboten. Umsonst, noch bin ich auf Neuholland nicht gewesen – ich kam dann jedes Mal auf Lombok zurück und setzte mich auf seine äußerste Spitze nieder und weinte wieder, das Gesicht gen Süden und Osten gewendet, wie am fest verschlossenen Gitter meines Kerkers.

Ich riss mich endlich von dieser Stelle und trat mit traurigem Herzen wieder in das innere Asien, ich durchschweifte es fürder, die Morgendämmerung nach Westen verfolgend, und kam noch in der Nacht in die Thebais zu meinem vorbestimmten Haus, das ich in den gestrigen Nachmittagsstunden berührt hatte.

Sobald ich etwas ausgeruht und es Tag über Europa war, ließ ich meine erste Sorge sein, alles anzuschaffen, was ich bedurfte. – Zuvörderst Hemmschuhe, denn ich hatte erfahren, wie unbequem es sei, seinen Schritt nicht anders verkürzen zu können, um nahe Gegenstände gemächlich zu untersuchen, als die Stiefel auszuziehen. Ein Paar Pantoffeln, übergezogen, hatten völlig die Wirkung, die ich mir davon versprach, und späterhin trug ich sogar deren immer zwei Paar bei mir, weil ich öfters welche von den Füßen warf, ohne Zeit zu haben, sie aufzuheben, wenn Löwen, Menschen oder Hyänen mich beim Botanisieren aufschreckten. Meine sehr gute Uhr war auf die kurze Dauer meiner Gänge ein vortreffliches Chronometer. Ich brauchte noch außerdem einen Sextanten, einige physikalische Instrumente und Bücher.

Ich machte, dieses alles herbei zu schaffen, etliche bange Gänge nach London und Paris, die ein mir günstiger Nebel eben beschattete. Als der Rest meines Zaubergoldes erschöpft war, bracht ich leicht zu findendes afrikanisches Elfenbein als Bezahlung herbei, wobei ich freilich die kleinsten Zähne, die meine Kräfte nicht überstiegen, auswählen musste. Ich ward bald mit allem versehen und ausgerüstet, und ich fing sogleich als privatisierender Gelehrter meine neue Lebensweise an.

Ich streifte auf der Erde umher, bald ihre Höhen, bald die Temperatur ihrer Quellen und die der Luft messend, bald Tiere beobachtend, bald Gewächse untersuchend; ich eilte vom Äquator zum Pol, von der einen Welt zur andern; Erfahrungen mit Erfahrungen vergleichend. Die Eier der afrikanischen Strauße oder der nördlichen Seevögel und Früchte, besonders der Tropen-Palmen und Bananen, waren meine gewöhnlichste Nahrung. Für mangelndes Glück hatt ich als Surrogat die Nicotiana und für menschliche Teilnahme und Bande die Liebe eines treuen Pudels, der mir meine Höhle in der Thebais bewachte, und wenn ich mit neuen Schätzen beladen zu ihm zurückkehrte, freudig an mir hochsprang, und es mich doch menschlich empfinden ließ, dass ich nicht allein auf der Erde sei. Noch sollte mich ein Abenteuer unter die Menschen zurückführen.

XI

Als ich einst auf Nordlands Küsten, meine Stiefel gehemmt, Flechten und Algen sammelte, trat mir unversehens um die Ecke eines Felsens ein Eisbär entgegen. Ich wollte, nach weggeworfenen Pantoffeln, auf eine gegenüberliegende Insel treten, zu der mir ein dazwischen aus den Wellen hervorragender nackter Felsen den Übergang bahnte. Ich trat mit dem einen Fuß auf den Felsen fest auf und stürzte auf der andern Seite ins Meer, weil mir unbemerkt der Pantoffel am anderen Fuß haften geblieben war.

Die große Kälte ergriff mich, ich rettete mit Mühe mein Leben aus dieser Gefahr; sobald ich an Land kam, lief ich, so schnell ich konnte zur Libyschen Wüste, um mich an der Sonne zu trocknen. Wie ich ihr aber ausgesetzt war, brannte sie mir so heiß auf den Kopf, dass ich sehr krank wieder nach Norden taumelte. Ich suchte durch heftige Bewegung mir Erleichterung zu verschaffen und lief mit unsichern eiligen Schritten von Westen nach Osten und von Osten nach Westen. Ich befand mich bald im Tag und bald in der Nacht, bald im Sommer und bald in der Winterkälte.

Ich weiß nicht, wie lange ich so auf der Erde herumtaumelte. Ein brennendes Fieber glühte durch meine Adern, ich fühlte mit großer Angst die Besinnung mich verlassen. Noch wollte das Unglück, dass ich bei so unvorsichtigem Laufen jemanden auf den Fuß trat. Ich mochte ihm weh getan haben; ich erhielt einen starken Stoß und ich fiel hin. –

Als ich zum Bewusstsein zurückkehrte, lag ich gemächlich in einem guten Bette, das unter vielen andern Betten in einem geräumigen und schönen Saale stand. Es saß mir jemand zu Häupten; es gingen Menschen durch den Saal von einem Bett zum andern. Sie kamen vor das meine und unterhielten sich über mich. Sie nannten mich aber Numero Zwölf, und an der Wand zu meinen Füßen stand doch ganz gewiss, es war keine Täuschung, ich konnte es deutlich lesen, auf schwarzer Marmortafel mit großen goldenen Buchstaben mein Name: PETER SCHLEMIHL, ganz richtig geschrieben. Auf der Tafel standen noch unter meinem Namen zwei Reihen Buchstaben, ich war aber zu schwach, um sie zusammenzubringen, ich machte die Augen wieder zu. – Ich hörte etwas, worin von Peter Schlemihl die Rede war, laut und vernehmlich vorlesen, ich konnte aber den Sinn nicht fassen; ich sah einen freundlichen Mann und eine sehr schöne Frau in schwarzer Kleidung vor meinem Bette erscheinen. Die Gestalten waren mir nicht fremd, ich konnte sie aber nicht erkennen.

Es verging einige Zeit, und ich kam wieder zu Kräften. Ich hieß Numero Zwölf, und Numero Zwölf galt seines langen Bartes wegen als Jude, darum er aber nicht minder sorgfältig gepflegt wurde. Dass er keinen Schatten hatte, schien unbemerkt geblieben zu sein. Meine Stiefel befanden sich, wie man mir versicherte, nebst allem, was man bei mir gefunden, als ich hierher gebracht worden, in gutem und sicherem Gewahrsam, um mir nach meiner Genesung wieder zugestellt zu werden. Der Ort, worin ich krank lag, hieß das SCHLEMIHLIUM; was täglich über Peter Schlemihl vorgelesen wurde, war eine Ermahnung, für denselben, als den Urheber und Wohltäter dieser Stiftung, zu beten. Der freundliche Mann, den ich an meinem Bett gesehen hatte, war Bendel, die schöne Frau war Mina.

Ich genas unerkannt im Schlemihlio und erfuhr noch mehr, ich war in Bendels Vaterstadt, wo er aus dem Überrest meines sonst nicht gesegneten Goldes dieses Hospitium, wo Unglückliche mich segneten, unter meinem Namen gestiftet hatte, und er führte über dasselbe die Aufsicht. Mina war Witwe, ein unglücklicher Kriminal-Prozess hatte dem Herrn Rascal das Leben und ihr selbst ihr meistes Vermögen gekostet. Ihre Eltern waren nicht mehr. Sie lebte hier als eine gottesfürchtige Witwe, und übte Werke der Barmherzigkeit.

Sie unterhielt sich einst am Bett Numero Zwölf mit dem Herrn Bendel: »Warum, edle Frau, wollen Sie sich so oft der bösen Luft, die hier herrscht, aussetzen? Sollte denn das Schicksal mit Ihnen so hart sein, dass Sie zu sterben begehrten?« – »Nein, Herr Bendel, seit ich meinen langen Traum ausgeträumt habe und in mir selber erwacht bin, geht es mir wohl, seitdem wünsche ich nicht mehr und fürchte nicht mehr den Tod. Seitdem denke ich heiter an Vergangenheit und Zukunft. Ist es nicht auch mit stillem innerlichen Glück, dass Sie jetzt auf so gottselige Weise Ihrem Herrn und Freunde dienen?« – »Sei Gott gedankt, ja, edle Frau. Es ist uns doch wundersam ergangen, wir haben viel Wohl und bitteres Weh unbedachtsam aus dem vollen Becher geschlürft. Nun ist er leer; nun möchte einer meinen, das sei alles nur die Probe gewesen, und, mit kluger Einsicht gerüstet, den wirklichen Anfang erwarten. Ein anderer ist nun der wirkliche Anfang, und man wünscht das erste Gaukelspiel nicht zurück und ist dennoch im Ganzen froh, es, wie es war, gelebt zu haben. Auch find ich in mir das Zutrauen, dass es nun unserm alten Freunde besser ergehen muss, als damals.« – »Auch in mir«, erwiderte die schöne Witwe, und sie gingen an mir vorüber.

Dieses Gespräch hatte einen tiefen Eindruck in mir zurückgelassen; aber ich zweifelte im Geiste, ob ich mich zu erkennen geben oder unerkannt von dannen gehen sollte. – Ich entschied mich. Ich ließ mir Papier und Bleistift geben, und schrieb die Worte: »Auch Eurem alten Freunde ergeht es nun besser als damals, und büßet er, so ist es Buße der Versöhnung.«

Hierauf begehrte ich mich anzuziehen, da ich mich stärker befände. Man holte den Schlüssel zu dem kleinen Schrank, der neben meinem Bett stand, herbei. Ich fand alles, was mir gehörte, darin. Ich legte meine Kleider an, hing meine botanische Kapsel, worin ich mit Freuden meine nordischen Flechten wieder fand, über meine schwarze Kurtka um, zog meine Stiefel an, legte den geschriebenen Zettel auf mein Bett, und so wie die Tür aufging, war ich schon weit auf dem Weg nach der Thebais.

Wie ich längs der syrischen Küste den Weg, auf dem ich mich zum letzten Mal vom Hause entfernt hatte, zurücklegte, sah ich mir meinen armen Figaro entgegenkommen. Dieser vortreffliche Pudel schien seinem Herrn, den er lange zu Hause erwartet haben mochte, auf der Spur nachgehen zu wollen. Ich stand still und rief ihm zu. Er sprang bellend an mich mit tausend rührenden Äußerungen seiner unschuldigen ausgelassenen Freude. Ich nahm ihn unter den Arm, denn freilich konnte er mir nicht folgen, und brachte ihn mit mir wieder nach Hause.

Ich fand dort alles in der alten Ordnung und kehrte nach und nach, so wie ich wieder Kräfte bekam, zu meinen vormaligen Beschäftigungen und zu meiner alten Lebensweise zurück. Nur dass ich mich ein ganzes Jahr hindurch der mir ganz unzuträglichen Polar-Kälte enthielt.

Und so, mein lieber Chamisso, leb ich noch heute. Meine Stiefel nutzen sich nicht ab, wie das sehr gelehrte Werk des berühmten Tieckius, »De rebus gestis Pollicilli«, es mich anfangs hat befürchten lassen. Ihre Kraft bleibt ungebrochen; nur meine Kraft geht dahin, doch hab ich den Trost, sie zu einem Zweck in fortgesetzter Richtung und nicht fruchtlos verwendet zu haben. Ich habe, so weit meine Stiefel gereicht, die Erde, ihre Gestaltung, ihre Höhen, ihre Temperatur, ihre Atmosphäre in ihrem Wechsel, die Erscheinungen ihrer magnetischen Kraft, das Leben auf ihr, besonders im Pflanzenreiche, gründlicher kennen gelernt, als vor mir irgend ein Mensch. Ich habe die Tatsachen mit möglichster Genauigkeit in klarer Ordnung aufgestellt in mehreren Werken, meine Folgerungen und Ansichten flüchtig in einigen Abhandlungen niedergelegt. – Ich habe die Geographie vom Innern Afrikas und von den nördlichen Polarländern, vom Innern Asiens und von seinen östlichen Küsten, festgesetzt. Meine »Historia stirpium plantarum utriusque orbis« steht da als ein großes Fragment der Flora universalis terrae und als ein Glied meines Systema naturae. Ich glaube darin nicht bloß die Zahl der bekannten Arten müßig um mehr als ein Drittel vermehrt zu haben, sondern auch etwas für das natürliche System und für die Geographie der Pflanzen getan zu haben. Ich arbeite jetzt fleißig an meiner Fauna. Ich werde Sorge tragen, dass vor meinem Tode meine Manuskripte bei der Berliner Universität niedergelegt werden.

Und Dich, mein lieber Chamisso, hab ich zum Bewahrer meiner wundersamen Geschichte erkoren, auf dass sie vielleicht, wenn ich von der Erde verschwunden bin, manchen ihrer Bewohner zur nützlichen Lehre gereichen könne. Du aber, mein Freund, willst Du unter den Menschen leben, so lerne verehren zuvörderst den Schatten, sodann das Geld. Willst Du nur Dir und Deinem bessern Selbst leben, o so brauchst Du keinen Rat.

Explicit

An Adelbert von Chamisso

Trifft Frank und Deutscher jetzt zusammen,

Und jeder edlen Muts entbrannt,
So fährt ans tapfre Schwert die Hand,
Und Kampf entsprüht in wilden Flammen.

Wir treffen uns auf höherm Feld,
Wir zwei verklärt in reinerm Feuer.
Heil Dir, mein Frommer, mein Getreuer,
Und dem, was uns verbunden hält!

Fouqué, 1813

Georg Büchner

Lenz

Entstanden 1835; Erstdruck in *Telegraph für Deutschland*,
Nr. 5-14, Hamburg 1839

Den 20. Jänner ging Lenz durchs Gebirg. Die Gipfel und hohen Bergflächen im Schnee, die Täler hinunter graues Gestein, grüne Flächen,
Felsen und Tannen.

Es war nasskalt; das Wasser rieselte die Felsen hinunter und sprang
über den Weg. Die Äste der Tannen hingen schwer herab in die
feuchte Luft. Am Himmel zogen graue Wolken, aber alles so dicht –
und dann dampfte der Nebel herauf und strich schwer und feucht
durch das Gesträuch, so träg, so plump.

Er ging gleichgültig weiter, es lag ihm nichts am Weg, bald auf-,
bald abwärts. Müdigkeit spürte er keine, nur war es ihm manchmal
unangenehm, dass er nicht auf dem Kopf gehn konnte.

Anfangs drängte es ihm in der Brust, wenn das Gestein so weg-
sprang, der graue Wald sich unter ihm schüttelte und der Nebel die
Formen bald verschlang, bald die gewaltigen Glieder halb enthüllte;
es drängte in ihm, er suchte nach etwas, wie nach verlornen Träumen,
aber er fand nichts. Es war ihm alles so klein, so nahe, so nass; er hätte die Erde hinter den Ofen setzen mögen. Er begriff nicht, dass er so
viel Zeit brauchte, um einen Abhang hinunter zu klimmen, einen fernen Punkt zu erreichen; er meinte, er müsse alles mit ein paar Schritten ausmessen können. Nur manchmal, wenn der Sturm das Gewölk
in die Täler warf und es den Wald herauf dampfte, und die Stimmen
an den Felsen wach wurden, bald wie fern verhallende Donner und
dann gewaltig heranbrausten, in Tönen, als wollten sie in ihrem wilden Jubel die Erde besingen, und die Wolken wie wilde, wiehernde
Rosse heransprengten, und der Sonnenschein dazwischen durchging
und kam und sein blitzendes Schwert an den Schneeflächen zog, so
dass ein helles, blendendes Licht über die Gipfel in die Täler schnitt;
oder wenn der Sturm das Gewölk abwärts trieb und einen lichtblauen
See hineinriss und dann der Wind verhallte und tief unten aus den
Schluchten, aus den Wipfeln der Tannen wie ein Wiegenlied und
Glockengeläute heraufsummte, und am tiefen Blau ein leises Rot hin-
aufklomm und kleine Wölkchen auf silbernen Flügeln durchzogen,
und alle Berggipfel, scharf und fest, weit über das Land hin glänzten
und blitzten – riss es ihm in der Brust, er stand, keuchend, den Leib
vorwärts gebogen, Augen und Mund weit offen, er meinte, er müsse
den Sturm in sich ziehen, alles in sich fassen, er dehnte sich aus und

lag über der Erde, er wühlte sich in das All hinein, es war eine Lust, die ihm wehe tat; oder er stand still und legte das Haupt ins Moos und schloss die Augen halb, und dann zog es weit von ihm, die Erde wich unter ihm, sie wurde klein wie ein wandelnder Stern und tauchte sich in einen brausenden Strom, der seine klare Flut unter ihm zog. Aber es waren nur Augenblicke; und dann erhob er sich nüchtern, fest, ruhig, als wäre ein Schattenspiel vor ihm vorübergezogen – er wusste von nichts mehr.

Gegen Abend kam er auf die Höhe des Gebirgs, auf das Schneefeld, von wo man wieder hinabstieg in die Ebene nach Westen. Er setzte sich oben nieder. Es war gegen Abend ruhiger geworden; das Gewölk lag fest und unbeweglich am Himmel; soweit der Blick reichte, nichts als Gipfel, von denen sich breite Flächen hinabzogen, und alles so still, grau, dämmernd. Es wurde ihm entsetzlich einsam; er war allein, ganz allein. Er wollte mit sich sprechen, aber er konnte nicht, er wagte kaum zu atmen; das Biegen seines Fußes tönte wie Donner unter ihm, er musste sich niedersetzen. Es fasste ihn eine namenlose Angst in diesem Nichts: er war im Leeren! Er riss sich hoch und flog den Abhang hinunter.

Es war finster geworden, Himmel und Erde verschmolzen in eins. Es war, als ginge ihm was nach und als müsse ihn was Entsetzliches erreichen, etwas, das Menschen nicht ertragen können, als jage der Wahnsinn auf Rossen hinter ihm her.

Endlich hörte er Stimmen; er sah Lichter, es wurde ihm leichter. Man sagte ihm, er hätte noch eine halbe Stunde nach Waldbach.

Er ging durch das Dorf. Die Lichter schienen durch die Fenster, er sah hinein im Vorbeigehen: Kinder am Tische, alte Weiber, Mädchen, alles ruhige, stille Gesichter. Es war ihm, als müsse das Licht von ihnen ausstrahlen; es ward ihm leicht, er war bald in Waldbach im Pfarrhause.

Man saß am Tisch, er hinein; die blonden Locken hingen ihm um das bleiche Gesicht, es zuckte ihm in den Augen und um den Mund, seine Kleider waren zerrissen.

Oberlin hieß ihn willkommen, er hielt ihn für einen Handwerker: »Seien Sie mir willkommen, obschon Sie mir unbekannt.« – »Ich bin ein Freund von Kaufmann und bringe Ihnen Grüße von ihm.« – »Der

Name, wenn's beliebt?« – »Lenz.« – »Ha, ha, ha, ist er nicht gedruckt? Habe ich nicht einige Dramen gelesen, die einem Herrn dieses Namens zugeschrieben werden?« – »Ja, aber belieben Sie, mich nicht danach zu beurteilen.«

Man sprach weiter, er suchte nach Worten und erzählte rasch, aber auf der Folter; nach und nach wurde er ruhig – das heimliche Zimmer und die stillen Gesichter, die aus dem Schatten hervortraten: das helle Kindergesicht, auf dem alles Licht zu ruhen schien und das neugierig, vertraulich aufschaute, bis zur Mutter, die hinten im Schatten engelgleich stille saß. Er fing an zu erzählen, von seiner Heimat; er zeichnete allerhand Trachten, man drängte sich teilnehmend um ihn, er war gleich zu Haus. Sein blasses Kindergesicht, das jetzt lächelte, sein lebendiges Erzählen! Er wurde ruhig; es war ihm, als träten alte Gestalten, vergessene Gesichter wieder aus dem Dunkeln, alte Lieder wachten auf, er war weg, weit weg.

Endlich war es Zeit zum Gehen. Man führte ihn über die Straße: das Pfarrhaus war zu eng, man gab ihm ein Zimmer im Schulhaus. Er ging hinauf. Es war kalt oben, eine weite Stube, leer, ein hohes Bett im Hintergrund. Er stellte das Licht auf den Tisch und ging auf und ab. Er besann sich wieder auf den Tag, wie er hergekommen, wo er war. Das Zimmer im Pfarrhaus mit seinen Lichtern und lieben Gesichtern, es war ihm wie ein Schatten, ein Traum, und es wurde ihm leer, wieder wie auf dem Berg; aber er konnte es mit nichts mehr ausfüllen, das Licht war erloschen, die Finsternis verschlang alles. Eine unnennbare Angst erfasste ihn. Er sprang auf, er lief durchs Zimmer, die Treppe hinunter, vors Haus; aber umsonst, alles finster, nichts – er war sich selbst ein Traum. Einzelne Gedanken huschten auf, er hielt sie fest; es war ihm, als müsse er immer ›Vater unser‹ sagen. Er konnte sich nicht mehr finden; ein dunkler Instinkt trieb ihn, sich zu retten. Er stieß an die Steine, er riss sich mit den Nägeln; der Schmerz fing an, ihm das Bewusstsein wiederzugeben. Er stürzte sich in den Brunnenstein, aber das Wasser war nicht tief, er patschte darin.

Da kamen Leute; man hatte es gehört, man rief ihm zu. Oberlin kam gelaufen. Lenz war wieder zu sich gekommen, das ganze Bewusstsein seiner Lage stand vor ihm, es war ihm wieder leicht. Jetzt schämte er sich und war betrübt, dass er den guten Leuten Angst gemacht; er sagte ihnen, dass er gewohnt sei, kalt zu baden, und ging wieder hinauf; die Erschöpfung ließ ihn endlich ruhen.

Am nächsten Tag ging es gut. Mit Oberlin zu Pferde durch das Tal: breite Bergflächen, die aus großer Höhe sich in ein schmales, gewundnes Tal zusammenzogen, das in mannigfachen Richtungen sich hoch an den Bergen hinaufzog; große Felsenmassen, die sich nach unten ausbreiteten; wenig Wald, aber alles im grauen, ernsten Anflug; eine Aussicht nach Westen in das Land hinein und auf die Bergkette, die sich grad hinunter nach Süden und Norden zog und deren Gipfel gewaltig, ernsthaft oder schweigend still, wie ein dämmernder Traum, standen. Gewaltige Lichtmassen, die manchmal aus den Tälern, wie ein goldner Strom, schwollen, dann wieder Gewölk, das an dem höchsten Gipfel lag und dann langsam den Wald herab in das Tal klomm oder in den Sonnenblitzen sich wie ein fliegendes, silbernes Gespenst herabsenkte und hob; kein Lärm, keine Bewegung, kein Vogel, nichts als das bald nahe, bald ferne Wehn des Windes. Auch erschienen Punkte, Gerippe von Hütten, Bretter mit Stroh gedeckt, von schwarzer, ernster Farbe. Die Leute, schweigend und ernst, als wagten sie die Ruhe ihres Tales nicht zu stören, grüßten ruhig, wie sie vorbeiritten.

In den Hütten war es lebendig: man drängte sich um Oberlin, er wies zurecht, gab Rat, tröstete; überall zutrauensvolle Blicke, Gebet. Die Leute erzählten Träume, Ahnungen. Dann rasch ins praktische Leben: Wege angelegt, Kanäle gegraben, die Schule besucht.

Oberlin war unermüdlich, Lenz fortwährend sein Begleiter, bald im Gespräch, bald tätig am Geschäft, bald in die Natur versunken. Es wirkte alles wohltätig und beruhigend auf ihn. Er musste Oberlin oft in die Augen sehen, und die mächtige Ruhe, die uns über der ruhenden Natur, im tiefen Wald, in mondhellen, schmelzenden Sommernächten überfällt, schien ihm noch näher in diesem ruhigen Auge, diesem ehrwürdigen ernsten Gesicht. Er war schüchtern; aber er machte Bemerkungen, er sprach. Oberlin war sein Gespräch sehr angenehm, und das anmutige Kindergesicht Lenzens machte ihm große Freude.

Aber nur solange das Licht im Tale lag, war es ihm erträglich; gegen Abend befiel ihn eine sonderbare Angst, er hätte der Sonne nachlaufen mögen. Wie die Gegenstände nach und nach schattiger wurden, kam ihm alles so traumartig, so zuwider vor: es kam ihm die Angst an wie Kindern, die im Dunkeln schlafen; es war ihm, als sei er blind. Jetzt wuchs sie, der Alp des Wahnsinns setzte sich zu seinen Füßen: der rettungslose Gedanke, als sei alles nur sein Traum, öffnete sich vor ihm; er klammerte sich an alle Gegenstände. Gestalten zogen rasch an ihm vorbei, er drängte sich an sie; es waren Schatten, das Leben wich aus ihm, und seine Glieder waren ganz starr. Er sprach, er sang, er rezitierte Stellen aus Shakespeare, er griff nach allem, was sein Blut sonst hatte rascher fließen machen, er versuchte alles, aber – kalt, kalt! Er musste dann hinaus ins Freie. Das wenige, durch die Nacht zerstreute Licht, wenn seine Augen an die Dunkelheit gewöhnt waren, machte ihm besser; er stürzte sich in den Brunnen, die grelle Wirkung des Wassers machte ihm besser; auch hatte er eine geheime Hoffnung auf eine Krankheit – er verrichtete sein Baden jetzt mit weniger Geräusch.

Doch je mehr er sich in das Leben hineinlebte, ward er ruhiger. Er unterstützte Oberlin, zeichnete, las die Bibel; alte, vergangne Hoffnungen gingen in ihm auf; das Neue Testament trat ihm hier so entgegen ... Wie Oberlin ihm erzählte, wie ihn eine unsichtbare Hand auf der Brücke gehalten hätte, wie auf der Höhe ein Glanz seine Augen geblendet hatte, wie er eine Stimme gehört hätte, wie es in der Nacht mit ihm gesprochen, und wie Gott so ganz bei ihm eingekehrt, dass er kindlich seine Lose aus der Tasche holte, um zu wissen, was er tun sollte: dieser Glaube, dieser ewige Himmel im Leben, dieses Sein in Gott – jetzt erst ging ihm die Heilige Schrift auf. Wie den Leuten die Natur so nah trat, alles in himmlischen Mysterien; aber nicht gewaltsam majestätisch, sondern noch vertraut.

Eines Morgens ging er hinaus. Über Nacht war Schnee gefallen. Im Tal lag heller Sonnenschein, aber weiterhin die Landschaft halb im Nebel. Er kam bald vom Weg ab und eine sanfte Höhe hinauf, keine Spur von Fußtritten mehr, neben einem Tannenwald hin; die Sonne schnitt Kristalle, der Schnee war leicht und flockig, hie und da Spur von Wild leicht auf dem Schnee, die sich ins Gebirg hinzog. Keine Regung in der Luft als ein leises Wehen, als das Rauschen eines Vogels, der die Flocken leicht vom Schwanze stäubte. Alles so still, und die Bäume weithin mit schwankenden weißen Federn in der tiefblauen Luft. Es wurde ihm heimlich nach und nach. Die einförmigen, gewaltigen Flächen und Linien, vor denen es ihm manchmal war, als ob sie ihn mit gewaltigen Tönen anredeten, waren verhüllt; ein heimliches Weihnachtsgefühl beschlich ihn: er meinte manchmal, seine Mutter müsse hinter einem Baum hervortreten, groß, und ihm sagen, sie hatte ihm dies alles beschert. Wie er hinunterging, sah er, dass um seinen Schatten sich ein Regenbogen von Strahlen legte; es wurde ihm, als hätte ihn was an der Stirn berührt, das Wesen sprach ihn an.

Er kam hinunter. Oberlin war im Zimmer; Lenz kam heiter auf ihn zu und sagte ihm, er möge wohl einmal predigen. – »Sind Sie Theologe?«- »Ja!« – »Gut, nächsten Sonntag.«

Lenz ging vergnügt auf sein Zimmer. Er dachte an einen Text zum Predigen und verfiel in Sinnen, und seine Nächte wurden ruhig. Der Sonntagmorgen kam, es war Tauwetter eingefallen. Vorüberstreifende Wolken, Blau dazwischen. Die Kirche lag nah am Berg hinauf, auf einem Vorsprung; der Kirchhof drumherum. Lenz stand oben, wie die Glocke läutete und die Kirchengänger, die Weiber und Mädchen in ihrer ernsten schwarzen Tracht, das weiße gefaltete Schnupftuch auf dem Gesangbuch und den Rosmarinzweig, von den verschiedenen Seiten die schmalen Pfade zwischen den Felsen herauf- und herabkamen. Ein Sonnenblick lag manchmal über dem Tal, die laue Luft regte sich langsam, die Landschaft schwamm im Duft, fernes Geläute – es war, als löste sich alles in eine harmonische Welle auf.

Auf dem kleinen Kirchhof war der Schnee weg, dunkles Moos unter den schwarzen Kreuzen; ein verspäteter Rosenstrauch lehnte an der Kirchhofmauer, verspätete Blumen lugten unter dem Moos hervor; manchmal Sonne, dann wieder dunkel. Die Kirche fing an, die Menschenstimmen begegneten sich im reinen hellen Klang; ein Eindruck als schaue man in reines, durchsichtiges Bergwasser. Der Gesang verhallte – Lenz sprach. Er war schüchtern; unter den Tönen hatte sein Starrkrampf sich ganz gelegt, sein ganzer Schmerz wachte jetzt auf und legte sich in sein Herz. Ein süßes Gefühl unendlichen Wohls beschlich ihn. Er sprach einfach mit den Leuten; sie litten alle mit ihm, und es war ihm ein Trost, wenn er über einige müdgeweinte Augen Schlaf und gequälten Herzen Ruhe bringen, wenn er über die-

ses von materiellen Bedürfnissen gequälte Sein, diese dumpfen Leiden gen Himmel leiten konnte. Er war fester geworden, wie er schloss
– da fingen die Stimmen wieder an:

Lass in mir die heilgen Schmerzen,
Tiefe Bronnen ganz aufbrechen;
Leiden sei all mein Gewinst,
Leiden sei mein Gottesdienst.

Das Drängen in ihm, die Musik, der Schmerz, erschütterte ihn. Das
All war für ihn in Wunden; er fühlte tiefen, unnennbaren Schmerz
davon. Jetzt ein anderes Sein: göttliche, zuckende Lippen bückten
sich über ihm nieder und sogen sich an seine Lippen; er ging auf sein
einsames Zimmer. Er war allein, allein! Da rauschte die Quelle, Ströme brachen aus seinen Augen, er krümmte sich in sich, es zuckten
seine Glieder, es war ihm, als müsse er sich auflösen, er konnte kein
Ende finden der Wollust. Endlich dämmerte es in ihm: er empfand ein
leises tiefes Mitleid mit sich selbst, er weinte über sich; sein Haupt
sank auf die Brust, er schlief ein. Der Vollmond stand am Himmel;
die Locken fielen ihm über die Schläfe und das Gesicht, die Tränen
hingen ihm an den Wimpern und trockneten auf den Wangen – so lag
er nun da allein, und alles war ruhig und still und kalt, und der Mond
schien die ganze Nacht und stand über den Bergen.
    Am folgenden Morgen kam er herunter, er erzählte Oberlin ganz
ruhig, wie ihm die Nacht seine Mutter erschienen sei: sie sei in einem
weißen Kleid aus der dunkeln Kirchhofmauer hervorgetreten und habe eine weiße und eine rote Rose an der Brust stecken gehabt; sie sei
dann in eine Ecke gesunken, und die Rosen seien langsam über sie
gewachsen, sie sei gewiss tot; er sei ganz ruhig darüber. Oberlin versetzte ihm nun, wie er bei dem Tod seines Vaters allein auf dem Felde
gewesen sei und er dann eine Stimme gehört habe, sodass er wusste,
dass sein Vater tot sei; und wie er heimgekommen, sei es so gewesen.
Das führte sie weiter: Oberlin sprach noch von den Leuten im Gebirge, von Mädchen, die das Wasser und Metall unter der Erde fühlten,
von Männern, die auf manchen Berghöhen angefasst würden und mit
einem Geiste rängen; er sagte ihm auch, wie er einmal im Gebirg
durch das Schauen in ein leeres tiefes Bergwasser in eine Art von

164

Somnambulismus versetzt worden sei. Lenz sagte, dass der Geist des Wassers über ihn gekommen sei, dass er dann etwas von seinem eigentümlichen Sein empfunden hätte. Er fuhr weiter fort: Die einfachste, reinste Natur hinge am nächsten mit der elementarischen zusammen; je feiner der Mensch geistig fühlt und lebt, umso abgestumpfter würde dieser elementarische Sinn; er halte ihn nicht für einen hohen Zustand, er sei nicht selbständig genug, aber er meine, es müsse ein unendliches Wonnegefühl sein, so von dem eigentümlichen Leben jeder Form berührt zu werden, für Gesteine, Metalle, Wasser und Pflanzen eine Seele zu haben, so traumartig jedes Wesen in der Natur in sich aufzunehmen, wie die Blumen mit dem Zu- und Abnehmen des Mondes die Luft.

Er sprach sich selbst weiter aus: wie in allem eine unaussprechliche Harmonie, ein Ton, eine Seligkeit sei, die in den höhern Formen mit mehr Organen aus sich herausgriffe, tönte, auffasste und dafür aber auch um so tiefer affiziert würde; wie in den niedrigen Formen alles zurückgedrängter, beschränkter, dafür aber auch die Ruhe in sich größer sei. Er verfolgte das noch weiter. Oberlin brach es ab, es führte ihn zu weit von seiner einfachen Art ab. Ein anderes Mal zeigte ihm Oberlin Farbentäfelchen, er setzte ihm auseinander, in welcher Beziehung jede Farbe mit dem Menschen stände; er brachte zwölf Apostel heraus, deren jeder durch eine Farbe repräsentiert würde. Lenz fasste das auf, er spann die Sache weiter, kam in ängstliche Träume und fing an, wie Stilling, die Apokalypse zu lesen, und las viel in der Bibel.

Um diese Zeit kam Kaufmann mit seiner Braut ins Steintal. Lenzen war anfangs das Zusammentreffen unangenehm; er hatte sich so ein Plätzchen zurechtgemacht, das bisschen Ruhe war ihm so kostbar – und jetzt kam ihm jemand entgegen, der ihn an so vieles erinnerte, mit dem er sprechen, reden musste, der seine Verhältnisse kannte. Oberlin wusste von allem nichts; er hatte ihn aufgenommen, gepflegt, er sah es als eine Schickung Gottes, der den Unglücklichen ihm zugesandt hätte, er liebte ihn herzlich. Auch war es allen notwendig, dass er da war; er gehörte zu ihnen, als wäre er schon längst da, und niemand frug, woher er gekommen und wohin er gehen werde.

Über Tisch war Lenz wieder in guter Stimmung: man sprach von Literatur, er war auf seinem Gebiete. Die idealistische Periode fing damals an; Kaufmann war ein Anhänger davon, Lenz widersprach heftig. Er sagte: Die Dichter, von denen man sage, sie geben die Wirklichkeit, hätten auch keine Ahnung davon; doch seien sie immer noch erträglicher als die, welche die Wirklichkeit verklären wollten. Er sagte: Der liebe Gott hat die Welt wohl gemacht, wie sie sein soll, und wir können wohl nicht was Besseres klecksen; unser einziges Bestreben soll sein, ihm ein wenig nachzuschaffen. Ich verlange in allem – Leben, Möglichkeit des Daseins, und dann ist's gut; wir haben dann nicht zu fragen, ob es schön, ob es hässlich ist. Das Gefühl, dass, was geschaffen sei, Leben habe, stehe über diesen beiden und sei das einzige Kriterium in Kunstsachen. Übrigens begegne es uns nur selten: in Shakespeare finden wir es, und in den Volksliedern tönt es einem ganz, in Goethe manchmal entgegen; alles übrige kann man ins Feuer werfen. Die Leute können auch keinen Hundsstall zeichnen. Da wollte man idealistische Gestalten, aber alles, was ich davon gesehen, sind Holzpuppen. Dieser Idealismus ist die schmählichste Verachtung der menschlichen Natur. Man versuche es einmal und senke sich in das Leben des Geringsten und gebe es wieder in den Zuckungen, den Andeutungen, dem ganzen feinen, kaum bemerkten Mienenspiel; er hätte dergleichen versucht im ›Hofmeister‹ und den ›Soldaten‹. Es sind die prosaischsten Menschen unter der Sonne; aber die Gefühlsader ist in fast allen Menschen gleich, nur ist die Hülle mehr oder weniger dicht, durch die sie brechen muss. Man muss nur Aug und Ohren dafür haben. Wie ich gestern neben dem Tal hinaufging, sah ich auf einem Steine zwei Mädchen sitzen: die eine band ihr Haar auf, die andre half ihr; und das goldne Haar hing herab, und ein ernstes bleiches Gesicht, und doch so jung, und die schwarze Tracht, und die andre so sorgsam bemüht. Die schönsten, innigsten Bilder der altdeutschen Schule geben kaum eine Ahnung davon. Man möchte manchmal ein Medusenhaupt sein, um so eine Gruppe in Stein verwandeln zu können, und den Leuten zurufen. Sie standen auf, die schöne Gruppe war zerstört; aber wie sie so hinabstiegen, zwischen den Felsen, war es wieder ein anderes Bild.

Die schönsten Bilder, die die schwellendsten Töne gruppieren, lösen sich auf. Nur eins bleibt: eine unendliche Schönheit, die aus einer Form in die andre tritt, ewig aufgeblättert, verändert. Man kann sie aber freilich nicht immer festhalten und in Museen stellen und auf Noten ziehen, und dann alt und jung herbeirufen und die Buben und Alten darüber radotieren und sich entzücken lassen. Man muss die Menschheit lieben, um in das eigentümliche Wesen jedes einzudringen; es darf einem keiner zu gering, keiner zu hässlich sein, erst dann kann man sie verstehen; das unbedeutendste Gesicht macht einen tiefern Eindruck als die bloße Empfindung des Schönen, und man kann die Gestalten aus sich heraustreten lassen, ohne etwas vom Äußern hinein zu kopieren, wo einem kein Leben, keine Muskeln, kein Puls entgegenschwillt und pocht.

Kaufmann warf ihm vor, dass er in der Wirklichkeit doch keine Typen für einen Apoll von Belvedere oder eine Raffaelische Madonna finden würde. Was liegt daran, versetzte er; ich muss gestehen, ich fühle mich dabei sehr tot. Wenn ich in mir arbeite, kann ich auch wohl was dabei fühlen, aber ich tue das Beste daran. Der Dichter und Bildende ist mir der liebste, der mir die Natur am wirklichsten gibt, so dass ich über seinem Gebild fühle; alles übrige stört mich. Die holländischen Maler sind mir lieber als die italienischen, sie sind auch die einzigen fasslichen. Ich kenne nur zwei Bilder, und zwar von Niederländern, die mir einen Eindruck gemacht hätten wie das Neue Testament: das eine ist, ich weiß nicht von wem, Christus und die Jünger von Emmaus. Wenn man so liest, wie die Jünger hinausgingen, es liegt gleich die ganze Natur in den paar Worten. Es ist ein trüber, dämmernder Abend, ein einförmiger roter Streifen am Horizont, halbfinster auf der Straße; da kommt ein Unbekannter zu ihnen, sie sprechen, er bricht das Brot; da erkennen sie ihn, in einfach-menschlicher Art, und die göttlich- leidenden Züge reden ihnen deutlich, und sie erschrecken, denn es ist finster geworden, und es tritt sie etwas Unbegreifliches an; aber es ist kein gespenstisches Grauen, es ist, wie wenn einem ein geliebter Toter in der Dämmerung in der alten Art entgegenträte: so ist das Bild mit dem einförmigen, bräunlichen Ton darüber, dem trüben stillen Abend. Dann ein anderes: Eine Frau sitzt in ihrer Kammer, das Gebetbuch in der Hand. Es ist sonntäglich aufgeputzt, der Sand gestreut, so heimlich rein und warm. Die Frau hat nicht zur Kirche gekonnt, und sie verrichtet die Andacht zu Haus; das Fenster ist offen, sie sitzt danach hingewandt, und es ist, als schwebten zu dem Fenster über die weite ebne Landschaft die Glockentöne von dem Dorfe herein und verhallet der Sang der nahen Gemeinde aus der Kirche her, und die Frau liest den Text nach.

In der Art sprach er weiter; man horchte auf, es traf vieles. Er war rot geworden über dem Reden, und bald lächelnd, bald ernst schüttelte er die blonden Locken. Er hatte sich ganz vergessen.

Nach dem Essen nahm ihn Kaufmann beiseite. Er hatte Briefe von Lenzens Vater erhalten, sein Sohn sollte zurück, ihn unterstützen. Kaufmann sagte ihm, wie er sein Leben hier verschleudre, unnütz verliere, er solle sich ein Ziel stecken, und dergleichen mehr. Lenz fuhr ihn an: »Hier weg, weg? nach Haus? Toll werden dort? Du weißt, ich kann es nirgends aushalten als da herum, in der Gegend. Wenn ich nicht manchmal auf einen Berg könnte und die Gegend sehen könnte, und dann wieder herunter ins Haus, durch den Garten gehen und zum Fenster hineinsehn – ich würde toll! toll! Lasst mich doch in Ruhe! Nur ein bisschen Ruhe jetzt, wo es mir ein wenig wohl wird! Weg, weg? Ich verstehe das nicht, mit den zwei Worten ist die Welt verhunzt. Jeder hat was nötig; wenn er ruhen kann, was könnt er mehr haben! Immer steigen, ringen und so in Ewigkeit alles, was der Augenblick gibt, wegwerfen und immer darben, um einmal zu genießen! Dürsten, während einem helle Quellen über den Weg springen! Es ist mir jetzt erträglich, und da will ich bleiben. Warum? warum? Eben weil es mir wohl ist. Was will mein Vater? Kann er mehr geben? Unmöglich! Lasst mich in Ruhe!« – Er wurde heftig; Kaufmann ging, Lenz war verstimmt.

Am folgenden Tag wollte Kaufmann weg. Er beredete Oberlin, mit ihm in die Schweiz zu gehen. Der Wunsch, Lavater, den er längst durch Briefe kannte, auch persönlich kennenzulernen, bestimmte ihn. Er sagte es zu. Man musste einen Tag länger wegen der Zurüstungen warten. Lenz fiel das aufs Herz. Er hatte, um seine unendliche Qual loszuwerden, sich ängstlich an alles geklammert; er fühlte in einzelnen Augenblicken tief, wie er sich alles nur zurechtmache; er ging mit sich um wie mit einem kranken Kinde. Manche Gedanken, mächtige Gefühle wurde er nur mit der größten Angst los; da trieb es ihn wieder mit unendlicher Gewalt darauf, er zitterte, das Haar sträubte sich ihm fast, bis er es in der ungeheuersten Anspannung erschöpfte. Er rettete sich in eine Gestalt, die ihm immer vor Augen schwebte, und in Oberlin; seine Worte, sein Gesicht taten ihm unendlich wohl. So sah er mit Angst seiner Abreise entgegen.

Es war Lenzen unheimlich, jetzt allein im Hause zu bleiben. Das Wetter war milde geworden: er beschloss, Oberlin zu begleiten, ins Gebirg. Auf der andern Seite, wo die Täler sich in die Ebne ausliefen, trennten sie sich. Er ging allein zurück. Er durchstrich das Gebirg in verschiedenen Richtungen. Breite Flächen zogen sich in die Täler herab, wenig Wald, nichts als gewaltige Linien und weiter hinaus die weite, rauchende Ebne; in der Luft ein gewaltiges Wehen, nirgends eine Spur von Menschen, als hie und da eine verlassene Hütte, wo die Hirten den Sommer zubrachten, an die Abhänge gelehnt. Er wurde still, vielleicht fast träumend: es verschmolz ihm alles in eine Linie, wie eine steigende und sinkende Welle, zwischen Himmel und Erde; es war ihm, als läge er an einem unendlichen Meer, das leise auf und ab wogte. Manchmal saß er; dann ging er wieder, aber langsam träumend. Er suchte keinen Weg.

Es war finstrer Abend, als er an eine bewohnte Hütte kam, im Abhang nach dem Steintal. Die Türe war verschlossen; er ging ans Fenster, durch das ein Lichtschimmer fiel. Eine Lampe erhellte fast nur einen Punkt: ihr Licht fiel auf das bleiche Gesicht eines Mädchens, das mit halb geöffneten Augen, leise die Lippen bewegend, dahinter ruhte. Weiter weg im Dunkel saß ein altes Weib, das mit schnarrender Stimme aus einem Gesangbuch sang. Nach langem Klopfen öffnete sie; sie war halb taub. Sie trug Lenz einiges Essen auf und wies ihm eine Schlafstelle an, wobei sie beständig ihr Lied fortsang. Das Mädchen hatte sich nicht gerührt. Einige Zeit darauf kam ein Mann herein; er war lang und hager, Spuren von grauen Haaren, mit unruhigem, verwirrtem Gesicht. Er trat zum Mädchen, sie zuckte auf und wurde unruhig. Er nahm ein getrocknetes Kraut von der Wand und legte ihr die Blätter auf die Hand, so dass sie ruhiger wurde und verständliche Worte in langsam ziehenden, durchschneidenden Tönen summte. Er erzählte, wie er eine Stimme im Gebirge gehört und dann über den Tälern ein Wetterleuchten gesehen habe; auch habe es ihn angefasst, und er habe damit gerungen wie Jakob. Er warf sich nieder und betete leise mit Inbrunst, während die Kranke in einem langsam ziehenden, leise verhallenden Ton sang. Dann begab er sich zur Ruhe.

Lenz schlummerte träumend ein, und dann hörte er im Schlaf, wie die Uhr pickte. Durch das leise Singen des Mädchens und die Stimme der Alten zugleich tönte das Sausen des Windes, bald näher, bald ferner, und der bald helle, bald verhüllte Mond warf sein wechselndes Licht traumartig in die Stube. Einmal wurden die Töne lauter, das Mädchen redete deutlich und bestimmt: sie sagte, wie auf der Klippe gegenüber eine Kirche stehe. Lenz sah auf, und sie saß mit weitgeöffneten Augen aufrecht hinter dem Tisch, und der Mond warf sein stilles Licht auf ihre Züge, von denen ein unheimlicher Glanz zu strahlen schien; zugleich schnarrte die Alte, und über diesem Wechseln und Sinken des Lichts, den Tönen und Stimmen schlief endlich Lenz tief ein.

Er erwachte früh. In der dämmernden Stube schlief alles, auch das Mädchen war ruhig geworden. Sie lag zurückgelehnt, die Hände gefaltet unter der linken Wange; das Geisterhafte aus ihren Zügen war verschwunden, sie hatte jetzt einen Ausdruck unbeschreiblichen Leidens. Er trat ans Fenster und öffnete es, die kalte Morgenluft schlug ihm entgegen. Das Haus lag am Ende eines schmalen, tiefen Tals, das sich nach Osten öffnete; rote Strahlen schossen durch den grauen Morgenhimmel in das dämmernde Tal, das im weißen Rauch lag, und funkelten am grauen Gestein und trafen in die Fenster der Hütten. Der Mann erwachte. Seine Augen fassten ein erleuchtet Bild an der Wand, sie richteten sich fest und starr darauf; nun fing er an, die Lippen zu bewegen, und betete leise, dann laut und immer lauter. Währenddessen kamen Leute zur Hütte herein, sie warfen sich schweigend nieder. Das Mädchen lag in Zuckungen, die Alte schnarrte ihr Lied und plauderte mit den Nachbarn.

Die Leute erzählten Lenzen, der Mann sei vor langer Zeit in die Gegend gekommen, man wisse nicht woher; er stehe im Ruf eines Heiligen, er sehe das Wasser unter der Erde und könne Geister beschwören, und man wallfahre zu ihm. Lenz erfuhr zugleich, dass er weiter vom Steintal abgekommen. Er ging weg mit einigen Holzhauern, die sich auskannten. Es tat ihm wohl, Gesellschaft zu finden; es war ihm jetzt unheimlich mit dem gewaltigen Menschen, von dem es ihm manchmal war, als rede er in entsetzlichen Tönen. Auch fürchtete er sich vor sich selbst in der Einsamkeit.

Er kam heim. Doch hatte die verflossene Nacht einen massiven Eindruck auf ihn gemacht. Die Welt war ihm helle gewesen, und er spürte an sich ein Regen und Wimmeln nach einem Abgrund, zu dem ihn eine unerbittliche Gewalt hinriss. Er wühlte jetzt in sich. Er aß wenig; halbe Nächte im Gebet und fieberhaften Träumen. Ein gewaltsames Drängen, und dann erschöpft zurückgeschlagen; er lag in den heißesten Tränen. Und dann bekam er plötzlich eine Stärke und erhob sich kalt und gleichgültig; seine Tränen waren ihm dann wie Eis, er musste lachen. Je höher er sich aufriss, desto tiefer stürzte er hinunter. Alles strömte wieder zusammen. Ahnungen von seinem alten Zustand durchzuckten ihn und warfen Streiflichter in das wüste Chaos seines Geistes.

Des Tags saß er gewöhnlich unten im Zimmer. Madame Oberlin ging ab und zu; er zeichnete, malte, las, griff nach jeder Zerstreuung, alles hastig von einem zum andern. Doch schloss er sich jetzt besonders an Madame Oberlin an, wenn sie so dasaß, das schwarze Gesangbuch vor sich, neben eine Pflanze, im Zimmer gezogen, das jüngste Kind zwischen den Knien; auch machte er sich viel mit dem Kinde zu schaffen. So saß er einmal, da wurde ihm ängstlich, er sprang auf, ging auf und ab. Die Tür halb offen – da hörte er die Magd singen, erst unverständlich, dann kamen die Worte:

Auf dieser Welt hab ich kein Freud,
Ich hab mein Schatz, und der ist weit.

Das fiel auf ihn, er verging fast unter den Tönen. Madame Oberlin sah ihn an. Er fasste sich ein Herz, er konnte nicht mehr schweigen, er musste davon sprechen. »Beste Madame Oberlin, können Sie mir nicht sagen, was das Frauenzimmer macht, dessen Schicksal mir so zentnerschwer auf dem Herzen liegt?« – »Aber Herr Lenz, ich weiß von nichts.«

Er schwieg dann wieder und ging hastig im Zimmer auf und ab; dann fing er wieder an: »Sehn Sie, ich will gehen; Gott, Sie sind noch die einzigen Menschen, wo ich's aushalten könnte, und doch – doch, ich muss weg, zu ihr – aber ich kann nicht, ich darf nicht.« – Er war heftig bewegt und ging hinaus. – Gegen Abend kam Lenz wieder, es dämmerte in der Stube; er setzte sich neben Madame Oberlin. »Sehn Sie,« fing er wieder an, »wenn sie so durchs Zimmer ging und so halb für sich allein sang, und jeder Tritt war eine Musik, es war so eine Glückseligkeit in ihr, und das strömte in mich über; ich war immer ruhig, wenn ich sie ansah oder sie so den Kopf an mich lehnte – Ganz Kind; es war, als wär ihr die Welt zu weit: sie zog sich so in sich zurück, sie suchte das engste Plätzchen im ganzen Haus, und da saß sie, als wäre ihre ganze Seligkeit nur in einem kleinen Punkt, und dann war mir's auch so; wie ein Kind hätte ich dann spielen können. Jetzt ist es mir so eng, so eng! Sehn Sie, es ist mir manchmal, als stieß ich mit den Händen an den Himmel; o, ich ersticke! Es ist mir dabei oft, als fühlt ich physischen Schmerz, da in der linken Seite, im Arm, womit ich sie sonst fasste. Doch kann ich sie mir nicht mehr vorstellen, das Bild läuft mir fort, und dies martert mich; nur wenn es mir manchmal ganz hell wird, so ist mir wieder recht wohl.« – Er sprach später noch oft mit Madame Oberlin davon, aber meist in abgebrochenen Sätzen; sie wusste wenig zu antworten, doch tat es ihm wohl.

Unterdessen ging es fort mit seinen religiösen Quälereien. Je leerer, je kälter, je sterbender er sich innerlich fühlte, desto mehr drängte es ihn, eine Glut in sich zu wecken; es kamen ihm Erinnerungen an die Zeiten, wo alles in ihm sich drängte, wo er unter all seinen Empfindungen keuchte. Und jetzt so tot. Er verzweifelte an sich selbst; dann warf er sich nieder, er rang die Hände, er rührte alles in sich auf – – – aber tot! tot! Dann flehte er, Gott möge ein Zeichen an ihm tun; dann wühlte er in sich, fastete, lag träumend am Boden.

Am 3. Hornung hörte er, ein Kind in Fouday sei gestorben, das Friederike hieß; er fasste es auf wie eine fixe Idee. Er zog sich in sein Zimmer zurück und fastete einen Tag. Am 4. trat er plötzlich ins Zimmer zu Madame Oberlin; er hatte sich das Gesicht mit Asche beschmiert und forderte einen alten Sack. Sie erschrak; man gab ihm, was er verlangte. Er wickelte den Sack um sich, wie ein Büßender, und schlug den Weg nach Fouday ein. Die Leute im Tal waren ihn schon gewohnt; man erzählte sich allerlei Seltsames von ihm. Er kam ins Haus, wo das Kind lag. Die Leute gingen gleichgültig ihrem Geschäfte nach; man wies ihm eine Kammer: das Kind lag im Hemde auf Stroh, auf einem Holztisch.

Lenz schauderte, wie er die kalten Glieder berührte und die halbgeöffneten gläsernen Augen sah. Das Kind kam ihm so verlassen vor, und er sich so allein und einsam. Er stürzte sich über die Leiche. Der Tod erschreckte ihn, ein heftiger Schmerz fasste ihn an: diese Züge, dieses stille Gesicht sollte verwesen – er warf sich nieder; er betete mit allem Jammer der Verzweiflung, dass Gott ein Zeichen an ihm tue und das Kind beleben möge ...; dann versank er ganz in sich und wühlte all seinen Willen auf einen Punkt. So saß er lange starr. Dann erhob er sich und fasste die Hände des Kindes und sprach laut und fest: »Steh' auf und wandle!« Aber die Wände hallten ihm nüchtern den Ton nach, dass es zu spotten schien, und die Leiche blieb kalt. Da fiel er halb wahnsinnig zu Boden; dann jagte es ihn hoch, hinaus ins Gebirg.

Wolken zogen rasch über den Mond; bald alles im Finstern, bald zeigten sie die nebelhaft verschwindende Landschaft im Mondschein. Er rannte auf und ab. In seiner Brust war ein Triumphgesang der Hölle. Der Wind klang wie ein Titanenlied. Es war ihm, als könnte er eine ungeheure Faust hinauf in den Himmel ballen und Gott herbeireißen und zwischen seinen Wolken schleifen; als könnte er die Welt mit den Zähnen zermalmen und sie dem Schöpfer ins Gesicht speien; er schwur, er lästerte. So kam er auf die Höhe des Gebirges, und das ungewisse Licht dehnte sich hinunter, wo die weißen Steinmassen lagen, und der Himmel war ein dummes blaues Aug, und der Mond stand ganz lächerlich drin, einfältig. Lenz musste laut lachen, und mit dem Lachen griff der Atheismus in ihn und fasste ihn ganz sicher und ruhig und fest. Er wusste nicht mehr, was ihn vorhin so bewegt hatte, es fror ihn; er dachte, er wolle jetzt zu Bette gehn, und er ging kalt und unerschütterlich durch das unheimliche Dunkel – es war ihm alles leer und hohl, er musste laufen und ging zu Bette.

Am folgenden Tag befiel ihn ein großes Grauen vor seinem gestrigen Zustand. Er stand nun am Abgrund, wo eine wahnsinnige Lust ihn trieb, immer wieder hineinzuschauen und sich diese Qual zu wiederholen. Dann steigerte sich seine Angst, die Sünde wider den Heiligen Geist stand vor ihm.

Einige Tage darauf kam Oberlin aus der Schweiz zurück, viel früher, als man es erwartet hatte. Lenz war darüber betroffen. Doch wurde er heiter, als Oberlin ihm von seinen Freunden im Elsass erzählte. Oberlin ging dabei im Zimmer hin und her und packte aus, legte hin. Dabei erzählte er von Pfeffel, das Leben eines Landgeistlichen glücklich preisend. Dabei ermahnte er ihn, sich dem Wunsch seines Vaters zu fügen, seinem Berufe gemäß zu leben, heimzukehren. Er sagte ihm: »Ehre Vater und Mutter!« und dergleichen mehr. Über dem Gespräch geriet Lenz in heftige Unruhe; er stieß tiefe Seufzer aus, Tränen drangen ihm aus den Augen, er sprach abgebrochen. »Ja, ich halt es aber nicht aus; wollen Sie mich verstoßen? Nur in Ihnen ist der Weg zu Gott. Doch mit mir ist's aus! Ich bin abgefallen, verdammt in Ewigkeit, ich bin der Ewige Jude.« Oberlin sagte ihm, dafür sei Jesus gestorben; er möge sich brünstig an ihn wenden, und er würde teilhaben an seiner Gnade.

Lenz erhob das Haupt, rang die Hände und sagte: »Ach! ach! Göttlicher Trost –.« Dann frug er plötzlich freundlich, was das Frauenzimmer mache. Oberlin sagte, er wisse von nichts, er wolle ihm aber in allem helfen und raten; er müsse ihm aber Ort, Umstände und Person angeben. Er antwortete nichts als gebrochne Worte: »Ach, ist sie tot? Lebt sie noch? Der Engel! Sie liebte mich – ich liebte sie, sie war's würdig – o der Engel! Verfluchte Eifersucht, ich habe sie aufgeopfert – sie liebte noch einen andern – ich liebte sie, sie war's würdig – o gute Mutter, auch die liebte mich – ich bin euer Mörder!« Oberlin versetzte: vielleicht lebten alle diese Personen noch, vielleicht vergnügt; es möge sein, wie es wolle, so könne und werde Gott, wenn er sich zu ihm bekehrt haben würde, diesen Personen auf sein Gebet und Tränen so viel Gutes erweisen, dass der Nutzen, den sie alsdann von ihm hätten, den Schaden, den er ihnen zugefügt, vielleicht überwiegen würde. Er wurde darauf nach und nach ruhiger und ging wieder an sein Malen.

Am Nachmittag kam er wieder. Auf der linken Schulter hatte er ein Stück Pelz und in der Hand ein Bündel Gerten, die man Oberlin nebst einem Brief für Lenz mitgegeben hatte. Er reichte Oberlin die Gerten mit dem Begehren, er sollte ihn damit schlagen. Oberlin nahm die Gerten aus seiner Hand, drückte ihm einige Küsse auf den Mund und sagte: dies wären die Streiche, die er ihm zu geben hätte; er möchte ruhig sein, seine Sache mit Gott allein ausmachen, alle möglichen Schläge würden keine einzige seiner Sünden tilgen; dafür hätte Jesus gesorgt, zu dem möchte er sich wenden. Er ging.

Beim Nachtessen war er wie gewöhnlich etwas tiefsinnig. Doch sprach er von allerlei, aber mit ängstlicher Hast. Um Mitternacht wurde Oberlin durch ein Geräusch geweckt. Lenz rannte durch den Hof, rief mit hohler, harter Stimme den Namen Friederike, mit äußerster Schnelle, Verwirrung und Verzweiflung ausgesprochen; er stürzte sich dann in den Brunnentrog, patschte darin, wieder heraus und herauf in sein Zimmer, wieder herunter in den Trog, und so einige Mal – endlich wurde er still. Die Mägde, die in der Kinderstube unter ihm schliefen, sagten, sie hätten oft, insonderheit aber in selbiger Nacht, ein Brummen gehört, das sie mit nichts als mit dem Ton einer Haberpfeife zu vergleichen wüssten. Vielleicht war es sein Winseln, mit hohler, fürchterlicher, verzweifelnder Stimme.

Am folgenden Morgen kam Lenz lange nicht. Endlich ging Oberlin hinauf in sein Zimmer: er lag im Bett, ruhig und unbeweglich. Oberlin musste lange fragen, ehe er Antwort bekam; endlich sagte er »Ja, Herr Pfarrer, sehen Sie, die Langeweile! die Langeweile! o, so langweilig! Ich weiß gar nicht mehr, was ich sagen soll; ich habe schon allerlei Figuren an die Wand gezeichnet.« Oberlin sagte ihm, er möge sich zu Gott wenden; da lachte er und sagte: »Ja, wenn ich so glücklich wäre wie Sie, einen so behaglichen Zeitvertreib aufzufinden, ja, man könnte sich die Zeit schon so ausfüllen. Alles aus Müßiggang. Denn die meisten beten aus Langeweile, die andern verlieben sich aus Langeweile, die dritten sind tugendhaft, die vierten lasterhaft, und ich gar nichts, gar nichts, ich mag mich nicht einmal umbringen: es ist zu langweilig!

> O Gott! in deines Lichtes Welle,
> In deines glühnden Mittags Helle,
> Sind meine Augen wund gewacht.
> Wird es denn niemals wieder Nacht?«

Oberlin blickte ihn unwillig an und wollte gehen. Lenz huschte ihm nach, und indem er ihn mit unheimlichen Augen ansah: »Sehn Sie, jetzt kommt mir doch was ein, wenn ich nur unterscheiden könnte, ob ich träume oder wache; sehn Sie, das ist sehr wichtig, wir wollen es untersuchen« – er huschte dann wieder ins Bett.

Am Nachmittag wollte Oberlin in der Nähe einen Besuch machen; seine Frau war schon fort. Er war im Begriff wegzugehen, als es an seine Türe klopfte und Lenz hereintrat mit vorwärts gebogenem Leib, niederwärts hängendem Haupt, das Gesicht über und über und das Kleid hie und da mit Asche bestreut, mit der rechten Hand den linken Arm haltend. Er bat Oberlin, ihm den Arm zu ziehen: er hätte ihn verrenkt, er hätte sich zum Fenster heruntergestürzt; weil es aber niemand gesehen, wolle er es auch niemand sagen. Oberlin erschrak heftig, doch sagte er nichts; er tat, was Lenz begehrte. Zugleich schrieb er an den Schulmeister Sebastian Scheidecker von Bellefosse, er möge herunterkommen, und gab ihm Instruktionen. Dann ritt er weg.

Der Mann kam. Lenz hatte ihn schon oft gesehen und hatte sich an ihn attachiert. Er tat, als hätte er mit Oberlin etwas reden wollen, wollte dann wieder weg. Lenz bat ihn zu bleiben, und so blieben sie beisammen. Lenz schlug noch einen Spaziergang nach Fouday vor. Er besuchte das Grab des Kindes, das er hatte erwecken wollen, kniete zu verschiedenen Malen nieder, küsste die Erde des Grabes, schien betend, doch mit großer Verwirrung, riss etwas von der auf dem Grab stehenden Krone ab, als ein Andenken, ging wieder zurück nach Waldbach, kehrte wieder um, und Sebastian mit. Bald ging er langsam und klagte über große Schwäche in den Gliedern, dann ging er mit verzweifelnder Schnelligkeit; die Landschaft ängstigte ihn, sie war so eng, dass er an alles zu stoßen fürchtete. Ein unbeschreibliches Gefühl des Missbehagens befiel ihn; sein Begleiter ward ihm endlich lästig, auch mochte er seine Absicht erraten und suchte Mittel, ihn zu entfernen. Sebastian schien ihm nachzugeben, fand aber heimlich Mittel, seinen Bruder von der Gefahr zu benachrichtigen, und nun hatte Lenz zwei Aufseher, statt einen. Er zog sie wacker herum; endlich ging er nach Waldbach zurück, und da sie nahe am Dorfe waren, kehrte er wie ein Blitz wieder um und sprang wie ein Hirsch gen Fouday zurück. Die Männer setzten ihm nach. Während sie ihn in Fouday suchten, kamen zwei Krämer und erzählten ihnen, man hätte in einem Hause einen Fremden gebunden, der sich für einen Mörder ausgäbe, der aber gewiss kein Mörder sein könne. Sie liefen in dies Haus und fanden es so. Ein junger Mensch hatte ihn, auf sein ungestümes Dringen, in der Angst gebunden. Sie banden ihn los und brachten ihn glücklich nach Waldbach, wohin Oberlin indessen mit seiner Frau zurückgekommen war. Er sah verwirrt aus. Da er aber merkte, dass er liebreich und freundlich empfangen wurde, bekam er wieder Mut; sein Gesicht veränderte sich vorteilhaft, er dankte seinen beiden Begleitern freundlich und zärtlich, und der Abend ging ruhig herum. Oberlin bat ihn inständig, nicht mehr zu baden, die Nacht ruhig im Bett zu bleiben, und wenn er nicht schlafen könne, sich mit Gott zu unterhalten. Er versprach's und tat es so die folgende Nacht; die Mägde hörten ihn fast die ganze Nacht hindurch beten.

Den folgenden Morgen kam er mit vergnügter Miene auf Oberlins Zimmer. Nachdem sie verschiedenes gesprochen hatten, sagte er mit ausnehmender Freundlichkeit: »Liebster Herr Pfarrer, das Frauenzimmer, wovon ich Ihnen sagte, ist gestorben, ja, gestorben – der Engel!« – »Woher wissen Sie das?« – »Hieroglyphen, Hieroglyphen!« und dann zum Himmel geschaut und wieder: »Ja, gestorben – Hieroglyphen!« Es war dann nichts weiter aus ihm herauszubringen. Er setzte sich und schrieb einige Briefe, gab sie sodann Oberlin mit der Bitte, einige Zeilen dazuzusetzen.

Sein Zustand war indessen immer trostloser geworden. Alles, was er an Ruhe aus der Nähe Oberlins und aus der Stille des Tals geschöpft hatte, war weg; die Welt, die er hatte nutzen wollen, hatte einen ungeheuern Riss; er hatte keinen Hass, keine Liebe, keine Hoffnung – eine schreckliche Leere, und doch eine folternde Unruhe, sie auszufüllen. Er hatte nichts. Was er tat, tat er nicht mit Bewusstsein, und doch zwang ihn ein innerlicher Instinkt. Wenn er allein war, war es ihm so entsetzlich einsam, dass er beständig laut mit sich redete, rief, und dann erschrak er wieder, und es war ihm, als hätte eine fremde Stimme mit ihm gesprochen. Im Gespräch stockte er oft, eine unbeschreibliche Angst befiel ihn, er hatte das Ende seines Satzes verloren; dann meinte er, er müsse das zuletzt gesprochene Wort behalten und immer sprechen, nur mit großer Anstrengung unterdrückte er diese Gelüste. Es bekümmerte die guten Leute tief, wenn er manchmal in ruhigen Augenblicken bei ihnen saß und unbefangen sprach, und er dann stockte und eine unaussprechliche Angst sich in seinen Zügen malte, er die Personen, die ihm zunächst saßen, krampfhaft am Arm fasste und erst nach und nach wieder zu sich kam. War er allein oder las er, war's noch ärger; all seine geistige Tätigkeit blieb manchmal in einem Gedanken hängen. Dachte er an eine fremde Person, oder stellte er sie sich lebhaft vor, so war es ihm, als würde er sie selbst; er verwirrte sich ganz, und dabei hatte er einen unendlichen Trieb, mit allem um ihn im Geiste willkürlich umzugehen – die Natur, Menschen, nur Oberlin ausgenommen, alles traumartig, kalt. Er amüsierte sich, die Häuser auf die Dächer zu stellen, die Menschen an- und auszukleiden, die wahnwitzigsten Possen auszusinnen. Manchmal fühlte er einen unwiderstehlichen Drang, das Ding, das er gerade im Sinne hatte, auszuführen, und dann schnitt er entsetzliche Fratzen. Einst saß er neben Oberlin, die Katze lag gegenüber auf einem Stuhl. Plötzlich wurden seine Augen starr, er hielt sie unverrückt auf das Tier gerichtet; dann glitt er langsam den Stuhl herunter, die Katze ebenfalls: sie war wie bezaubert von seinem Blick, sie geriet in ungeheure Angst, sie sträubte sich scheu; Lenz mit den nämlichen Tönen, mit fürchterlich entstelltem Gesicht; wie in Verzweiflung stürzten beide aufeinander los – da endlich erhob sich Madame Oberlin, um sie zu trennen. Dann war er wieder tief beschämt. Die Zufälle des Nachts steigerten sich aufs schrecklichste. Nur mit der größten Mühe schlief er ein, während er zuvor noch die schreckliche Leere zu füllen versucht hatte. Dann geriet er zwischen Schlaf und Wachen in einen entsetzlichen Zustand: er stieß an etwas Grauenhaftes, Entsetzliches, der Wahnsinn packte ihn; er fuhr mit fürchterlichem Schreien, in Schweiß gebadet, auf, und erst nach und nach fand er sich wieder. Er musste dann mit den einfachsten Dingen anfangen, um wieder zu sich zu kommen. Eigentlich nicht er selbst tat es, sondern ein mächtiger Erhaltungstrieb: es war, als sei er doppelt, und der eine Teil suche den andern zu retten und riefe sich selbst zu; er erzählte, er sagte in der heftigsten Angst Gedichte her, bis er wieder zu sich kam.

Auch bei Tage bekam er diese Zufälle, sie waren dann noch schrecklicher; denn sonst hatte ihn die Helle davor bewahrt. Es war ihm dann, als existiere er allein, als bestünde die Welt nur in seiner Einbildung, als sei nichts als er; er sei das ewig Verdammte, der Satan, allein mit seinen folternden Vorstellungen. Er jagte mit rasender Schnelligkeit sein Leben durch, und dann sagte er: »Konsequent, konsequent«; wenn jemand was sprach: »Inkonsequent, inkonsequent«; – es war die Kluft unrettbaren Wahnsinns, eines Wahnsinns durch die Ewigkeit.

Der Trieb der geistigen Erhaltung jagte ihn auf: er stürzte sich in Oberlins Arme, er klammerte sich an ihn, als wolle er sich in ihn drängen; er war das einzige Wesen, das für ihn lebte und durch den ihm wieder das Leben offenbart wurde. Allmählich brachten ihn Oberlins Worte dann zu sich; er lag auf den Knien vor Oberlin, seine Hände in den Händen Oberlins, sein mit kaltem Schweiß bedecktes Gesicht auf dessen Schoß, am ganzen Leibe bebend und zitternd. Oberlin empfand unendliches Mitleid, die Familie lag auf den Knien und betete für den Unglücklichen, die Mägde flohen und hielten ihn für einen Besessenen. Und wenn er ruhiger wurde, war es wie der Jammer eines Kindes: er schluchzte, er empfand ein tiefes, tiefes Mitleid mit sich selbst; das waren auch seine seligsten Augenblicke. Oberlin sprach ihm von Gott. Lenz wand sich ruhig los und sah ihn mit einem Ausdruck unendlichen Leidens an, und sagte endlich: »Aber ich wär ich allmächtig, sehen Sie, wenn ich so wäre, ich könnte das Leiden nicht ertragen, ich würde retten, retten; ich will ja nichts als Ruhe, Ruhe, nur ein wenig Ruhe, um schlafen zu können.« Oberlin sagte, dies sei eine Profanation. Lenz schüttelte trostlos den Kopf.

Die halben Versuche zum Entleiben, die er indes fortwährend machte, waren nicht ganz ernst. Es war weniger der Wunsch des Todes – für ihn war ja keine Ruhe und Hoffnung im Tode –, es war mehr in Augenblicken der fürchterlichsten Angst oder der dumpfen, ans Nichtsein grenzenden Ruhe ein Versuch, sich zu sich selbst zu bringen durch physischen Schmerz. Augenblicke, worin sein Geist sonst auf irgendeiner wahnwitzigen Idee zu reiten schien, waren noch die glücklichsten. Es war doch ein wenig Ruhe, und sein wirrer Blick war nicht so entsetzlich als die nach Rettung dürstende Angst, die ewige Qual der Unruhe! Oft schlug er den Kopf an die Wand oder verursachte sich sonst einen heftigen physischen Schmerz.

Den 8. morgens blieb er im Bett, Oberlin ging hinauf; er lag fast nackt auf dem Bett und war heftig bewegt. Oberlin wollte ihn zudecken, er klagte aber sehr, wie schwer alles sei, so schwer! er glaube gar nicht, dass er gehen könne; jetzt endlich empfinde er die ungeheure Schwere der Luft. Oberlin sprach ihm Mut zu. Er blieb aber in seiner frühern Lage und blieb den größten Teil des Tages so, auch nahm er keine Nahrung zu sich.

Gegen Abend wurde Oberlin zu einem Kranken nach Bellefosse gerufen. Es war lindes Wetter und Mondschein. Auf dem Rückweg begegnete ihm Lenz. Er schien ganz vernünftig und sprach ruhig und freundlich mit Oberlin. Der bat ihn, nicht zu weit zu gehen; er versprach's. Im Weggehn wandte er sich plötzlich um und trat wieder ganz nahe zu Oberlin und sagte rasch: »Sehn Sie, Herr Pfarrer, wenn ich das nur nicht mehr hören müsste, mir wäre geholfen.«- »Was denn, mein Lieber?« – »Hören Sie denn nichts? hören Sie denn nicht die entsetzliche Stimme, die um den ganzen Horizont schreit und die man gewöhnlich die Stille heißt? Seit ich in dem stillen Tal bin, hör ich's immer, es lässt mich nicht schlafen; ja, Herr Pfarrer, wenn ich wieder einmal schlafen könnte!« Er ging dann kopfschüttelnd weiter.

Oberlin ging zurück nach Waldbach und wollte ihm jemand nachschicken, als er ihn die Stiege herauf in sein Zimmer gehen hörte. Einen Augenblick darauf platzte etwas im Hof mit so starkem Schall, dass es Oberlin unmöglich von dem Fall eines Menschen herkommen zu können schien. Die Kindsmagd kam todblass und ganz zitternd ...

Er saß mit kalter Resignation im Wagen, wie sie das Tal hervor nach Westen fuhren. Es war ihm einerlei, wohin man ihn führte. Mehrmals, wo der Wagen bei dem schlechten Weg in Gefahr geriet, blieb er ganz ruhig sitzen; er war vollkommen gleichgültig. In diesem Zustand legte er den Weg durchs Gebirg zurück. Gegen Abend waren sie im Rheintal. Sie entfernten sich allmählich vom Gebirg, das nun wie eine tiefblaue Kristallwelle sich in das Abendrot hob, und auf deren warmer Flut die roten Strahlen des Abends spielten; über die Ebene hin am Fuße des Gebirgs lag ein schimmerndes, bläuliches Gespinst. Es wurde finster, je mehr sie sich Straßburg näherten; hoher Vollmond, alle fernen Gegenstände dunkel, nur der Berg daneben bildete eine scharfe Linie; die Erde war wie ein goldner Pokal, über den schäumend die Goldwellen des Mondes liefen. Lenz starrte ruhig hinaus, keine Ahnung, kein Drang; nur wuchs eine dumpfe Angst in ihm, je mehr die Gegenstände sich in der Finsternis verloren. Sie mussten einkehren. Da machte er wieder mehrere Versuche, Hand an sich zu legen, war aber zu scharf bewacht.

Am folgenden Morgen, bei trübem, regnerischem Wetter, traf er in Straßburg ein. Er schien ganz vernünftig, sprach mit den Leuten. Er tat alles, wie es die andern taten; es war aber eine entsetzliche Leere in ihm, er fühlte keine Angst mehr, kein Verlangen, sein Dasein war ihm eine notwendige Last. –

So lebte er hin ...

Nachwort des Herausgebers

Joseph von Eichendorff (Daguerrotypie, 1857)

Joseph Karl Benedikt Freiherr von Eichendorff erblickt am 10. März 1788 das Licht der Welt auf Schloss Lubowitz bei Ratibor (Oberschlesien) als Sohn des preußischen Offiziers Adolf Theodor Rudolf von Eichendorff und seiner Frau Karoline, geb. Koch. 1793-1801 genießt er die aristokratisch-katholische Erziehung des geistlichen Hauslehrers Bernhard Heinke. Ende 1800 beginnt er mit Tagebuchaufzeichnungen, liest Sagen, Abenteuer- und Ritterromane. Erste eigene literarische Versuche. 1801-1804 besucht er das Breslauer katholische Gymnasium, zusammen mit seinem zwei Jahre älteren Bruder Wilhelm, wohnt im St.-Josephs-Konvikt, liest Homer, Horaz, deutsche Volksbücher und Gedichte, zeigt besonderes Interesse am Theater, spielt kleine Rollen im Schülertheater. Ab 1802 verfasst er Gedichte und Prosastücke. 1805, zusammen mit Bruder Wilhelm, Jurastudium in Halle, Literatur- und Philosophievorlesungen bei Friedrich August Wolf und Friedrich Schleiermacher. Reise durch den Harz, nach Hamburg und an die Ostsee. 1807 Fortsetzung des Studiums in Heidelberg. Die Eichendorff-Brüder interessieren sich für die Ästhetikvorlesungen von Johann Joseph von Görres. Bekanntschaft mit Johann Diederich Gries, einem Dichter und Übersetzer romanischer Klassiker, Beginn der Freundschaft mit dem romantischen Lyriker und Dramatiker Otto Heinrich Graf von Loeben. Lektüre von Arnims und Brentanos Volksliedsammlung »Des Knaben Wunderhorn«. April-Juli 1808 Reise nach Paris und Wien, im Juli nach Lubowitz, wo die Brüder bis 1810 dem Vater bei der Bewirtschaftung der Familiengüter helfen. Im Winter 1809 gemeinsame Reise der Brüder nach Berlin. Zusammentreffen mit Brentano, von Arnim, Kleist und Adam Müller. 1810 beginnt Eichendorff seinen gesellschaftskritischen Roman »Ahnung und Gegenwart«. Um ihr Studium abzuschließen, reisen die Brüder im Oktober nach Wien. 1811 Bekanntschaft mit den Schlegels, Freundschaft mit dem Sohn Dorothea Schlegels, Philipp Veit. 1812 hören sie literaturwissenschaftliche Vorlesungen von Friedrich Schlegel und Adam Müller. Die Eichendorff-Brüder machen ihr juristisches Referendarexamen. 1813 trennen sie sich, Wilhelm bleibt in Wien, wird österreichischer Beamter. Im April reist Joseph nach Breslau, um als Leutnant im Lützowschen Freikorps am Befreiungskrieg teilzunehmen. 1814 Militärdienst in Torgau; im Sommer und Herbst Urlaubsaufenthalte in Lubowitz. Im Dezember Entlassung aus der Armee, Reise nach Berlin. 1815 heiratet er Luise von Larisch, nimmt am Befreiungskrieg in Lüttich und Paris teil. »Ahnung und Gegenwart« (6 Bände) wird von Fouqué herausgegeben. 1816 Rückkehr aus Frankreich. Im Juni Umzug nach Breslau. Referendariat bei der Königlichen Regierung. Im Spätsommer 1817 Aufenthalt in Lubowitz. Er beginnt den »Taugenichts«. Am 27. April 1818 stirbt sein Vater. Die Lorelei-Novelle »Das Marmorbild«, 1817 in Breslau fertig gestellt, erscheint in Fouqués »Frauentaschenbuch für das Jahr 1819«. Oktober 1819 besteht Eichendorff in Berlin die juristische Assessorprüfung. Anstellung in Breslau als Assessor bei der Königlichen Regierung. 1821 Konsistorial- und Schulrat in Danzig; Anstellung als Regierungsrat. April 1822 Tod der Mutter. Das erste Kapitel des »Taugenichts« 1823 in den »Deutschen Blättern«. Tätigkeit am Berliner Ministerium für geistliche, Unterrichts- und Medizinalangelegenheiten. Verkehr mit Adelbert von Chamisso, Willibald Alexis und Julius Eduard Hitzig. 1824 »Krieg den Philistern. Dramatisches Märchen in fünf Abenteuern«. Oberpräsidialrat in Königsberg. »Aus dem Leben eines Taugenichts«, erscheint 1826. 1828 »Meierbeths Glück und Ende. Tragödie mit Gesang und Tanz«, »Ezzelin von Romano« (Trauerspiel). 1830 »Der letzte Held von Marienburg« (Trauerspiel). 1831 Tätigkeit in verschiedenen Berliner Ministerien, ab Herbst im Außenministerium. 1832 stirbt seine Tochter Anna Hedwig Josephine. Gedichtzyklus »Auf meines Kindes Tod«. Die satirische Erzählung mit autobiographischen Elementen »Viel Lärmen um Nichts«. 1833 das Lustspiel in Prosa und Versen »Die Freier«. Gedichte im von Chamisso und Schwab herausgegebenen »Deutschen Musenalmanach«. 1834 »Dichter und ihre Gesellen«. »Das Schloss Dürande« 1836 in »Urania. Taschenbuch auf das Jahr 1837«. Die erste Sammlung von Eichendorffs »Gedichten« wird 1837 veröffentlicht. 1840 erscheint Eichendorffs Übersetzung der im 14. Jahrhundert entstandenen Erzählung »Der Graf Lucanor« von Don Juan Manuel. 1841 wird Eichendorff Geheimer Regierungsrat und in den Vorstand des Berliner Vereins für den Kölner Dombau berufen. »Werke« (4 Bände). 1843 Lungenentzündung. Mai-September Arbeitsaufenthalt in Danzig und Marienburg. 1844 »Die Wiederherstellung des Schlosses zu Marienburg«. Im Sommer wird er aus gesundheitlichen Gründen pensioniert. 1846 »Geistliche Schauspiele von Calderon« (Übersetzungen). Im September Reise nach Wien, Zusammentreffen mit Adalbert Stifter und Franz Grillparzer. 1847 lernt er Robert Schumann kennen. »Über die ethische und religiöse Bedeutung der neueren romantischen Poesie in Deutschland«. Umzug nach Berlin. Wegen der Berliner Revolution 1848 Wohnungswechsel nach Köthen und Dresden. Entstehung politischer Gedichte. Der Aufsatz »Die deutschen Volksschriftsteller« in den »Historisch-politischen Blättern«. 1849 stirbt sein Bruder Wilhelm. Wegen des Dresdener Aufstandes vorübergehende Übersiedlung nach Köthen. Im Herbst Rückkehr nach Berlin. Sommer 1851 Besuch in Sedlnitz. »Der deutsche Roman des achtzehnten Jahrhunderts in seinem Verhältnis zum Christentum«. 1853 Epos »Julian«. »Geistliche Schauspiele von Calderon« (Übersetzungen, 2. Band). Münchner Maximiliansorden für Wissenschaft und Kunst. 1854 Begegnungen mit Theodor Fontane, Paul Heyse und Theodor Storm. »Zur Geschichte des Dramas«. 1855 erkrankt seine Frau Luise schwer. Übersiedlung nach Köthen. Epos »Robert und Guiscard«. Im Sommer Kur in Karlsbad. Umzug nach Neiße. Tod Luises. 1856 auf Einladung des Breslauer Fürstbischofs, Heinrich Förster, Aufenthalt auf Schloss Johannesberg. »Geschichte der poetischen Literatur Deutschlands«. Sommer 1857 Aufenthalt in Sedlnitz und auf Schloss Johannesberg. Epos »Lucius«. Am 26. November 1957 stirbt Joseph von Eichendorff in Neiße.

Adelbert von Chamisso (Stahlstich, zirka 1890)

Adelbert von Chamisso wird als Louis Charles Adelaïde de Chamisso de Boncourt auf Schloss Boncourt in der Champagne Ende Januar 1781 (sein exakter Geburtstag ist unsicher) geboren und am 31. Januar 1781 getauft. Er entstammt einer alten lothringischen Adelsfamilie, sein Vater ist Offizier. 1792 werden im Rahmen der französischen Revolution die Familienbesitzungen konfisziert. Flucht mit den verarmten Eltern nach Lüttich, Luxemburg, Süd- und Westdeutschland. 1793 wird Schloss Boncourt von Revolutionären zerstört. 1794 schreibt Chamisso auf Französisch erste Gedichte. 1796 Umzug der Familie nach Berlin. Chamisso wird Page von Königin Luise. Besuch des Französischen Gymnasiums. 1798 Fähnrich der preußischen Armee. In der Folgezeit Lektüre von Rousseau, Voltaire, Klopstock und Schiller. 1801 Leutnant. Eigene Dichtungen auf Französisch. Die Eltern kehren nach Frankreich zurück. Chamisso wird 1803 Mitglied des »Nordsternbundes«, eines romantischen Dichterkreises, zu dem Julius Eduard Hitzig, Wilhelm Neumann, Karl August Varnhagen von Ense und Friedrich de la Motte Fouqué gehören. Er hört Vorlesungen über Poesie von August Wilhelm Schlegel, beginnt, auf Deutsch zu schreiben. Mitherausgeber des »Grünen Musenalmachs«. 1805 studiert er Griechisch, beschäftigt sich mit der deutschen Romantik. Sein Regiment wird nach Hameln verlegt. Im Oktober 1806 stirbt seine Mutter, im November sein Vater. Nachdem Napoleon die preußische Armee geschlagen hat und in Berlin eingezogen ist, wird die Festung Hameln kampflos aufgegeben. Als Gefangener auf Ehrenwort reist Chamisso nach Frankreich. 1807 Aufenthalt in der Champagne und in Paris. Im September Rückkehr nach Deutschland. 1808 wird er aus dem Militärdienst entlassen, arbeitet 1809 als Privatlehrer. Er begegnet Justinus Kerner. 1810 reist er nach Paris. Bekanntschaft mit Alexander von Humboldt, Ludwig Uhland und August Wilhelm Schlegel. Liaison mit der Schriftstellerin Helmina von Chézy. Er übersetzt die »Wiener Vorlesungen über dramatische Kunst und Literatur« von August Wilhelm Schlegel ins Französische. Aufenthalt bei Madame de Staël auf Schloss Chaumont. 1811 Gründung der Christlich deutschen Tischgesellschaft mit Achim von Arnim, Heinrich von Kleist, Adam Müller, Clemens Brentano und Friedrich de la Motte Fouqué. Im April Aufenthalt bei Madame de Staël auf Schloss Coppet bei Genf. Beschäftigung mit botanischer Forschung. 1812 kehrt er nach Deutschland zurück, beginnt ein Studium der Medizin und der Botanik in Berlin. 1813 zieht er sich während der Freiheitskriege nach Kunersdorf im Oderbruch zurück. »Peter Schlemihls wundersame Geschichte« entsteht. Am Jahresende Rückkehr nach Berlin. 1814 Wiederaufnahme des naturwissenschaftlichen Studiums. Publikation des »Schlemihl«. Enger Kontakt zu E. T. A. Hoffmann, Hitzig und Fouqué. 1815 nimmt Chamisso als Naturforscher auf dem Expeditionsschiff »Rurik« an der dreijährigen Weltumsegelung einer russischen wissenschaftlichen Expedition teil; 1818 kehrt er nach Berlin zurück; im Dezember »Erster Bericht über eine Expedition«. 1819 erhält er die Ehrendoktorwürde der philosophischen Fakultät der Universität Berlin, wird Adjunkt, später Kustos im Botanischen Garten in Berlin. Er heiratet Antonie Piaste, mit der er zahlreiche Kinder haben wird. Veröffentlichung botanischer Untersuchungen. 1820 Gelegenheitsgedichte. 1823 Exkursion nach Greifswald und Rügen, im Sommer1824 Harzreise. Hitzig gründet die »Mittwochsgesellschaft«, deren Mitglieder zum Teil die ehemaligen Nordsternbündler sind, außerdem Achim von Arnim, Georg Wilhelm Friedrich Hegel, Joseph von Eichendorff, Karl Leberecht Immermann. Im Herbst 1825 erneute Reise nach Paris, Rückreise über Belgien und das Rheinland. 1827 »Übersicht der nutzbarsten und der schädlichsten Gewächse«. Die zweite Auflage des »Schlemihl« erscheint; im Anhang eine Sammlung von »Liedern und Balladen« Chamissos. 1829 »Salas y Gomez« (Gedichte). 1830 hält er in Hamburg einen Vortrag vor der Naturforscher- und Ärzteversammlung. Bekanntschaft mit Heinrich Heine. Weitere Gedichte, u. a. »Frauenliebe und -leben« und das erste deutschsprachige Eisenbahngedicht »Das Dampfross«. 1831 erkrankt er an Cholera. »Gedichte«. Ab 1832 gibt er mit Gustav Schwab den »Deutschen Musenalmanach« heraus. Reise nach Rügen. 1833 Nachdichtungen von Liedern Pierre-Jean de Bérangers. Erster Kustos am königlichen Herbarium. 1834 »Gedichte« (2. Auflage). 1835 Mitglied der Berliner Akademie der Wissenschaften. Schwere Lungenerkrankung; im Sommer zur Kur nach Bad Reinerz (Schlesien), im Sommer des nächsten Jahres Kuraufenthalt in Bad Charlottenbrunn (Schlesien). »Reise um die Welt«, »Gedichte« (3. vermehrte Auflage), »Werke« (6 Bände). Seine Frau Antonie erkrankt und stirbt am 21. Mai 1837. »Über die Hawaiische Sprache«. Reise nach Leipzig; Besuch der Druckerei von F. A. Brockhaus; Fahrt auf einem neuen Teilstück der Eisenbahnstrecke Leipzig-Dresden. 1838 Gesuch um Pensionierung. »Béranger's Lieder«. Varnhagen besucht den Schwerkranken. Adelbert von Chamisso stirbt am 21. August 1838 in Berlin.

Georg Büchner als Freimaurer mit einem Logenbijou, 1830

Karl Georg Büchner wird am 17. Oktober 1813 in Goddelau (Großherzogtum Hessen-Darmstadt) als Sohn des Amtschirurgen Ernst Büchner und seiner Frau Caroline, geb. Reuß, geboren. 1816 übersiedelt die Familie nach Darmstadt. Ab 1821 besucht er Dr. Carl Weitershausens Darmstädter »Privat-Erziehungs- und Unterrichtsanstalt«; 1825 wechselt er zum Großherzoglichen Gymnasium. Zu des Vaters Geburtstag schreibt er eine Erzählung über die wunderbare Rettung Schiffbrüchiger. 1828 wird er in der Darmstädter Stadtkirche konfirmiert und gründet mit Klassenkameraden einen literarischen Zirkel. Zu Weihnachten verfasst er für seine Eltern das Gedicht »Die Nacht«, 1829 anlässlich des Geburtstages seiner Mutter das Gedicht »Gebadet in des Meeres blauer Flut«. Schulaufsatz »Helden-Tod der vierhundert Pforzheimer«. 1830 hält er in der Schule die »Rede zur Verteidigung des Cato von Utika«.

1831 Examina; Abschlusszeugnis. Bei der Abiturfeier in lateinischer Sprache Rede des »Menenius Agrippa an das römische Volk«. Immatrikulation an der Medizinischen Fakultät der Straßburger Akademie; er wohnt bei Pfarrer Johann Jakob Jaeglé. 1832 heimliche Verlobung mit Wilhelmine Jaeglé, Tochter seines Vermieters. Ernennung zum Dauergast der Straßburger Theologenverbindung »Eugenia«. Freundschaft mit dem Medizinstudenten Eugène Boeckel und den Theologen August und Adolph Stoeber. Aufenthalt in Darmstadt. 1833 Wanderung mit dem Verwandten Edouard Reuß, dem späteren Ägyptologen Richard Lepsius und drei Studenten durch die Vogesen. Rückkehr nach Darmstadt. Büchner wechselt an die Medizinische Fakultät der Großherzoglich-Hessischen Landesuniversität Gießen. Im November erkrankt er an einer Hirnhautentzündung und kehrt ins Elternhaus nach Darmstadt zurück. 1834 Wiederaufnahme des Studiums in Gießen. Beschäftigung mit der Geschichte der Französischen Revolution, Bekanntschaft mit dem oppositionellen Rektor in Butzbach, Friedrich Ludwig Weidig, mit dem er die später als »Hessischer Landbote« betitelte politische Flugschrift entwirft. Reise nach Straßburg. Er offenbart sein heimliches Verlöbnis mit Wilhelmine Jaeglé. Mit dem Theologen August Becker gründet Büchner in Gießen die geheime revolutionäre »Gesellschaft für Menschenrechte«. Rückkehr ins Elternhaus, Gründung einer Darmstädter Sektion der Geheimgesellschaft. Fortsetzung des Studiums in Gießen. Teilnahme an der Gründungsversammlung eines konspirativen »Preßvereins«. Der »Hessische Landbote« wird in Offenbach gedruckt. Karl Minnigerode, ein Schulfreund Büchners, wird mit 100 Exemplaren der Druckschrift verhaftet. Erlass eines Haftbefehls gegen Büchner als den mutmaßlichen Verfasser des »Hessischen Landboten«; Verhör vor dem Universitätsrichter, der Haftbefehl wird nicht vollzogen. Nach Semesterende kehrt Büchner ins Elternhaus nach Darmstadt zurück. Druck der zweiten Auflage des »Hessischen Landboten«. 1835 Niederschrift des Dramas »Danton's Tod«. Der Verleger Sauerländer in Frankfurt am Main nimmt auf Empfehlung von Karl Gutzkow (1811-1878) das Drama an. Flucht Büchners aus Darmstadt über Wissembourg nach Straßburg. Erzählung über den Sturm-und-Drang-Schriftsteller Jakob Michael Reinhold Lenz (1751-1792). Steckbrief Büchners in Darmstädter und Frankfurter Zeitungen. »Danton's Tod« veröffentlicht unter dem Titel »Dramatische Bilder aus Frankreichs Schreckensherrschaft«. Übersetzungen der Dramen »Lucretia Borgia« und »Marie Tudor« erscheinen als Band 6 von Sauerländers Victor-Hugo-Ausgabe. Lektüre der Werke von René Descartes und Baruch de Spinoza. Büchner beginnt mit Untersuchungen des Nervensystems der Barbe, ein Süßwasserfisch. Auf drei Sitzungen der Straßburger »Société du Museum d'histoire naturelle« hält er in französischer Sprache 1836 einen Vortrag darüber und wird korrespondierendes Mitglied der naturhistorischen Gesellschaft. Für einen Lustspielwettbewerb des Stuttgarter Cotta-Verlags arbeitet Büchner an der Komödie »Leonce und Lena«, beginnt auch mit dem Drama »Woyzeck«. Als verspätet wird »Leonce und Lena« vom Wettbewerb ausgeschlossen. Aufgrund der Abhandlung über das Nervensystem der Flussbarbe wird Büchner an der Philosophischen Fakultät der Universität Zürich promoviert. Er zieht nach Zürich, hält eine öffentliche Probevorlesung, wird Privatdozent. Provisorische Aufenthaltsgenehmigung als

Asylant. 1837 erkrankt er an Typhus. Delirien. Seine Braut, Wilhelmine Jaeglé, kommt zu ihm. Am 19. Februar 1837 stirbt Georg Büchner, 23-jährig.

****

»Taugenichts«, *»Schlemihl«* und *»Lenz«* spiegeln Reaktionen, Wünsche, Abscheu und Angst gegenüber Umbrüchen und Verwerfungen in der Gesellschaft der Zeit nach der Französischen Revolution, während den napoleonischen Eroberungs- und nationalen Freiheitskriegen, der sich vorbereitenden und alsbald rasant sich beschleunigenden Industrialisierung und kapitalistischen Entfaltung im ersten Drittel des 19. Jahrhunderts. Seit der Neuzeit kennt das mittels Erschaffung zahlreicher Hilfsmittel, seiner Werkzeuge, kompensierende Mängelwesen Mensch keine Grenzen mehr. Neugier verwandelt sich in Tugend. Reisen, Wanderlust und Wanderzwang, sich beschleunigende Bewegung in die schöne Natur und aus der hässlichen Gesellschaft, je nachdem! Zu Fuß, zu Pferde, mit Kutsche, Dampfer, Lokomotive, Auto, Flugzeug, Rakete, Kommunikationselektronik, bis heute. Vervielfacht sich eine innere Unruhe sowohl in Einzelwesen als auch in Gemeinschaften proportional zum äußeren Bewegungsüberschuss? Besteht Aussicht auf eine Verlangsamung, ein beruhigendes Ende? Wie und wo vermag ein *»Taugenichts«*, angesichts des sich beschleunigenden Klimawandels und der immer mehr verschandelten Natur, in Gegenwart und Zukunft seine Ruhe, seinen Frieden, Liebe und wirkliches Glück finden?

»Wem Gott will rechte Gunst erweisen, den schickt er in die weite Welt.« Aber Satan sendet ihn aus der Gesellschaft fort in die Einsamkeit, um ihn gefügig zu machen für den Ausverkauf seiner Seele.

Der *»Taugenichts«* ist ein positiv optimistisches Märchen, es versetzt den Leser (möglicherweise sanft ironisierend?) in eine schöne romantische andere Welt, die ihn die arge Realität vergessen lässt.
Ein von guter Laune und den Musen geküsster, müßiger Müller (männliches »Aschenputtel«) wird von seinem Vater hinausgeworfen, damit er endlich arbeiten soll! Das tut dem nicht weh, sondern kommt ihm gerade recht. Der »arbeitsscheue« Taugenichts wird sein Glück machen.

189

Hübsch anzusehen, singend und fiedelnd, wandert er durch »Berg und Wald und Strom und Feld«, erlebt »Wunder«, gewinnt Sympathien und Herzen, erobert eine ganze Welt. Die menschliche Gesellschaft integriert ihn freundlich, nimmt ihn an und auf. Fast kriegt der Müller seine Gräfin zur Frau, was zur damaligen Zeit gesellschaftlich absolut verpönt erschiene, weswegen sich freilich kurz vor Schluss die Geliebte als Portiersnichte zu entpuppen hat, damit sie habbar wird. Happyend mit Hochzeit und einer fürstlichen Donation (ein weißes Schlösschen samt Garten und Weinbergen) für das Paar. Mit Liebe erfüllte, sorglose Zukunft blüht ihnen.

Der »Schlemihl« hingegen ist ein negativ pessimistisches Märchen, was schon im Namen zum Ausdruck kommt. Schlemihl (jiddisch Schlemiel) bezeichnet in der ostjüdischen Kultur einen sprichwörtlichen Pechvogel, Tollpatsch, Narren. Peter verkauft einem grauen Männlein (der Teufel, Satan; der Böse betreibt, nach der Seele Schlemihls gierend, den Schattenhandel als strategisches Mittel zum Zweck) seinen Schatten um des schnöden Mammons willen, verursacht so schuldhaft seinen bei Sonnenlicht ins Auge springenden Mangel und die Andersartigkeit. Ein Schattenloser ist unnatürlich, verdächtig, nicht ordentlich, unanständig, unehrenhaft, wahrscheinlich böse, mit dem Teufel im Bund, einer, der Verbrechen begeht oder begangen hat. Man muss ihn ablehnen, vermeiden, ausstoßen. Dieser ungeheure Defekt macht sein übriges Aussehen unwichtig. Alles verblasst daneben. Die Schattenlosigkeit (als »nichtiger« Anlass für Diskriminierung könnte freilich heutzutage z. B. auch Hautfarbe, Geschlecht, Alter, Nation, Rasse oder Religion, um nur einiges zu nennen, stehen), ein verkehrtes Brandzeichen, stigmatisiert!

»Schlemihl« verbirgt seine Schattenlosigkeit, muss sie verbergen, wird sie erkannt, hat er zu gehen, aller bekannten Gesellschaft zu entsagen, in die Einsamkeit zu fliehen. Anders als für den »Taugenichts« endet für ihn zwangsläufig vor allem die Liebe tragisch unglücklich, nicht etwa weil er von seiner Angebeteten nicht wiedergeliebt würde, sondern weil die Gesellschaft, repräsentiert durch den Brautvater, die Heirat mit dem Schattenlosen autoritär zu verhindern weiß.

Peter Schlemihl wandert nicht, er rennt davon, zuletzt mit Siebenmeilenstiefeln, in und durch die Natur im Rückzug von den Menschen. Aus der Flucht vor der ihn verstoßenden Gesellschaft, entsteht ein

Der Verkauf des Schattens

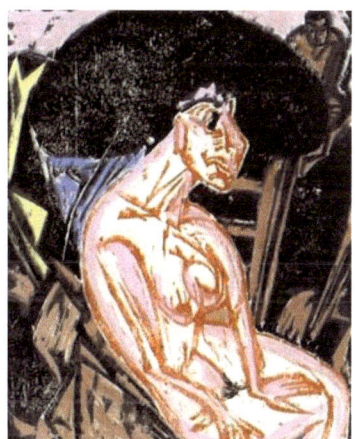

Die Geliebte

Kämpfe

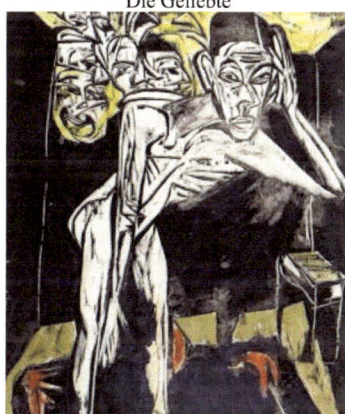

Schlemihl in der Einsamkeit des Zimmers

Begegnung Schlemihls mit dem grauen
Männlein auf der Landstraße

Schlemihls Begegnung mit dem Schatten

Ernst Ludwig Kirchner, Bildfolge zu »Peter Schlemihls wundersame Geschichte«, 1915

neugieriges Rennen, forschend durcheilt er jetzt die Welt, um sie wissenschaftlich zu erkunden. Daraus vermag er einen gewissen Trost zu schöpfen, wie auch aus der mildernden Inkognito-Begegnung mit der ehemaligen Braut und dem »Dienerfreund« Bendel im mit seinem Geld gestifteten Sanatorium, wo sie täglich an seinen Namen erinnern und für ihn beten.

»Lenz« ist ohne märchenhafte Züge realistisch. Unsteter äußerer Bewegung, Wandern und Herumirren im Gebirge, entspricht eine innere Unruhe des Protagonisten, der nicht, wie »Taugenichts« und »Schlemihl«, von sich selbst erzählt, über den vielmehr berichtet (wörtlich übernommene Passagen des Oberlin-Berichts sind kein bloßes Plagiat, reflektieren mehr Büchners Bemühen um Authentizität) wird. Auch »Lenz« flieht vor der Gesellschaft und den Menschen in die Einsamkeit und Natur, und er hat offensichtlich Liebeskummer. Als Dichter ist er dem Realismus verpflichtet (vgl. die Diskussion mit Kaufmann, oben S. 165 ff.), kollidiert mit alten Idealen und Idealisierungen. Als einzigem Menschen vertraut sich »Lenz« nur Johann Friedrich Oberlin (1740-1826; evangelischer Pfarrer, Pädagoge und Sozialreformer aus dem Elsass) an.

Krank, verwirrt, erschöpft, sein Dasein eine Last, streift er durchs winterliche Gebirge, in ihm entsetzliche Leere. »Lenz« wird immer einsamer, leidet »unnennbare Angst«. »Der Alp des Wahnsinns setzt sich zu seinen Füßen«. Er hört Felsen reden, sieht Wolken jagen und in der Sonne ein »blitzendes Schwert«, das in die Landschaft schneidet.

Seine innere Unruhe wird wesentlich von der Krankheit, seiner Schizophrenie, geprägt. Sie erzeugt den äußeren Bewegungsdrang, seine Friedlosigkeit und Unbehaustheit. Keine Spur von Happyend, Friede oder Versöhnung hier, partielle Tröstungen helfen nur ganz kurzfristig, eine nachhaltige Beruhigung findet nicht mehr statt.

Joerg K. Sommermeyer, Berlin, 14. April 2018